Marion Foster

Wenn die grauen Falter fliegen

Ariadne Krimi 1002
Argument

Ariadne Krimis werden herausgegeben von Frigga Haug
Redaktion: Iris Konopik und Else Laudan

Titel der amerikanischen Originalausgabe:
The Monarchs are Flying

Von Marion Foster bei Ariadne bereits erschienen:

Wenn die grauen Falter fliegen (Ariadne 1002)
Wenn die Macht ihr Netz auswirft (Ariadne 1035)

Limitierte Sonderausgabe

Eppendorfer Weg 95a, 20259 Hamburg
Telefon 040 / 40 18 00 0 – Fax 040 / 40 18 00 20
Aus dem Amerikanischen von Andrea Krug
Texterfassung durch die Übersetzerin
Titelgrafik: Johannes Nawrath; Signet: Martin Grundmann
Satz: Steinhardt, Berlin; Druck: Alfa Druck, Göttingen
Gedruckt auf säure- und chlorfreiem Papier
ISBN 3-88619-495-7

1

»Sie kamen gegen drei Uhr beim Motel an. Sie klopften an die Tür. Niemand antwortete. Sie gingen wieder.«

Die klobigen Finger mit ihren winzigen schwarzen Haarbüscheln trommelten ungeduldig. »Sie werden sich etwas Besseres einfallen lassen müssen, Miss Taylor.« Seine Betonung des Wortes *Miss* verwandelte es in ein Schimpfwort.

Leslie Taylor starrte in die schwarzen Augen von Inspektor Floyd Yarrow und wiederholte zum x-ten Mal: »Ich will einen Anwalt sprechen.«

Sie hatte jedes Gefühl dafür verloren, wie lange sie schon in diesem kleinen, stickigen Raum eingepfercht waren. Wie lange war es her, seit sie dem warmen Sonnenschein eines ruhigen Sonntagmorgens die Tür geöffnet hatte und die beiden Polizeibeamten in Zivil auf der altmodischen Veranda stehen sah? Yarrow, bullig und untersetzt, Detective Sergeant Moore, schlank und modisch gekleidet. Modisch, das heißt, zumindest für eine Bergarbeiterstadt. Ein gegensätzlicheres Paar war kaum denkbar.

Es war nicht das erste Mal, daß Floyd Yarrow sie um Informationen gebeten hatte. Eines ihrer ersten Projekte nach ihrer Rückkehr in ihre Heimatstadt Spruce Falls war eine Dokumentation über geschlagene Frauen gewesen. Yarrow, damals beim Sittendezernat, hatte die Rolle des Verbindungsmannes spielen müssen. Obschon er angewiesen worden war, mit Leslie zu kooperieren, hatte er sich mehr als Hindernis denn als Hilfe erwiesen. Als ihr klar wurde, daß seine Sympathie eher bei den Männern lag, die meinten, ihre Frauen schlagen zu müssen, als bei den Frauen, die geschlagen wurden, ließ sie ihn links liegen und verfolgte ihre eigenen Spuren. Wo sie auch hintrat, taten sich Abgründe auf. Da sie vieles erfuhr, was die Polizei nicht wußte, wandte man sich gelegentlich an sie, wenn Hintergrundinformationen über einen verdächtigen Mann benötigt wurden.

So war es ihr nicht allzu ungewöhnlich erschienen, zwei Hüter des Gesetzes auf ihrer Veranda zu finden, obwohl es das erste Mal war, daß Yarrow sie höchstpersönlich um Hilfe bat. Bei ihrem Versuch, mit ihm zusammenzuarbeiten, hatte sie eine Spur von Mißbilligung hinter seiner professionellen Fassade gespürt, einen Groll auf das, was er vermutlich für das Eindringen eines Klugscheißers in sein Territorium hielt. Er hatte ihr eindeutig zu verstehen gegeben, daß er sie nicht besonders mochte. Sie ihn ebensowenig, das beruhte also auf Gegenseitigkeit. Doch als sie ihn auf ihrer Veranda stehen sah, zwang sie sich zu lächeln und bat ihn herein — gegen den Protest von Duchess, ihrer unverwechselbaren Hündin aus dem Tierheim.

Sie hatten nicht hereinkommen wollen. Sie zogen es vor, auf dem Revier mit ihr zu sprechen. Und wie eine Närrin war sie bereitwillig mit ihnen gegangen — vielleicht sollte sie die Verbrecherkartei durchgehen oder gar jemanden bei einer Gegenüberstellung identifizieren. Erst als sie hier in diesem Raum war, als Yarrows stechende schwarze Augen triumphierend funkelten und seine scheinbar ziellosen Fragen sich zu einem regelrechten Verhör entwickelten, wurde ihr klar, daß sie nicht bei einer Untersuchung half, sondern selbst Objekt einer Untersuchung war.

»Ich habe das Recht zu telefonieren.« Sie klang überzeugter, als sie war. Mein Gott, dachte sie. Ich höre mich schon wie eine kaputte Schallplatte an. Es wäre einfacher, wenn sie wüßte, warum sie überhaupt hier war. Offensichtlich hatte es etwas mit Marcie zu tun. Mit Marcie und dem Motel, in dem sie abgestiegen war. Und mit der Nachricht, die sie auf Leslies Anrufbeantworter hinterlassen hatte und die besagte, daß sie Marcie so bald wie möglich dort treffen sollte. Egal, wohin die Fragen auch führten, sie kamen stets wieder auf das Motel zurück. Was immer es auch sein mochte, sie hatten, verdammt nochmal, nicht das Recht, sie einfach so festzuhalten. »Inspektor, ich will einen Anwalt sprechen.«

Yarrow stützte sich auf den Tisch und beugte sich vor. »Vergiß den gottverdammten Anwalt. Reiß dich zusammen und laß dir ein paar Antworten einfallen. Also, was zum Teufel hattest du in dem Motelzimmer zu suchen?« Er war so nah, daß sie die Poren auf seiner Nase und die glänzenden Schweißperlen auf seiner Stirn sehen konnte.

»Ich habe den ganzen Tag Ihre Fragen beantwortet. Dieselben Fragen, wieder und wieder. Wenn Sie mir sagen würden, worum es hier eigentlich geht, könnte ich vielleicht hilfreicher sein.« Ihr präziser Verstand, Sternzeichen Jungfrau, ging von der Voraussetzung aus, daß man eine bestimmte Frage stellen mußte, wenn man eine bestimmte Antwort haben wollte. Das war dem Inspektor viel zu simpel. Seine Methode bestand darin, sich im Kreis zu drehen und gelegentlich einen Abstecher zu machen. Aber diese Abschweifungen waren immer nur kurz. Er kam stets wieder darauf zurück, wo sie gewesen war, was sie getan und wen sie am Vortag gesehen hatte.

»Wir wissen alles über dich, Taylor.« Wieder eine seiner plötzlichen Attacken, aber diesmal war es ein Schuß ins Schwarze. Seine Stimme hatte den dunklen, vollen Klang, der Tatsachen von Vermutungen unterscheidet.

Leslie erstarrte. Sie kannte und fürchtete diesen Ton seit ihrer Zeit in der Grundschule. Von ihren Klassenkameraden hatte sie zu hören gekriegt: Leslie mag Mädchen lieber als Jungen. Ebenso von ihren Eltern: Wenn du nicht aufpaßt, endest du noch als alte Jungfer. Ebenso von anderen Frauen: Wieso verabredest du dich nie? Und von Männern: Wofür sparst du's auf, für's Alter? Fragen, Bemerkungen und Andeutungen mit bedeutsamen Untertönen, so daß sich ihr Magen vor Angst zusammenkrampfte. Und hier war dieser Ton wieder — von einem Mann, der aussah, als würde er sie am liebsten unter seinem Absatz zertreten. Wir wissen alles über dich, Taylor. Wir wissen, daß du eine von denen bist.

»Inspektor Yarrow, ich bin absolut bereit, mit Ihnen zu kooperieren.« Dem Himmel sei Dank für all die Rundfunkerfahrung. Kein Zittern in ihrer Stimme. »Ich bin den ganzen Tag hiergewesen. Mein Hund ist allein zu Hause eingesperrt. Meine Eltern erwarten mich zum Abendessen. Ich muß für morgen früh ein Interview vorbereiten. Ich kann einfach nicht länger hierbleiben.« Sie stand auf und ging in Richtung Tür, wobei sie sich sagte, er habe kein Recht, sie festzuhalten. Er überschritt seine Befugnisse. Wenn er ihr auch nur ein Haar krümmte, würde er vor dem Beschwerdeausschuß landen, bevor er sich's versah.

»Setz' dich.« Der Befehl hallte von den Wänden wider und vibrierte durch die muffige Luft. Es war das erste Mal, daß Yarrow die Stimme erhoben hatte; das erste Anzeichen dafür, daß es mit seiner Beherrschung nicht weit her war.

Die Tür öffnete sich, und wie auf ein Stichwort erschien Douglas Moore. Ein flüchtiger Blick auf Leslie, dann sah er zu Yarrow hinüber. »Ich dachte, ich löse Sie mal ab. Sie könnten eine Pause vertragen.«

Leslie spürte eine Welle von Dankbarkeit. Sein Auftauchen konnte kein reiner Zufall sein. Er mußte an der Tür gelauscht und gewartet haben, bis Yarrow der Kragen geplatzt war. Der Inspektor war ein Relikt aus der Zeit der nackten Glühbirnen und der sandgefüllten Socken, die innere Verletzungen verursachten, ohne äußere Spuren zu hinterlassen. Bier und Brezel im Vergleich zu Douglas Moore, bei dem man Perrier mit einer Limonenscheibe assoziierte.

Yarrow hievte sich hoch und griff nach seiner Jacke. Auf seinem Hemd zeichneten sich Schweißflecken ab, der Kragen war zerknautscht, die Kragenspitzen rollten sich hoch. Seine harten kleinen Augen fixierten Leslie, und er sagte: »Wir reden hier unter gleichen Bedingungen miteinander, Miss Taylor.«

Leslie starrte ihm nach, als er mit schweren Schritten den Raum verließ. Was hatte er damit gemeint — wir reden unter gleichen Bedingungen? Eine merkwürdige Äußerung. Noch merkwürdiger aber war die Art, wie er es gesagt hatte. Verhalten. Lässig. Beinahe liebenswürdig. Aber ihr Gehör, geübt in der Wahrnehmung von Nuancen und Klangfarben, spürte Unheilverkündendes unter der Oberfläche.

»Bitte.« Moore lächelte und deutete auf den Stuhl. »Der Inspektor geht leicht in die Luft.« Er reckte seine Arme, bis die Manschetten des Hemdes unter den Jackenärmeln hervorschauten. Ein französisches Hemd mit goldenen Manschettenknöpfen. Schneeweiß hob es sich gegen das Marineblau seines Serge-Blazers ab. »Da wir gerade von Luft sprechen, es ist zum Ersticken hier drin. Möchten Sie etwas trinken?«

»Ich möchte lieber nach Hause.«

»Es wird nicht mehr lange dauern.« Nach einem beruhigenden Lächeln fuhr er fort: »Wir haben Cola unten. Ich bin gleich wieder zurück.« Im Gegensatz zu Yarrow bewegte er sich geschmeidig, mit einem leichten, fast herausfordernden Hüftschwung.

Endlich allein starrte Leslie ins Leere und versuchte, sich zu konzentrieren. Das konnte doch alles nicht wahr sein. Niemand konnte einfach so abgeholt, von jeglicher Kommunikation abgeschnitten und stundenlang verhört werden, ohne den Grund dafür zu erfahren.

Tausend Fragen schossen ihr gleichzeitig durch den Kopf: Warum war sie so bereitwillig mit ihnen gegangen, anstatt darauf zu bestehen, zu Hause mit ihnen zu sprechen? Warum hatte sie nicht ihre Mutter angerufen und ihr gesagt, wo sie sein würde? Warum hatte sie keine Uhr um, so daß sie zumindest wußte, wie spät es war? Warum hatte Yarrow so anzüglich gesagt: »Wir wissen alles über dich«?

Was genau wußten sie von ihr? Von Marcie? Von ihrer Beziehung, die sie vor ihren Familien, ihren Freundinnen und Freunden hier in Spruce Falls geheimgehalten hatten? Es schien alles so weit weg. So irrelevant für das Leben, das sie sich seit ihrer Heimkehr aufgebaut hatte. Ihr Leben war durch Marcies Heirat vor vier Jahren auseinandergebrochen. Langsam hatte sie es geschafft, es wieder zusammenzufügen — sich selbst als eigenständigen Menschen statt als Hälfte eines Paares und gelegentlich als Teil eines Dreiecks zu begreifen. Und nun dies. Eine Ansammlung verrückter Umstände, hinter denen wieder einmal Marcie steckte.

Eine Minute verging auf der Stoppuhr in ihrem Kopf. Sie konnte einen dreißig oder sechzig Sekunden langen Werbespot haargenau abmessen. Pech, daß ihr Zeitgefühl bei Stunden nicht ebenso gut funktionierte. War Duchess' Futterzeit schon vorbei? Es war sicherlich weit über die Zeit, zu der sie hätte herausgelassen werden müssen.

Eine weitere Minute verstrich, gefolgt von einer weiteren und noch einer weiteren. Die Erleichterung, allein zu sein, machte einer neuen Welle von Nervosität Platz. Der Raum begann sie zu erdrücken. Die Luft war schwer vor Feuchtigkeit. Moore kam nicht zurück. Sie hatten sie in dieses Kabuff gesteckt, gingen irgendwelchen anderen Angelegenheiten nach und hatten sie vergessen. In Panik sprang sie auf und probierte die Tür. Sie war abgeschlossen. Er war hinausgegangen und hatte die Tür abgeschlossen. Der Himmel wußte, wann man sie entdecken würde. Sie hatten den Hintereingang benutzt und waren die Treppe zum ersten Stockwerk hinaufgegangen. Die Büros, an denen man sie vorbeigeführt hatte, waren alle verlassen gewesen, wahrscheinlich normal für einen Sonntag. Schließlich war Spruce Falls nicht gerade eine Hochburg des Verbrechens — der Bereitschaftsdienst genügte sicherlich, um am Tag des Herrn die Ordnung aufrechtzuerhalten.

Während sie auf- und abging, versuchte sie, die aufkommenden Wellen von Panik zu bekämpfen, indem sie ihre Gedanken auf Marcie konzentrierte. Sie hatten sich in Spruce Falls kennengelernt, als Leslie gerade beim Lokalsender anfing und Marcie eine sommersprossige Sechzehnjährige war. Eine der Berufsberaterinnen der High School hatte Leslie eingeladen, einen Vortrag über die Berufsmöglichkeiten beim Rundfunk zu halten. Marcie war anschließend zu ihr gekommen und hatte gesagt, Leslie wäre die weitaus interessanteste Rednerin gewesen, die sie gehört hätten. Leslie hatte das Mädchen mit den großen, unschuldigen blauen Augen und dem langen silbernen Haar vergessen, bis sie eine Woche später auf dem Heimweg von der Schule beim Sender auftauchte. Sie wäre zufällig vorbeigekommen, hatte sie gesagt, und hätte beschlossen, hineinzugehen und Hallo zu sagen. Die Besuche häuften sich, und schließlich kam Marcie täglich.

Es war unvermeidlich, daß die Kolleginnen und Kollegen den kleinen blonden Teenager mit dem Arm voller Schulbücher und dem Herzen auf der Zunge bemerkten. Die Empfangssekretärin war die erste, die bemerkte: »Die Kleine ist verknallt in dich, Leslie. Paß lieber auf!« Dann einer der Sprecher — verärgert, weil Leslie wieder einmal eine Verabredung ausgeschlagen hatte: »Ich vermute, du treibst es lieber mit Kindern, statt welche zu kriegen, was Leslie?« Da sie ihre eigenen Schulmädchenschwärmereien ohne größere Zwischenfälle überstanden hatte, ignorierte Leslie die Warnungen und verbrachte mehr und mehr Zeit mit Marcie. Unschuldige Zeiten, bis Marcie sie eines Nachmittags verführte; und all die Teile ihres Lebens, die bis dahin nie richtig zusammenpassen wollten, fügten sich ineinander und ergaben einen wunderbaren Sinn. Marcie war achtzehn. Sie war zweiundzwanzig.

Unter dem Druck des zunehmenden Klatsches und der nagenden Angst, ihre Eltern könnten es herausfinden, gingen sie ein Jahr später nach Toronto und zogen zusammen. Ihre Beziehung — zeitweise glücklich, zeitweise stürmisch — dauerte acht Jahre. Sie ging zu Ende, als Marcie Charles P.Denton kennenlernte, einen unverheirateten Architekten, den viele für einen hervorragenden Fang hielten. Marcie rief unmittelbar nach ihrer Hochzeitsreise an und sagte, sie hätte einen Fehler gemacht und wollte zu Leslie zurückkommen. Nachdem sie Monate des inneren Aufruhrs und anschließend den Schmerz der endgültigen Trennung überstanden hatte, sagte Leslie nein.

Es hatte weitere Anrufe und einige Verabredungen zum Mittagessen gegeben, bei denen sie auf Distanz geblieben waren. Einmal hatte Marcie blaue Flecken auf ihren Armen gehabt. Und einmal hatte sie mitten in der Nacht angerufen und gesagt, Charles wäre wütend aus dem Haus gestürmt und sie hätte Angst davor, daß er ihr etwas antun würde, wenn er zurückkäme. Leslie, erschrocken über den hysterischen Klang in Marcies Stimme, hätte beinahe das Versprechen gebrochen, das sie sich selbst gegeben hatte: sich aus den Angelegenheiten der Dentons herauszuhalten. Ruf' die Polizei an, hatte sie gesagt. Und wenn du das nicht willst, nimm die Kinder und geh' zurück zu deiner Mutter.

Als sie auf einer Konferenz von Rundfunk- und Fernsehleuten zufällig ihren ehemaligen Chef traf und einen Job angeboten bekam, bei dem sie das Doppelte verdienen würde, hatte sie auf der Stelle zugesagt. Sie spürte, es würde sicherer sein, räumliche Distanz zwischen sich und den Dentons zu schaffen. Außerdem verband sie mit Toronto zu viele Erinnerungen — Erinnerungen, die auftauchten, wenn sie am wenigsten mit ihnen rechnete. Sie hatte Marcie angerufen, um ihr zu sagen, daß sie fortginge, und sie hatten sich auf einen Drink getroffen. Die Veränderung in dem einst so strahlenden, lebhaften Gesicht hatte Leslie erschreckt. Ich werde ihn verlassen, hatte Marcie gesagt. Sobald Charlie und Emily alt genug sind, nehme ich sie mit und gehe.

Leslie rieb geistesabwesend an dem Fleck auf dem verkratzten Holztisch herum. Als sie und Marcie sich trennten, hatte sie sich geschworen, sich nur an die guten Zeiten zu erinnern. Aber dieser schreckliche Tag rief ihr die stürmischere, problematische Seite ihrer Beziehung wieder in Erinnerung: die Schwierigkeiten, in die Marcie immer wieder geraten war und aus denen Leslie sie hatte herausholen müssen. Harmlose Flirts, die in Gewalttätigkeiten auszuarten drohten. Kurze Abwesenheiten, die nie erklärt wurden. Zeiten des Rückzugs, wenn sie mit der Gesellschaft haderte, weil sie keine Kinder haben konnte, weil sie gezwungen war, eine Lüge zu leben.

Sie hatte gedacht, sie hätte Marcie und ihre Probleme für immer hinter sich gelassen, aber hier war es wieder, das altbekannte Spiel.

Sie vernahm das knirschende Geräusch von Metall auf Holz, eine quietschende Türangel. »Tut mir leid, daß es so lange gedauert hat. Ich wurde von einem Anruf aufgehalten.« Moore stand im Türrahmen, ein entschuldigendes Lächeln auf den Lippen und in jeder Hand eine Dose Cola. »Dachten Sie, ich hätte Sie vergessen?«

»Das habe ich mich gerade gefragt.« Es war lächerlich, aber sie war kindisch glücklich, ihn zu sehen.

Er öffnete die beiden Coladosen und reichte ihr eine. »Tut mir leid, mit Gläsern können wir nicht dienen, und die Strohhalme sind alle. Ich fürchte, es ist hier eher etwas primitiv.«

»Das habe ich gemerkt«, sagte sie trocken.

Die Ironie war nicht vergebens. »Floyd hat Sie ganz schön durch die Mangel gedreht, was? Er kann ziemlich unangenehm sein, wenn er erst mal richtig in Fahrt ist.« Er nippte an seiner Cola, vorsichtig, um nicht zu kleckern. Leslie, die es nie gelernt hatte, aus einer Dose zu trinken, ohne etwas zu verschütten, bewunderte sein Geschick.

»Was meinte er mit dieser Bemerkung?«

»Mit welcher Bemerkung, Leslie?«

»Unter gleichen Bedingungen miteinander zu reden, oder so ähnlich ... gleich nachdem Sie hereingekommen sind, kurz bevor er ging.«

»Ach — das ...« Er zuckte die Achseln, eine eindeutig wegwerfende Geste.

»Ich hatte das Gefühl, er sagte es aus einem bestimmten Grund. Als hätte es eine besondere Bedeutung.«

»Das hat es in gewisser Weise wohl. Sie haben von dem Miranda-Gesetz in den Vereinigten Staaten gehört?«

»Demzufolge Verdächtigen ihre Rechte vorgelesen werden müssen, ansonsten kann nichts, was sie sagen, gegen sie verwendet werden?«

»Genau. Das trifft hier in Kanada nicht zu. Wir orientieren uns am britischen Recht, und in Großbritannien haben sie die sogenannten English Judges' Rules. Wir können Fragen stellen, aber wir können Sie nicht zwingen, sie zu beantworten. Nicht Sie persönlich,« fügte er schnell hinzu, »sondern ich meine, ganz allgemein. Das heißt also, daß wir legal niemanden zwingen können, mit uns zu reden, obwohl«, das jungenhafte Lächeln wurde breiter, »es wäre nicht sehr klug, es nicht zu tun. Andererseits sind wir auch nicht dazu verpflichtet, Verdächtige auf ihr Recht zu schweigen hinzuweisen, bevor sie nicht verhaftet oder angeklagt sind.«

»Was hat das mit dem zu tun, was ...«

»Was Floyd sagte, unter gleichen Bedingungen miteinander zu reden? Es gibt einen englischen Gerichtsbeschluß, der besagt, daß das Schweigen als Schuldhinweis gewertet werden kann, wenn zwei Parteien gleichberechtigt miteinander reden können, die eine aber schweigt. Das mag widersprüchlich klingen, aber der Sinn ist klar. Er versuchte nur, Sie zu warnen, daß es auf lange Sicht besser wäre, wenn Sie jetzt gleich eine Aussage machen würden.«

»Ich habe den ganzen Tag lang wieder und wieder dieselben Fragen beantwortet. Entweder Sie bringen mich jetzt nach Hause oder Sie lassen mir einen Anwalt kommen, und der kann mich dann nach Hause bringen.«

»Lassen Sie uns das Ganze noch einmal durchgehen. Damit wir ihn uns beide vom Leib halten. Wo waren Sie Freitag nacht?«

»Der Sender gab eine Abschiedsparty für Jim Clark, einen der Nachrichtensprecher vom Fernsehen. Wir waren in einem Festsaal im Queens Hotel. Ich verließ die Party um drei Uhr morgens und ging direkt nach Hause ins Bett.«

»Es tut mir leid, Leslie, aber haben Sie etwas dagegen, wenn ich das aufnehme?«

Tat es ihm ihretwegen leid, weil er merkte, daß er ihr etwas aufzwang? Oder seinetwegen, weil er das verdammte Ding nicht rechtzeitig angestellt hatte? »Wenn Sie unbedingt wollen. Mir ist es egal. Yarrow hat das Ganze schon zigmal aufgenommen. Dieselben Fragen und Antworten, wieder und wieder.« Sie warf einen Blick auf das alte Ampex-Tonbandgerät auf einem der Aktenschränke in der Ecke. »Das Ding muß inzwischen heiß genug sein, um einen Kurzschluß zu verursachen. Es ist einfach idiotisch.«

»Floyd geht immer nach der brutalen Methode vor.« Er griff in die Innentasche seines Blazers und holte einen Kassettenrekorder von der Größe einer Zigarettenschachtel hervor. »Wir stoßen vielleicht auf irgendeine Kleinigkeit, die uns auf die richtige Spur bringt. Sie würden staunen, wie oft ein oder zwei Worte einen Fall in ein völlig neues Licht rücken.«

»Einen Fall? Was für einen Fall? Wie kann ich Ihnen helfen, wenn ich nicht einmal weiß, wovon Sie reden?«

»Darauf kommen wir noch, Leslie.« Er beugte sich vor und senkte seine Stimme auf die Lautstärke eines intimen Gesprächs bei Wein und Kerzenschein. »Ich habe tatsächlich angefangen, mir Sorgen um Sie zu machen. Yarrow schreckt vor körperlicher Gewalt nicht zurück, wenn er nicht kriegt, was er will. Vor ein paar Monaten hatten wir hier einen Typ, der diesen Raum ohne irgendwelche sichtbaren Spuren von Gewaltanwendung verließ. Er brach in seiner Zelle zusammen. Zwei Tage später war er tot.« Als er das Interesse in ihren Augen aufflammen sah, machte er einen Rückzieher. »Kommen Sie nicht auf dumme Gedanken, Leslie. Falls Sie denken, Sie haben hier einen heißen Knüller, vergessen Sie's. Yarrow ist schon öfter überprüft worden. Und immer mit einer blütenweißen Weste davongekommen. Das ist mehr als man von den Leuten sagen kann, die sich über ihn beschwert haben: denen macht er das Leben zur Hölle.«

»Mag sein, daß er die Leute tyrannisieren kann, die er auf der Straße aufgreift, aber ich habe keine Angst vor ihm.«

»Sollten Sie aber. Er bestimmt hier nämlich, wo's langgeht. Egal, ich dachte, Sie könnten eine Pause gebrauchen. Er hat Sie seit Stunden in der Mangel gehabt.«

»Sergeant, alles, was ich will, ist, hier rauszukommen.«

»Nennen Sie mich Doug.« Die blauen Augen lächelten sie an, linderten die Anspannung zwischen ihren Schulterblättern. Der Blick kam ihr vertraut vor, so offen und frei von Arglist. »Ich möchte, daß wir Freunde sind, Leslie. Sie haben eine Weile in Toronto gelebt, nicht wahr?«

Er wechselte die Kassette, und als er fertig war, sah sie, daß der Aufnahmeknopf gedrückt war. Nicht, daß es eine Rolle gespielt hätte. Wenn er dieses müßige Geschwätz aufnehmen wollte, ihr sollte es egal sein. »Ich habe acht Jahre lang dort gelebt.«

»Es ist meine Heimatstadt. Ich vermisse sie. Haben Sie dort auch beim Rundfunk gearbeitet?«

»Ja, ich war in der Nachrichtenabteilung von CKAN. In den letzten Jahren habe ich freiberuflich auch ein paar Fernsehsendungen gemacht. Vorwiegend Nachrichten. Und ein paar Dokumentarfilme.«

»Ich habe den Film gesehen, den Sie hier gemacht haben. Über geschlagene Frauen.«

Es war ihm nicht anzusehen, ob er ihn gut oder schlecht fand oder ob er überhaupt keine Meinung dazu hatte — das war an sich schon bezeichnend. Leslie wußte aus Erfahrung, daß eine solche Bemerkung ohne nähere Ausführungen eher auf eine negative Einschätzung hindeutete. Es war keine ihrer besten Arbeiten gewesen. Die meisten der Frauen hatten Angst gehabt, vor der Kamera zu sprechen, und die Behörden hatten sich nicht gerade als kooperativ erwiesen. »Ich plane eine Fortsetzung. Und etwas über Kindesmißhandlung.«

»Die Leute hier sind an solchen Dingen nicht sonderlich interessiert. Sie haben immer noch Ihre Großstadtmentalität, Leslie. Es muß ein ganz schöner Schock gewesen sein, hierher zurückzukommen, nachdem Sie in Toronto gelebt haben.«

»Eigentlich nicht. Ich hatte den erbarmungslosen Konkurrenzkampf allmählich satt. Ich denke, meine Arbeit ist mir wichtiger als die Stadt, in der ich lebe.«

»Solange man Ihnen das Leben nicht unmöglich macht. Spruce Falls ist konservativ bis auf die Knochen.« Er trank seine Cola aus und warf die Dose in den Papierkorb. »Es ist wirklich ein Vergnügen, mit jemandem wie Ihnen reden zu können, Leslie. Die meisten Leute hier sind richtige Hinterwäldler, etwa so kultiviert wie heiße Würstchen mit Kartoffelsalat.« Dann ein Themenwechsel, der sie unvermittelt traf. »Haben Sie nicht mit Marcie zusammengelebt?«

»Vor ihrer Ehe.« Es kostete Überwindung, nicht auf den Kassettenrekorder zu blicken.

»Sie waren ... sehr gute Freundinnen?«

»Könnte man sagen. Wir kannten uns schon lange.« Das rote Warnlicht in ihrem Kopf leuchtete so hell wie die Aufnahmeanzeige des Rekorders. »In letzter Zeit haben wir nicht viel voneinander gesehen.«

»Was hat sie gemacht, bevor sie geheiratet hat?« Ein unvermittelter Rückzug nach dem vorherigen schnellen Vorstoß.

»Sie war Werbetexterin.« Was immer hier auch vorging, es war offensichtlich, daß Marcie darin verstrickt war. »Ist sie in irgendwelchen Schwierigkeiten?«

»Wie kommen Sie darauf, Leslie?«

»Wir drehen uns im Kreis, aber wir landen immer an derselben Stelle. Samstag. Das Motel. Ich bin nicht blöd, Sergeant.«

»Nein. Und sicherlich auch keine graue Maus. Sie müssen ein eindrucksvolles Paar gewesen sein. Marcie mit ihren blonden Haaren und Sie mit Ihren dunklen Augen und Ihren hohen Wangenknochen. Kein Wunder, daß Sie zum Fernsehen gewechselt sind. Eine Frau, die so aussieht wie Sie, sollte sich nicht in einem Rundfunkstudio verstecken.« Eine Pause, um das Kompliment wirken zu lassen, dann eine lässige Frage: »Sind Sie viel herumgekommen, als Sie in Toronto waren?«

»Wenn man im Nachrichtenressort arbeitet, hat man nicht viel Freizeit. Ich habe viele Überstunden gemacht.« Sie hatte gearbeitet, Marcie hatte sich die Zeit vertrieben. Wenn sie nicht so viel Zeit damit verbracht hätte, mit dem Mikrophon in der Hand in der Stadt herumzulaufen, wären sie vielleicht noch zusammen.

»Schade. Es ist eine aufregende Stadt. Wird in manchen Kreisen mit New York und Los Angeles verglichen.« Das goldene Namenskettchen klingelte leise, als er die Bügelfalte seiner Hose zurechtzupfte. »Sind Sie jemals bei Crispins gewesen?«

Begleitet von einem schwachen Lächeln und einer leichten

Beugung des Handgelenks war es eher eine Antwort als eine Frage. Er gab ihr damit zu verstehen, daß sie etwas gemeinsam hatten. Sie könnte frei mit ihm sprechen. Bei ihm zumindest brauchte sie keine Angst zu haben. Aber sie hatte Angst. Die Angst war ihr schon zur zweiten Natur geworden.

»Wie ich schon sagte, ich bin nicht viel ausgegangen.« Natürlich kannte sie Crispins. Es war ein elegantes Bistro in der Innenstadt, für die Erfolgreichen und die Wohlhabenden, in dem die homosexuellen Yuppies ein- und ausgingen. Sie hatte es gemieden, denn es wurde vornehmlich von Männern besucht. Sie konnte mit reinem Gewissen sagen: »Nein, ich bin nie bei Crispins gewesen.«

»Schade. Sie haben einen wunderbaren Sonntagsbrunch. Das ist eines der Dinge, die ich wirklich vermisse. Das Beste, was man hier sonntags kriegen kann, ist chinesisches Smørgasbrød.« Ein gespielter Schauder des Entsetzens, gefolgt von einem hochnäsigen Lächeln. »Wie ist es mit dem Cameo Club?«

Der Cameo Club. Ein Tanzlokal mit Bar im Kellergeschoß eines alten Gebäudes in einer abgelegenen Seitenstraße. Der Treffpunkt für Lesben. Dort waren Marcie und sie hingegangen, wann immer der Druck des Versteckspielens zu groß wurde. Sie wollte es nicht verleugnen, aber ebensowenig wollte sie es zugeben. »Es gibt ein Cameo Motel, wenn ich mich recht erinnere. An der Straße zum Flugplatz.«

»Das meine ich nicht. Es ist ein Club. Für Frauen. Im Osten der Stadt.« Seine Stimme senkte sich zu einem vertraulichen Flüstern. »Ich hatte einen Freund bei CBC, der mich ein paar Mal dorthin mitgenommen hat.«

»Ich denke, es ist nur für Frauen?«

»Männer werden reingelassen, wenn sie in der richtigen Begleitung sind.« Sie erwartete halb, daß er jetzt zur Sache kam, aber die blauen Augen blieben fest und freundlich. »Ich vermisse meine Freunde. Ich habe hier noch niemanden getroffen, mit dem ich zusammensitzen und reden könnte. Man kann hier verdammt einsam sein.«

Leslie versuchte, sich vorzustellen, wie er ein solches Gespräch mit Floyd Yarrow führte — undenkbar. »Ich hatte keine Zeit, mich einsam zu fühlen.«

»Dann sind Sie zu beneiden. Und all die Leute, die Sie treffen! Aber ich nehme an, in Ihrem Job ist es nicht solch eine Berufskrankheit wie in meinem.«

Es war die Art von Geplänkel, das eine Antwort verlangte. »Was?«

»Engstirnigkeit. Diese entsetzliche kleinstädtische Unfähigkeit, das Leben aus einer anderen Perspektive zu betrachten. Nehmen wir Crispins. Oder den Cameo Club. Wenn Yarrow sich jemals in eine dieser Bars verirren würde — er würde ausrasten. Einen Tobsuchtsanfall kriegen.«

Leslie lief es kalt den Rücken herunter. »Mir scheint, er rastet überhaupt schnell aus. Seine Nerven sind nicht gerade die besten.«

»Das stimmt. Das ist einer der Gründe, warum ich eingreifen wollte. Sie sind wie ich. Mir wäre es viel lieber, Sie würden Ihre Aussage bei mir machen als bei ihm. Wollen Sie jetzt reden und es hinter sich bringen?« Als er ihren verblüfften Gesichtsausdruck bemerkte, fügte er hinzu: »Wenn Sie bereit sind, eine Aussage zu machen, werde ich zusehen, daß Sie so bald wie möglich hier rauskommen.«

»Ich halte Ihnen einen Monolog zu jedem Thema Ihrer Wahl, wenn das etwas nützt.«

»Eine einfache Aussage wird genügen, Leslie.« Ein Teil seiner Freundlichkeit war verschwunden.

»Ich weiß nicht, was Sie mit Aussage meinen. Stellen Sie mir Fragen, und ich werde sie Ihnen beantworten.«

»Sie und Marcie Denton waren ein Liebespaar, nicht wahr?«

Obwohl er schon in dieser Richtung vorgefühlt hatte, kam die Frage so schnell, war so unverfroren, daß ihr der Atem stockte. »Wir waren gute Freundinnen.«

»Kommen Sie! Yarrow weiß Bescheid. Und es gibt nichts auf der Welt, was er mehr haßt als Homos. Regen Sie sich nicht auf. Das ist sein Ausdruck, nicht meiner. Er würde lieber einen Schwulen fertigmachen als einen Massenmörder fangen.«

Über Yarrow machte sie sich keine Illusionen, aber was war mit Moore? Sicher, er hatte seine vielsagende Handbewegung erst gemacht, als der Inspektor außer Sichtweite gewesen war, aber Yarrow mußte doch bestimmt etwas ahnen. Wie auch immer, es war nicht verboten, homosexuell zu sein. Jedenfalls nicht, solange man den gesetzlichen Bestimmungen folgte und innerhalb der vorgeschriebenen Grenzen blieb. Und es gab schon gar kein Gesetz dagegen, lesbisch zu sein. Das war Queen Victoria zu verdanken, die Frauen solche Dinge nicht zugetraut hatte.

Gerade als sie erneut fordern wollte, daß man sie gehen ließe, öffnete sich die Tür und Yarrow betrat unheilverkündend den Raum. Er bedeutete Moore, ihm nach draußen zu folgen. Einen Augenblick später kehrten sie zurück — mit versteinertem Gesichtsausdruck. »Leslie Taylor, ich verhafte Sie wegen Mordes an Marcie Denton. Ich weise Sie darauf hin, daß alles, was Sie sagen, gegen Sie verwandt werden kann.«

Leslie fühlte, wie sich der Boden vor ihr auftat und sie verschlang. Bilder schossen ihr durch den Kopf. Marcie beim Frühstück, ihr helles silbernes Haar feucht vom Duschen. Das Gefühl von Marcies Körper in ihren Armen, diesem weichen Körper mit den sanften Rundungen. Marcie lachend, ernst, glücklich, verängstigt, unzufrieden. Aber immer, während ihrer gemeinsamen Zeit, war es eine Marcie voll überschäumender Lebensfreude gewesen. Das Loch schloß sich über ihrem Kopf, und sie versank in einem unendlichen Tunnel.

Vage und aus großer Entfernung hörte sie Yarrow sagen: »Lassen Sie ihre Personalien aufnehmen. Dann kann sie ihren Anwalt anrufen.« Und sie hörte Moore, ebenfalls aus weiter Ferne, murmeln: »Ich wünschte, Sie hätten es uns selbst gesagt; bevor er die Gelegenheit hatte, Sie anzuklagen. Es hätte sich strafmildernd ausgewirkt.«

Sie drehten sich um und nahmen Leslie zwischen sich. Ihr

Rücken war steif, und ihre Beine bewegten sich wie von selbst. Raus aus dem kleinen, stickigen Raum. Über die Holzdielen des Flurs, vorbei an den leeren Büros mit ihrer verbrauchten Luft. Die Treppe hinunter zum Erdgeschoß, dann weiter treppab ins Untergeschoß und in einen verließartigen Büroraum, hinter dem die Zellen lagen.

»Einen Anruf«, sagte Moore. Sie sah ihn mit leerem Blick an, kämpfte darum, aus den sinnlos durcheinanderklingenden Lauten einen Sinn zu machen. Er versuchte es erneut. »Sie können jetzt Ihren Anwalt anrufen.«

Was hatten sie gesagt? Marcie war tot, und sie, Leslie Taylor, sollte sie getötet haben. Schmerz schoß in ihr hoch, ein pulsierender, qualvoller Strom. Mit dem Schmerz begann sich der Nebel zu heben, und ihr Verstand fing wieder an zu funktionieren.

»Ich sollte meine Mutter anrufen und ihr sagen, wo ich bin.« Wie konnte sie so ruhig klingen, wenn ihr das Herz blutete?

»Er sagte, nur einen Anruf, Leslie.« Er legte ihr beruhigend eine Hand auf die Schulter, als er ihre Verzweiflung bemerkte, und fügte hinzu: »Nur zu, rufen Sie sie an. Ich werde Ihren Anwalt benachrichtigen.«

»Ich habe keinen. Ich muß mir einen aus dem Telefonbuch heraussuchen.«

»Ich weiß einen, der ziemlich gut ist. Sollen wir sehen, ob er Ihnen zur Verfügung steht?«

Während sie die Nummer ihrer Eltern wählte, ging er die Visitenkarten in seiner Brieftasche durch. Als ihre Mutter sich meldete, holte sie tief Luft und sagte: »Mom, würdest du zu mir gehen und Duchess abholen? Ich werde für ein paar Tage nicht zu Hause sein.« Bevor ihre Mutter Zeit hatte zu antworten, legte sie rasch auf. Sie würde früh genug herausfinden, daß ihre Tochter des Mordes an ihrer besten Freundin angeklagt war. Es sei denn, es würde ein Wunder geschehen, und Moores Freund, der Anwalt, könnte die Dinge über Nacht in Ordnung bringen.

Sie sah wieder Yarrows Gesicht vor sich, als er sie anklagte. Absolute Befriedigung war darin zu lesen gewesen. Er wußte, sie war schuldig: wenn nicht an Marcies Tod, dann zumindest daran, einen Teil ihres Lebens vergiftet zu haben. Und das eine wog für ihn so schwer wie das andere.

Was hatte Moore gesagt? »Er würde lieber einen Schwulen fertigmachen als einen Massenmörder fangen.« Sie wußte, daß Yarrow sie niemals davonkommen lassen würde. Die panische Angst, die sie befiel, mischte sich mit dem Schmerz über Marcies Tod. In diesem Moment wußte Leslie, daß ihr Leben nie wieder dasselbe sein würde.

2

Haberdash Poulis war einsfünfundsechzig groß, an beiden Enden dünn und in der Mitte fett. Offensichtlich trug er seine Anzüge und seine Schuhe, bis sie auseinanderfielen, aber für den Fall eines unvorhergesehenen Gerichtstermins hatte er immer ein sauberes Hemd in seiner Aktentasche. Diese Eigenart führte zu vielen gutmütigen Neckereien von seiten seiner Kolleginnen und Kollegen, und schließlich auch dazu, daß sein Vorname Simon durch *Haberdashery*, Herrenausstatter, ersetzt wurde. Was ihm an Ausstrahlung fehlte, machte er auf anderen Gebieten mehr als wett: er war ein gewiefter Kenner des Gesetzes und konnte mit einer erstaunlichen Effizienz — einer Dreschmaschine gleich — die Spreu vom Weizen trennen. Wenn er nicht jeder Laune spontan gefolgt wäre, hätte er sich seines Erfolges als Anwalt sicher sein können. Der bescheidene Ruf, den er dennoch genoß, gründete sich zum Teil darauf, daß er nur Fälle übernahm, die schnell, erfolgreich und mit einem Minimum an Aufwand zu lösen waren.

Nachdem Anwalt Poulis am Sonntag, den 14. Juli, um neun Uhr abends von Detective Sergeant Douglas Moore vom Polizeidistrikt Spruce Falls in Sachen Leslie Taylor angerufen worden war, warf er eine Handvoll Fischfutter in sein Aquarium, wechselte sein Hemd und saß wenige Minuten später in dem kleinen Raum im ersten Stock des Polizeireviers und wartete darauf, daß man ihm seine neue Klientin heraufbrachte.

Bei seiner Ankunft war er dem Inspektor begegnet, der die Polizeistation gerade verließ. »Kommen Sie wegen der Taylor?« hatte Yarrow gefragt und dann mit einem Augenzwinkern hinzugefügt: »Diesmal haben Sie eine Lebenslängliche, Hab. Sie schnallen sich besser an.«

Hab kannte Leslie nicht persönlich, aber wie alle Leute in Spruce Falls wußte er, wer sie war. Eine Reporterin beim lokalen Rundfunk- und Fernsehsender. Außerdem wußte er dank Moores kurzem Bericht am Telefon, daß sie unter dem Verdacht stand, eine junge Frau erschlagen zu haben: jemand hatte sie gesehen, als sie den Tatort verließ, und sie war die letzte Person, die nachweislich mit der Toten zusammengewesen war.

Kaum begonnen, schien der Fall bereits abgeschlossen. Wenn sich diese Informationen bestätigten, würde es kaum etwas für ihn zu tun geben, abgesehen von den routinemäßigen Eingaben und Besprechungen, um das bestmögliche Ergebnis auszuhandeln.

Die Tür quietschte, und seine neue Klientin trat ein, gefolgt von Yarrows elegantem jungen Assistenten. Dankbar für die wachsende Zahl von Fällen, die ihm vom Detective Sergeant zugeschoben wurden, begrüßte Hab zunächst Douglas Moore, bevor er sich Leslie zuwandte. Was er sah, war kaum ermutigend. In Shorts und T-Shirt, abgehärmt und hohläugig, sah Leslie Taylor so ausgezehrt aus wie eine Marathonläuferin, die mit dem letzten Kilometer kämpfte. Shorts und T-Shirt zeigten Hab, daß sie im Laufe des vergangenen Tages abgeholt worden war, und daß sie keinen Grund zu der Annahme gehabt hatte, es ginge um mehr als eine Routinebefragung. Das war an sich nichts Verwunderliches. Je länger Verdächtige hingehalten werden konnten, desto mehr Zeit hatten die

Untersuchungsbeamten, belastendes Beweismaterial zu sammeln. Vom vorhandenen Beweismaterial hing nämlich ab, ob der Richter Haftverschonung gegen Kaution bewilligte oder verweigerte, ob Anklage erhoben wurde oder nicht, ob ein Fall vor Gericht kam oder im Papierkorb landete.

»Seit wann ist Miss Taylor inhaftiert?« Die Frage war an Moore gerichtet, der gerade gehen wollte.

»Seit etwa einer halben Stunde. Ich habe Sie kurz darauf angerufen.«

Leslies Augen sprühten Funken. Hab hob seine Hand, um sie Schweigen zu heißen und fragte: »Wann haben Sie sie abgeholt?«

»Etwas früher.« Moore trat unbehaglich von einem Fuß auf den anderen.

»Heute morgen«, schnappte Leslie. Ihre Stimme zitterte vor Wut. »Gleich nach dem Frühstück. Ich bin schon den ganzen Tag hier, weiß der Himmel, warum.« Sie ließ sich Haberdasher gegenüber auf den Stuhl fallen, auf den Stuhl, auf dem sie die meiste Zeit dieses Tages verbracht hatte, und stützte ihr Kinn in beide Hände. »Sie haben sich in den Gedanken verrannt, ich hätte jemanden getötet. Das ist absurd. Wie schnell können Sie mich hier rausholen?«

»Sobald wir eine Anhörung wegen Freilassung auf Kaution arrangieren können.«

»In vierundzwanzig Stunden.« Das hatte sie während der Arbeit an ihrem Dokumentarfilm über geschlagene Frauen mitbekommen.

»Ich fürchte, nein.« Haberdash schaute zu Moore hinüber. »Sie sagten Mord ersten Grades?«

Moore nickte, während er rückwärts hinausging und Leslie und Hab allein ließ.

»Das mit den vierundzwanzig Stunden trifft nicht auf Kapitalverbrechen zu, Miss Taylor. Es könnte eine Weile dauern.«

»Sie meinen, ich muß über Nacht hierbleiben?«

»Ich fürchte, ja. Ich werde den Antrag morgen früh stellen, aber das Günstigste, womit wir rechnen können, ist eine

Woche. Normalerweise dauert es länger.« Er holte einen linierten Notizblock aus seiner Aktentasche. »Also, ich möchte, daß Sie mir alles erzählen, was passiert ist. Alles.«

Die Gedanken drehten sich in ihrem Kopf, als sie hörte, daß man sie weder heute, noch in den nächsten Tagen, vielleicht nicht einmal in den nächsten Wochen entlassen würde. Trotzdem versuchte sie zu beschreiben, was passiert war, seit man sie am Morgen abgeholt hatte. Den Stift zum Schreiben bereit, sagte Hab: »Schon gut, das ist jetzt unwichtig. Erzählen Sie mir von Marcie Denton. Gab es zwischen Ihnen böses Blut? Warum wollten Sie sie treffen? Und warum war sie in einem Motel, obwohl doch ihre Familie hier wohnt? Warum waren Sie bei ihr in dem Motelzimmer?«

»Ich war nicht in ihrem Motelzimmer. Ich weiß nicht, warum sie dort war. Ich habe sie gar nicht gesehen.« Sie fügte nicht hinzu, daß der Grund für Marcies Anwesenheit in Spruce Falls vermutlich darin lag, daß sie von ihrem miesen Ehemann wegzukommen versuchte.

Das hatte er öfter gehört, als er zählen konnte. Ich bin unschuldig. Ich war's nicht. Ich bin überhaupt nicht dort gewesen. Das waren immer die schwierigsten Fälle, diese Uneinsichtigen, die kein Geständnis ablegen wollten. Und bei Leslie Taylor waren alle Anzeichen vorhanden. Schuldig wie der Teufel. Er hatte es daran erkannt, wie sie ihre Arme schützend über der Brust verschränkte, als sie zur Tür hereingekommen war; er las es in ihren dunklen Augen, hinter denen sich alles mögliche verbergen konnte, die jetzt aber leer und ausdruckslos waren; er erkannte es an ihrem zurückhaltenden Auftreten — verständlich unter den Umständen, obwohl man spürte, daß das ihre Art und nicht allein der Situation geschuldet war.

Hab war weder Richter noch Geschworener, und deshalb war es ihm egal, ob sie schuldig wie der Teufel oder unschuldig wie ein Lamm war. Hauptsache, sie erzählte ihm keine Märchen, so daß er wußte, woran er war. »Wenn ich Ihnen helfen soll, Miss Taylor, müssen Sie mir vertrauen. Ich möchte

Ihre Version hören, bevor ich die Geschichte vom Morddezernat erfahre. Was für eine Beziehung hatten Sie also zu Mrs. Denton?«

»Wir waren Freundinnen. Wir kannten uns schon seit langem.« Sie senkte den Blick, mied seine Augen, um die Tränen zu verbergen, die ihre Augen verschleierten.

Hab machte sich in Gedanken eine Notiz, ihr zu sagen, sie solle die Jury offen anblicken. Vorausgesetzt natürlich, sie kämen soweit. Sehen Sie die Jury an. Lassen Sie die Schultern nicht hängen, halten Sie den Kopf hoch. Und versuchen Sie, ein wenig Gefühl zu zeigen. Er machte ein finsteres Gesicht. Wenn sie erwartete, zwölf Leuten, allesamt aufrichtige und ehrbare Bürger, glauben machen zu können, sie seien enge Freundinnen gewesen — die einander nichts Böses wünschten —, dann würde sie besser ein bißchen auf die Tränendrüse drücken. »Haben Sie sich gestritten?«

»Nein. Wir haben uns seit Monaten nicht einmal gesehen.« Es war leichter, an Marcie in der einfachen Vergangenheit zu denken, als mit dieser schrecklichen Endgültigkeit über sie zu reden.

»Dann waren Sie also nicht mehr so vertraut miteinander wie früher? Warum nicht?«

»Zum einen, weil sie in Toronto war, und ich hier lebe. Wir hatten einfach nicht so viel Gelegenheit. Wenn Marcie tot ist, sollten sie lieber mit Charlie reden, statt mit mir. Warum hätte ich sie töten sollen? Ich habe sie ...« Sie konnte sich gerade noch rechtzeitig zurückhalten und sagte lahm: »Ich habe sie sehr gern gehabt.«

»Warum hätte ihr Mann sie töten sollen? Ich nehme an, Sie meinen Charlie Denton, den Architekten? Was für einen Grund hätte er gehabt?«

»Was für einen Grund hatte er, sie zu schlagen? Sie hatte eine Todesangst vor ihm. Warum holen sie nicht ihn, statt ihre Zeit mit mir zu verschwenden?«

»Sie haben schon mit ihm gesprochen. Er ist sofort hergeflogen, als er vom Tod seiner Frau erfuhr. Er ist bei Mrs. Dentons

Eltern.« Charlie Denton stand offenbar nicht unter Verdacht. Leslie Taylor hingegen schon. Man konnte es ihr nicht übelnehmen, daß sie versuchte, den Verdacht von sich abzulenken, aber je eher sie aufhörte, ihm Sand in die Augen zu streuen, und begann, sich mit der anstehenden Sache auseinanderzusetzen, desto besser für sie beide. Versuch's nochmal, Poulis, und laß sie diesmal nicht vom Thema ablenken. »In was für einer Stimmung war sie, als Sie sie sahen? War sie aufgeregt?«

»Ich habe sie nicht gesehen.«

»Warum hat sie sich wohl ein Motelzimmer genommen, wo doch ihre Familie hier lebt?«

»Ich habe keine Ahnung.«

»Was wollten Sie dort?«

»Sie hatte mir auf meinem Anrufbeantworter die Nachricht hinterlassen, daß sie mich sehen wollte. Ich fuhr hin, sie war nicht da, und ich fuhr wieder weg.«

Für eine angeblich intelligente Frau war sie bemerkenswert begriffsstutzig. Selbst ein Schulmädchen könnte mit einer besseren Geschichte aufwarten. Vielleicht mußte man sie mit der ungeschminkten Wahrheit konfrontieren. »Lassen Sie es mich Ihnen erklären, Miss Taylor. Sie sind des Mordes angeklagt. Das bedeutet fünfundzwanzig Jahre. Falls man Ihnen so viel wie möglich erläßt, heißt das immer noch zwanzig Jahre. Angenommen, wir kriegen es runter auf Totschlag. Das heißt, zehn bis zwanzig Jahre. Das Beste, was wir erhoffen können, ist fahrlässige Tötung. Und selbst dann wird der beste Teil Ihres Lebens den Bach runtergehen.«

»Sie klingen, als sei der Fall abgeschlossen. Die holen mich zum Verhör hierher, und Sie reden, als ob bereits alles gelaufen wäre — bis auf das Hängen.«

»Jetzt hören Sie mal gut zu. Verdammt viele Leute sitzen hinter Gittern, weil sie erst aufgewacht sind, als es zu spät war. Ich kenne Yarrow. Er hätte Sie nicht verhaftet, wenn er nicht genügend Beweismaterial haben würde, um Sie gleich jetzt vor Gericht zu bringen. Morgen früh stelle ich den Antrag auf

Haftverschonung gegen Kaution. Er wird tun, was er kann, um den Richter davon zu überzeugen, Sie bis zur Verhandlung festzusetzen. Wenn Sie mir nicht endlich helfen, stehen Ihre Chancen ziemlich schlecht.«

»Helfen? Ich bin unschuldig! Reicht das nicht?«

»Nein. Das reicht nicht. Erst einmal will ich Sie hier rausholen. Ein Schritt nach dem anderen. Dann entscheiden wir, wie wir das Ganze handhaben. Wir werden einen Weg finden. Es gibt da verschiedene Möglichkeiten. Darauf kommen wir später zurück. Ich möchte, daß Sie heute Nacht ausreichend Schlaf bekommen. Wenn Sie mir jemanden nennen, den ich anrufen kann, werde ich versuchen, Ihnen was anderes zum Anziehen zu besorgen. Und auf alle Fälle brauche ich den Namen einer Person, die für Sie bürgt.«

»Bürgt?« Sie verbarg ihr Entsetzen augenblicklich hinter einer Maske der Gelassenheit. »Es gibt niemanden.«

»Ich dachte, Sie sind hier zu Hause? Lebt Ihre Familie nicht hier?«

»Ich möchte sie da nicht hineinziehen.«

»Nicht hineinziehen?« Hab fuhr mit dem Finger um seinen Kragen, der mit jeder Sekunde unansehnlicher wurde. »Sie *sind* bereits mitten drin. Bevor diese Sache vorbei ist, werden alle, die Sie jemals gekannt haben, hineingezogen worden sein.« Mein Gott, was mußte er noch tun, damit sie ihre Lage begriff? »Ab sofort ist Ihr Leben ein offenes Buch. Alles, was Sie je getan haben, alles, worüber Sie je mit jemandem gesprochen haben, wird Wasser auf ihren Mühlen sein.«

Ohne Vorwarnung brach ihre Selbstkontrolle zusammen. Leslie schlug die Hände vors Gesicht, ihr Körper wurde von Krämpfen geschüttelt. Hab beobachtete sie abschätzend mit zusammengekniffenen Augen. Verzögerte Reaktionen waren ihm nichts Neues. Er gratulierte sich zu seiner Entscheidung, eine härtere Gangart einzulegen. Sie schien ihm nicht allzu beunruhigt, als er sie mit zehn, zwanzig Jahren, ja gar mit lebenslänglich konfrontiert hatte, aber der Schlag hatte gesessen. Um so besser. Wenn es hart auf hart käme, würde er auf ein Schuldbekenntnis drängen und auf mildernde Umstände plädieren. Je nachdem, was Yarrow noch in petto hatte, würde er sie vielleicht doch noch kleinkriegen. Das wäre tausendmal einfacher, als den ganzen Zirkus einer Gerichtsverhandlung mitzumachen — ganz abgesehen von dem Lob, das ihm gebührte, wenn er das Geld der Steuerzahler sparte.

Einigermaßen zufrieden mit dem Ergebnis dieses ersten Treffens — schließlich war es ihm gelungen, zu dieser Klientin durchzudringen, auch wenn er noch gar nicht sicher war, ob er sie vertreten wollte —, packte Hab Poulis seine Aktentasche und schlenderte Richtung Tür. »Ich sehe Sie morgen, Miss Taylor. Und ich stelle morgen früh gleich als erstes den Antrag auf Haftverschonung. Es wird etwa eine Woche dauern. Und denken Sie daran, kein Wort zu irgend jemandem. Ab sofort reden Sie nur noch, wenn ich dabei bin.«

Moore führte sie zurück nach unten. Leslie folgte ihm wie ein Roboter. Ihr Kopf, in dem es gewöhnlich so wohlgeordnet zuging, verhielt sich wie eine bockige Maschine. Ansätze, Ausfälle. Klarheit und Nebel. Sie hatte einen Anwalt verlangt und diesen komischen kleinen Mann im zerknitterten Anzug bekommen, der es darauf anzulegen schien, sie zu vernichten. Sie hatte verlangt, freigelassen zu werden, und er hatte gesagt, ja, ich kümmere mich morgen darum, und aus dem morgen wurde mindestens eine ganze Woche später — und auch das nur dann, wenn sie Glück hatte.

Vater und Mutter. Was war mit Vater und Mutter? Sie werden es erfahren müssen, hatte er gesagt. Alle werden es erfahren. Gott! Reichte es nicht, daß Marcie tot war? Marcie: hingebungsvoll, sinnlich, schön. Reichte es nicht, daß sie tot war, mußte sie auch noch öffentlich gebrandmarkt werden? Mußten sie beide gebrandmarkt werden mit den Details jenes anderen Lebens, das sie so sorgsam zu verheimlichen gesucht hatten?

Geräusche mischten sich in ihre Schritte, die von den Betonwänden widerhallten, und sie war sich vage einer Stimme bewußt, die zu ihr sprach. Mit gewohnheitsmäßiger Höflichkeit sagte sie: »Entschuldigung, was haben Sie gesagt?«

Sie hatten den Zellentrakt erreicht. Moore hielt ihr die Tür auf und wiederholte: »Wir haben beschlossen, daß es am besten ist, Sie über Nacht hierzubehalten. Sie werden morgen in die Haftanstalt überführt.«

Am besten? Am besten hätte sie die Tür erst gar nicht aufgemacht, als sie klopften. Den Anrufbeantworter nicht angestellt, als sie vom See zurückkam — dann hätte sie Marcies Nachricht nicht bekommen und wäre nicht mal in der Nähe des Dalton Motels gewesen. Vielleicht wäre es überhaupt das Beste gewesen, Marcie von sich fernzuhalten; Entsetzen vorzugeben, als Marcie mit ihrer Liebeserklärung herausplatzte. Am besten hätte sie diesen Teil ihres Selbst in der kleinen dunklen Ecke gelassen und niemals, nicht einmal vor sich selbst, zugegeben, daß er existierte.

Sie betrat die Zelle, wandte sich um und fragte, noch immer in der Hoffnung, daß es ein Irrtum sein könnte: »Ist es wahr? Ist Marcie wirklich tot?«

»Ja.«

»Aber wie ist das möglich? Ist es in diesem Motel passiert?«

»Ich darf nicht darüber reden, Leslie.« Seine Stimme klang behutsam, mitfühlend. »Möchten Sie, daß ich eine Weile hierbleibe? Wenn Sie reden wollen, ich bin ein recht guter Zuhörer.«

»Ich möchte nur nicht allein sein.«

»Ich weiß. Ich würde mich genauso fühlen. Was halten Sie von Poulis?«

»Er scheint ... Ich weiß nicht. Ich glaube, er ist nicht das, was ich erwartet hatte. Er hat immer wieder dieselben Fragen gestellt wie Yarrow. Er tat, als würde ich lügen.«

»Anwälte sind wie Ärzte. Jeder hat so seine eigene Art, mit Leuten umzugehen.«

»Er ist kein sehr angenehmer Mensch.«

»Es ist kein sehr angenehmer Beruf. Er hat mit ziemlich zwielichtigen Leuten zu tun.« Er lächelte entschuldigend.

»Anwesende natürlich ausgenommen.« Er verschwand im angrenzenden Büro und kam mit einem Stuhl zurück, den er an die Wand gegenüber ihrer Liege stellte. Die Zelle war so eng, daß er das Kinn auf die Knie stützen konnte, nachdem er seine Füße auf die Bettkante gelegt hatte. »Also. Worüber möchten Sie reden?«

Marcie. Nichts auf der Welt wollte sie lieber als über Marcie reden. »Egal. Über das Wetter.«

»Im Augenblick regnet es.« Seine Augen fixierten die Zellendecke und er sagte, mehr zu sich selbst, als zu Leslie: »Manchmal habe ich die Nase so voll von dieser Stadt, daß ich abhauen und nie zurückkommen möchte. Sie ist ein Anachronismus. Ich könnte schwören, daß einige Leute noch immer in den vierziger und fünfziger Jahren leben. Es ist so viel in der Welt passiert, aber die haben nichts davon mitgekriegt.«

»Das ist hier nicht anders als in den meisten Orten dieser Größe. Spruce Falls ist nicht gerade eine bedeutende Metropole.«

»Es ist auch nicht gerade ein Kuhdorf. Aber, mein Gott, es ist so rückständig. In Toronto kamen einige von uns regelmäßig zusammen und lasen Gedichte. Ein paarmal im Monat trafen wir uns und lasen uns gegenseitig Gedichte vor. Können Sie sich vorstellen, daß das hier möglich wäre? Man würde uns mit Schimpf und Schande aus der Stadt jagen. Wenn Yarrow jemals Wind davon bekäme, wäre ich sofort dran.«

»Ist es schwierig, mit ihm zu arbeiten?«

»Nicht, wenn ich daran denke, vorsichtig zu sein. Aber ich habe dauernd Angst, daß mir was rausrutscht. Verstehen Sie, was ich meine?«

Natürlich wußte sie, was er meinte. Während der Jahre mit Marcie war Vorsicht für sie zur zweiten Natur geworden. Sie wußte gar nicht mehr, was Spontaneität bedeutete. Jedes Wort wurde sorgsam erwogen, bevor es ausgesprochen wurde. Für jede Improvisation vorher das Drehbuch geschrieben. Ein Widerspruch in sich, aber notwendig zum Überleben. »Was hat Sie dazu gebracht, Polizist zu werden?« Rede, Leslie. Es wird dich ablenken. Von dem, was passiert. Was passiert *ist*.

»Sie machen ja ein Interview mit mir, Miss Taylor.« Er lachte gutmütig. »Bacon hat gesagt, wir schulden alles unseren Berufen, oder so ähnlich. Wir sind, was wir tun.«

»Ich weiß nicht, ob das so ganz stimmt.«

»Nichts stimmt *ganz*.« Moores Blick konzentrierte sich auf seine Schuhspitzen, Leslie fragte sich, ob er sein Spiegelbild betrachtete. »Ich wollte Musiker werden«, fuhr er fort, jedes Wort abwägend: »Ich habe recht gut Klavier gespielt. Aber Dad meinte, das sei Mädchenkram. Er war bei der Polizei. Einer der alten Streifenpolizisten. Ich glaube, ich wollte einfach, daß er stolz auf mich ist.«

»Ist er das?«

»Ich hoffe es. Er sagt nicht viel, aber ich glaube, er denkt, daß ich schließlich doch ein ganz ordentlicher Sohn geworden bin.«

»Und was ist mit Ihnen? Sind Sie glücklich?« Sie hätte lieber gefragt, ob das die Sache wert war, aber sie tat es nicht, weil sie fürchtete, er würde die Frage auf seine Person statt auf seinen Beruf beziehen. Wenn der Sergeant irgendwelche Leichen im Keller hatte, wäre es besser, sie blieben dort.

»Erinnern Sie sich an Oscar Levant? Ich habe die meisten seiner Platten. Achtundsiebziger, Liebhaberstücke.« Er hielt inne und wartete auf eine Antwort. Als Leslie, verwirrt durch den scheinbar übergangslosen Gedankensprung, den Kopf schüttelte, fuhr er fort: »Er war eine Zeitlang einer der ganz Großen in Hollywood, damals in den Studiotagen. Nicht gerade der größte Pianist aller Zeiten, aber er hatte eine Stimme, die durch Eisen drang. Einmal hat ihm jemand diese Frage gestellt, und wissen Sie, was er gesagt hat? 'Glück ist nicht etwas, was man erlebt. Es ist etwas, an das man sich erinnert.' Ich glaube, er hatte recht.«

Das schöne Gesicht sah ohne das Lächeln — Leslie hatte schon geglaubt, er lächelte selbst im Schlaf — alt und müde aus. Die Züge waren nicht länger jungenhaft, sondern messerscharf, die Haut war gespannt und ließ die Knochen durchscheinen. Sie wollte die Hand nach ihm ausstrecken, ihm sagen, daß es so etwas wie Glück gab; es war zwar zerbrechlich und flüchtig und außerordentlich selten, aber es existierte und konnte erlebt werden – man mußte es nur erkennen, wenn man es hatte, und nie, niemals versuchen, es über seine Zeit hinaus festzuhalten, ebensowenig wie man eine schillernde Seifenblase festhalten würde, die in der Luft schwebte.

Sie wollte die Hand ausstrecken und ihn trösten, aber sie sagte nichts. Sie saßen sich gegenüber, beide in ihre eigenen Welten versunken. Die Glühbirne, hoch oben an der Decke, warf unheimliche Schatten auf die Szenerie. Von oben kam ein schwaches Geräusch von Schritten. In der Zelle war es still. Nur ihr Atmen war zu hören. Eine eiserne Lunge, dachte Leslie. Wir sind auch nicht besser dran als diese Kranken von früher, die den Rest ihres Lebens in diesen entsetzlichen eisernen Lungen verbringen mußten.

Als die Stille andauerte, begannen die Wände zusammenzurücken. In Toronto war sie nie mit der U-Bahn gefahren, weil sie darin klaustrophobische Anfälle bekam. Als sie und Marcie ihre erste gemeinsame Wohnung mieteten, hatten sie sich eine mit riesigen Fenstern und mit Blick auf Grünflächen und Bäume ausgesucht. Immer, schon als Kind, hatte sie dieses Gefühl von Freiheit gebraucht, das ihr das offene Land und der weite Horizont vermittelten. Hier drin zu sein, in diesem einengenden, abgeschlossenen Raum aus Stahl und Beton, machte sie benommen. Sie zitterte am ganzen Leib, vor Panik ebenso wie von der Kälte und der Feuchtigkeit. Oh Gott, oh Gott, oh Gott. Ihre Gedanken kreisten wie das beschwörende Ritual eines Mantra, die endlose Wiederholung eines Plattenspielers, dessen Nadel hängengeblieben war. Die Arme um ihren Oberkörper geschlungen, schaukelte sie vor und zurück, so daß der Metallrost der Liege quietschte.

»Leslie, es tut mir leid.« Die vorderen Beine seines Stuhls landeten mit einem dumpfen Geräusch auf dem Boden. »Sie müssen frieren. Ich werde Ihnen ein paar Decken holen. Und etwas zu essen. Sind Sie hungrig?« — Irgend jemand hatte sie das schon einmal gefragt. Yarrow? Es mußte der Inspektor gewesen sein. Er hatte gefragt, sind Sie hungrig, und sie hatte gesagt, ja, und die Zeit war vergangen, und diese Frage war schließlich in einer Flut von anderen Fragen untergegangen, die nichts mit Essen oder Trinken oder persönlichem Wohlergehen zu tun hatten. Und jetzt war es egal. Sie schüttelte den Kopf, wollte plötzlich nur noch allein sein.

Moore erhob sich anmutig — seltsam, wie er es selbst in dieser Umgebung schaffte, den perfekten Gastgeber zu spielen — und sagte freundlich: »Ich bin in einer Minute zurück.«

Leslie hörte, wie die Tür mit einem dumpfen Klang zufiel, als würde sie nie wieder aufgehen. Sie blickte nicht zur Tür. Sie wußte, daß etwas in ihrem Inneren zerspringen würde, wenn sie sie verschlossen, vergittert und verriegelt sah. Moore hatte gesagt, er wäre in einer Minute zurück. Seine Minuten neigten dazu, sich nicht nach der Uhr zu richten, aber wie lange es auch immer dauern mochte, sie würde mit geschlossenen Augen dasitzen und keinen Gedanken aufkommen lassen.

Bei seiner Rückkehr fand Moore sie genau so vor, wie er sie verlassen hatte. Sie hockte auf dem Rand der Liege und starrte die Wand an. Er hielt einen Moment vor der Tür inne und nutzte die Gelegenheit, sie unbeobachtet zu betrachten. Abgesehen von ihrem Zittern — selbst warm angezogen ließ einen die Feuchtigkeit hier unten fast mit den Zähnen klappern —, war sie bemerkenswert gefaßt. In ihrer Situation würde er mit dem Kopf gegen die Wand rennen. Er hätte sich schon längst die Seele aus dem Leib geschrien. Sie aber saß einfach dort, unbeteiligt und unbewegt wie eine Statue. »Leslie.« Die Tür schwang mit einem leichten Quietschen auf. Er ließ die Decken auf das Bett fallen und hielt ihr eine Papiertüte hin. »Ich hoffe, Sie mögen Hähnchen.«

»Sie hätten sich keine Umstände machen sollen.« Als sie keine Anstalten machte, die Tüte zu nehmen, legte er sie auf den Boden.

»Ich habe Ihnen auch Kaffee mitgebracht. Ich möchte, daß sie ihn trinken.« Er drückte ihr den Pappbecher in die Hand, hob dann eine der Decken auf und legte sie ihr um die Schultern. »Hier ist noch eine Decke. Die können Sie als Laken nehmen.« Die Matratze war durchgelegen und verblichen. Ein Ausdruck des Ekels flog über sein hübsches Gesicht. Er würde eher auf dem Boden schlafen, als sich auf das gammelige Ding zu legen. »Ich muß Sie jetzt verlassen. Versuchen Sie, sich etwas auszuruhen.«

Als das Zittern nachließ, blickte Leslie auf, lächelte gezwungen und sagte: »Danke, Doug.« Sie war dankbar für das Hähnchen, das sie nicht essen würde, für den Kaffee und die Decken und für seine Gesellschaft. Mit einer freundschaftlichen Geste reichte sie ihm die Hand. Er registrierte, daß sie ihn bei seinem Vornamen genannt hatte. Ermutigend drückte er ihr die Hand. »Morgen früh wird alles ganz anders aussehen. Das ist immer so.«

Er drehte sich um, und schon war er fort. Leslie hörte, wie seine Schritte sich entfernten. Als er sich dem anderen Ende des Ganges näherte, vernahm sie die ersten Takte einer beschwingten Melodie. Ein fröhliches Pfeifen. Ein Zeichen für sie, den Kopf nicht hängen zu lassen? In kleinen Schlucken trank sie ihren Kaffee. Wie freundlich er war. Wie gut, jemanden zu haben, der sich um sie kümmerte. Wenn es nach Yarrow gegangen wäre, hätte man sie in ein Verließ geworfen und dem Hunger überlassen.

Sie wickelte sich in ihre Decke, zog sich einen Zipfel über den Kopf, um das Licht abzuhalten, schloß die Augen und stellte sich vor, mit Duchess zusammen in einem wunderbaren Garten zu sein. Langsam driftete sie in einen leichten, dann in einen tieferen, sorgenschweren Schlaf. Der Garten verschwand, und sie hatte sich in einem Dickicht verirrt, das an ihren Kleidern zerrte und die Sonne verdunkelte. Duchess jaulte in der Ferne, und sie folgte diesem Hilferuf, der sich jedoch entfernte, sobald sie meinte, sich ihm zu nähern. Endlich tat sich im Unterholz eine Lichtung auf. Dort, am Fuß eines Baumes, lag Duchess, übel zugerichtet, blutend, einen Lauf in einer Falle gefangen. Fieberhaft zerrte Leslie an der Falle, versuchte verzweifelt, die Stahlbacken auseinanderzustemmen. Vergeblich. Schließlich gab sie es auf, setzte sich und wiegte den Kopf des Hundes in ihrem Schoß. Weinend sah sie in die sanften braunen Augen, die sie hilfeflehend anblickten. Ich vertraue dir, sagten sie. Wenn du mich liebst, tu' etwas. Die einst so glänzenden Augen waren dunkel vor Schmerz. Der Ausdruck stummen Flehens schnitt ihr in die Seele. Um das Leiden der Hündin zu beenden, die sie aufgezogen hatte und die sie liebte, nahm sie einen Felsbrocken und schmetterte ihn auf Duchess' Kopf. Der tote Tierkörper verwandelte sich augenblicklich in einen menschlichen. Silberblondes Haar. Blaue Augen, die sie leblos anstarrten. Eine Schläfe eingedrückt, zerschmettert. Blut rann über die blasse Haut.

Voller Entsetzen kam Leslie näher und schüttelte den Körper. Wach auf, Marcie! Marcie, wach auf! Die Falle, die sich um Duchess' Lauf geschlossen hatte, hielt nun Marcie gefangen; die scharfen Zähne gruben sich jetzt in Marcies Fleisch und in Marcies Knochen. Mit der für Alpträume typischen Gewißheit wußte sie, wenn sie Marcie nur aus der Falle befreien könnte, würde alles wieder wie vorher sein. Wie in einem Film, den man beim Schneiden rückwärts laufen läßt, würde sich die Schläfe wieder formen, der Felsbrocken flöge in einem Bogen rückwärts durch die Luft, und Marcie würde lächeln, ihre Arme ausstrecken und sagen, daß sie sie liebte.

Sie streckte die Hände nach der Falle aus. Berührte sie. Die Falle sprang auf. Schnell griff sie nach Marcies Fuß, um ihn herauszuziehen. Mit haarscharfer Präzision schnappte die Falle zu. Beide Handgelenke waren in einem messerscharfen Schraubstock gefangen, warmes Fleisch wurde gegen den kalten Leib gepreßt, der einmal Marcie gewesen war. Sie versuchte, nach dem Felsbrocken zu tasten, der sie beide befreien würde.

Erwartungsvoll mit dem Schwanz wedelnd lief Duchess zur Tür. Als sie sah, daß es Adam Taylor war und er allein kam, ließ sie den Schwanz hängen und zog sich in die Ecke der Küche zurück, aus der sie beide Türen im Auge behalten konnte.

Adam Taylor bürstete einige nicht vorhandene Haare von seiner Hose und rief: »Ich bin wieder da!« Als er seine Frau allein im Wohnzimmer fand, fragte er: »Wo ist Leslie? Ich habe ihr Auto gar nicht gesehen.«

»Ich weiß es nicht, Liebling. Sie rief an, nachdem du weg warst, und fragte, ob wir uns um Duchess kümmern könnten.« Mrs. Taylor schaltete den Fernseher aus. »Ich hole dir eine Tasse Kaffee.« Während ihres gesamten Ehelebens hatte sie sich um ihren Mann gekümmert und zu ihm aufgeblickt. Letzteres war einfach: sie war ein ganzes Stück kleiner als er.

»Andere Eltern spielen Babysitter bei ihren Enkelkindern. Wir kümmern uns um einen Hund! Wenn sie das nächste Mal fragt, sag ihr, daß wir kein Tierheim sind.«

Mrs. Taylor seufzte. Trotz der gebieterischen Autorität, die ihr Gatte ausstrahlte, schienen die unangenehmen Aufgaben immer an ihr hängenzubleiben. »Es ist doch erst das zweite Mal, Liebling. Ich bin sicher, sie hätte uns nicht darum gebeten, wenn es nicht wichtig wäre.« Sie flüchtete in die Küche, wo eine zitternde Duchess beobachtete, wie sie Kaffee einschenkte und ihn zusammen mit der Zuckerdose und dem Sahnekännchen auf ein Tablett stellte. Nachdem sie es ihm jahrelang nicht hatte recht machen können, ließ sie es nun zu, daß ihr Mann sich selbst mit Zucker und Sahne bediente. »Sei unbesorgt!« flüsterte sie Duchess zu. »Er ist genau wie du. Hunde, die bellen, beißen nicht.«

»Wo ist sie? Was hat sie diesmal für eine Entschuldigung, nicht zum Abendessen zu kommen?« Er nahm genau die Menge an Zucker und Sahne, die auch sie in den Kaffee gegeben hätte, und rührte in der Tasse, bis es einen kleinen wirbelnden Sog gab.

»Ich weiß nicht, wo sie ist, Liebling. Sie hat nichts weiter gesagt.«

»Nichts weiter gesagt!« Die Linien um seinen Mund vertieften sich. »Du verbringst den halben Tag in der Küche, um für sie zu kochen, und dann taucht irgendwas Besseres auf und mir nichts, dir nichts, verschwindet sie einfach. Sie hat sich so verändert, Emily. Ich wußte, es war ein Fehler, sie allein in die Stadt ziehen zu lassen. Weiß der Himmel, in was für Kreise sie dort geraten ist.«

»Sie war über einundzwanzig, Adam. Wir hätten sie kaum daran hindern können.«

»Ja, aber du hättest sie auch nicht ermutigen müssen. Ich habe dir damals schon gesagt, wir würden es bereuen.«

Vielleicht war es falsch gewesen, ihr einziges Kind ohne weitere Diskussion einfach gehen zu lassen, aber Leslie wäre mit oder ohne elterlichen Segen gegangen. Adam schien nicht zu merken, daß die Welt heutzutage eine andere war als die, in der sie jung gewesen waren. Nicht, daß er alt wäre. Nicht, daß sie beide alt wären. Aber sie waren zu einer Zeit aufgewachsen, als Familien noch intakt waren und die Zukunft vorhersehbar gewesen war.

Sie dachte an die Zeit zu Beginn ihrer Ehe, als sie beschlossen hatte, etwas dazuzuverdienen. Andere Frauen taten das auch. Warum also nicht sie? Weil du meine Frau bist, hatte Adam gesagt, und meine Frau arbeitet nicht für Fremde. Und damit war die Sache erledigt gewesen. Aber sie fand in Leslie viele der Hoffnungen wieder, die sie aufgegeben hatte, als sie heiratete. Sie hatte ihre Tochter ermutigt, ihre eigenen Entscheidungen zu treffen, sich ihre eigenen Ziele zu stecken und darauf hinzuarbeiten. Heutzutage war es Frauen möglich, als eigenständige Persönlichkeiten in die Ehe zu gehen, etwas aus sich zu machen und nicht für immer im Schatten irgend eines Mannes zu leben. Adam mochte das mißbilligen, aber so war es. Man sah es im Fernsehen, las darüber in den Zeitungen. Selbst wenn die Frauenbewegung kein Thema in einer männerorientierten Bergarbeiterstadt wie Spruce Falls war, gab es da draußen die ganze große weite Welt, und Leslie hatte einen Anspruch darauf, an ihr teilzunehmen.

»Warum heiratet sie nicht und fängt ein ordentliches Leben an wie alle anderen Mädchen? Wenn sie noch viel länger wartet, wird sie zu alt sein.«

»Ach, Adam. Sie hat noch Zeit genug zum Heiraten. Laß sie das Leben doch erstmal ein bißchen genießen. Man ist nie zu alt, sich zu verlieben.« Ihre Stimme klang wehmütig. Wo waren die wunderbaren Jahre geblieben, als Adam sie umworben hatte und ihr Herz klopfte, wenn sie nur seinen Namen hörte?

»Und was ist mit Kindern? Sie wird zu alt sein, Kinder zu kriegen. Sie ist jetzt schon fast zu alt.«

»Vielleicht will sie keine haben, Adam.« Es tat ihr in der Seele weh, als sie das sagte. Sie beide hatten sich viele Kinder gewünscht, Brüder und Schwestern, die Leslie Gesellschaft leisten und für ein Haus voller Enkelkinder sorgen sollten — für später, für die Zeit, die sie erst scherzhaft, dann, als die Jahre vergingen, zunehmend ernsthafter, ihre Goldenen Jahre nannten.

»Unsinn. Eine Frau ohne Kinder ist keine Frau. Deine eigenen Worte, Mutter.« Bei der Erinnerung wurden die harten Gesichtszüge weicher. »'Jetzt bin ich eine Frau.' Das war das erste, was du zu mir gesagt hast, als ich dich in der Klinik besucht habe.«

Seine dunklen Augen leuchteten, und sie sah in ihnen den jugendlichen Adam der Vergangenheit. Spontan ging sie zu ihm hinüber und gab ihm einen flüchtigen Kuß auf die Stirn. Er war ein guter Mann. Der einzige Mann, den sie je gehabt hatte. Es hatte Zeiten gegeben, in denen sie andere Männer betrachtet und sich gefragt hatte, wie es wohl mit ihnen sein würde. Würden sie sie genau so in ihren Armen halten? Würden sie auch so angestrengt auf den einen Moment hinarbeiten und unmittelbar danach in tiefen Schlaf fallen? Solchen Gedanken hatte sie nachgehangen. Sie war ein paarmal in Versuchung geraten, aber die Seitensprünge fanden nur in ihrer Phantasie statt, und sie blieb eine treue Ehefrau. »Ich bin sicher, sie hat sich das alles gut überlegt, Liebling. Wir sollten uns da nicht einmischen.«

In letzter Zeit hatte er sich immer aufgeregt, wenn sie über Leslie sprachen. Sie waren glücklich gewesen, als sie hörten, daß Leslie nach Spruce Falls zurückkehren wollte. Es würde wunderbar sein, sie wieder zu Hause zu haben. Für beide war es eine schreckliche Enttäuschung, als sich herausstellte, daß Leslie nicht die Absicht hatte, wieder in ihr altes Zimmer zu ziehen. Sämtliche Ersparnisse für den Kauf eines heruntergekommenen Hauses am Rande der Stadt auszugeben, war in den Augen ihres Vaters der Gipfel der Torheit. Eine Bruchbude, nannte er es, und nach einer flüchtigen Besichtigung weigerte er sich, zukünftig irgendetwas damit zu tun zu haben. Wenn Leslie ihn sehen wollte, sollte sie hierherkommen. In ihr richtiges Zuhause. Da er die Bruchbude noch nicht gesehen hatte, seit Leslie sie in ein hübsches Häuschen mit einem Vorgarten voller Blumen und einem weitflächigen Auslauf für Duchess nach hinten hinaus verwandelt hatte, lebte seine Tochter für ihn immer noch in erbärmlichen Verhältnissen. »Es ist Zeit für die Nachrichten.« Die Beschäftigung mit den Problemen der Welt würde seine Gedanken von seinem eigenen Leid ablenken.

Der Bildschirm wurde hell, und der Wochenendnachrichtensprecher erschien im Blickfeld. Nicht annähernd so gut wie Leslie, dachte Mrs. Taylor, aber schließlich war er nur die Zweitbesetzung. Die Nachrichten am Wochenende waren immer recht spärlich. Man könnte fast denken, alle Welt machte zwischen Freitag und Montag Pause. Das stimmte natürlich nicht, aber wenn man die Nachrichtensendungen verfolgte, konnte man diesen Eindruck gewinnen. Leslie sagte, das läge daran, daß sie am Wochenende nur mit halber Besetzung arbeiteten, und sich um die lokalen Ereignisse nur dann kümmerten, wenn etwas wirklich Weltbewegendes geschähe.

Autobomben in Beirut. Ein Spionagefall in Deutschland. Ein Erdbeben in Kalifornien. Ein weiterer Hinterhalt der IRA in Irland. Die internationalen Nachrichten waren so vorhersagbar, daß man sich fragte, warum sie einem als Neuigkeiten serviert wurden. »Und hier in Spruce Falls ...«

der Sprecher hielt um des Effekts willen inne, »hat man inzwischen die Leiche der jungen Frau identifiziert, die heute früh im Dalton Motel gefunden wurde. Es handelt sich um Mrs. Charles Denton, die Tochter von Sven und Anna Bergstrom aus Spruce Falls. Sie war mit Charles P. Denton, dem bekannten Architekten aus Toronto, verheiratet. Eine verdächtige Person befindet sich in Haft.«

Adam Taylor starrte auf den Bildschirm. »Das ist doch Leslies Freundin!« Er wandte sich an seine Frau. »Marcie Bergstrom. Das Mädchen, mit dem Leslie nach Toronto gegangen ist. Wahrscheinlich ist sie jetzt dort. Drüben bei den Bergstroms. Komisch, daß sie das nicht gesagt hat, als sie anrief.«

Mrs. Taylors Augen weiteten sich vor Entsetzen. Sie hatte noch vor kurzem mit Marcie gesprochen. War es nicht erst gestern gewesen? Marcie hatte angerufen und gesagt, daß sie Leslie suchte. Es sei wichtig. Ja, sie hätte Leslies Nummer. Ja, sie hätte schon dort angerufen, aber es hätte niemand abgenommen. Sie hätte eine Nachricht hinterlassen, aber falls Mrs. Taylor Leslie in der Zwischenzeit sähe, möchte sie ihr bitte ausrichten, daß es dringend sei.

Und nun war Marcie Bergstrom tot, und Emily Taylor wußte — ihr mütterlicher Instinkt sagte es ihr —, daß der kurze Anruf ihrer Tochter mit dem Tod ihrer besten Freundin zusammenhing. Ein Schauder überlief sie, und sie griff nach dem Pullover, der über ihrer Stuhllehne hing. Adam Taylor stellte den Fernseher aus. Duchess winselte in der Küche. Emily Taylor blieb reglos und angsterfüllt sitzen.

3

Harriet Fordham Croft hielt oben auf den Stufen des Gerichtsgebäudes inne, während sich ihre Augen an die helle Morgensonne gewöhnten. Leuchtende, smaragdgrüne Augen, eingerahmt von dichten dunklen Wimpern: sie waren unwiderstehlich. Überhaupt war Harriet Croft eine unwiderstehliche

Frau. Mit der Haltung eines Mannequins und dem Gedächtnis eines Computers hatte sie, wie ihre Freundinnen und Freunde sagten, alle Trümpfe in der Hand. Tatsächlich jedoch hatte Harriet Croft, die erfolgreiche Rechtsanwältin, die Nase voll von allem und war zu Tode gelangweilt.

»Gut, daß ich Sie noch erwische.« Clarence Crossley lief die Stufen hinauf. »Ich habe in Ihrem Büro angerufen, und man hat mir gesagt, daß Sie einen Gerichtstermin hätten. Kommen Sie oder gehen Sie gerade?«

»Das frage ich mich auch manchmal.« Der entschlossene Zug um den Mund entspannte sich zu einem halben Lächeln. »Sie sind früh auf.« Clare war eine Nachteule und tauchte selten vor dem frühen Nachmittag auf. Es war ihm zu verdanken, daß so viele ihrer Fälle mit einem Freispruch endeten. Mit einem Netzwerk von Kontakten und der Nase eines Spürhundes konnte Clarence Crossley nahezu alles jederzeit und überall herausfinden. Er war Harriets Trumpfas, und dementsprechend schätzte sie ihn.

»Ich bin noch gar nicht im Bett gewesen.« Grinsend zog er ein zerfleddertes Notizbuch aus seiner Tasche. »Ich hab die Namen, die Sie haben wollten. Die Leute, mit denen Reilly angeblich in der Nacht zusammen war, als die alte Schachtel um die Ecke gebracht wurde.«

Harriet zuckte zusammen. Obwohl es schon fünf Jahre her war, seit sie vom Wirtschaftsrecht zum Strafrecht übergewechselt hatte, störte sie sich noch immer an diesem Straßenjargon. Vor allem bei einem Partner. Sie hegte den Verdacht, daß Clarence das wußte und gelegentlich einen vulgären Ausdruck einfließen ließ, um sie zu ärgern. Er war der einzige Mensch, den sie je getroffen hatte, der sich von dem einschüchternden Croftschen Auftreten nicht im mindesten beeindruckend ließ. Und doch fühlte sie sich ihm in vielerlei Hinsicht enger verbunden als den meisten ihrer Freunde und Bekannten. »Wunderbar.« – Crossleys scharfen Ohren entging der Mangel an Begeisterung nicht. »So niedergeschlagen heute morgen? Wie wär's mit einer Pause bei Kaffee und Kuchen?«

Harriet brachte ein Lächeln zustande. Crossley, der Kuchenfan. Weiche, süße, klebrige Blätterteigtaschen, heruntergespült mit einer Cola – das war alles, was er je zu essen schien. »Zucker ist nicht gut für Sie.«

»Leben auch nicht.« Er nahm ihren Arm und zog sie mit sich über die Straße. Er war einen ganzen Kopf kleiner als sie, machte seine mangelnde Größe jedoch durch einen leicht stolzierenden Gang wett. Das Sheraton lag dem Gericht direkt gegenüber. Wegen dieser günstigen Lage war es ein Treffpunkt für Anwälte und ihre Klienten. Clarence wartete, bis sie in der Cafeteria im ersten Stock Platz genommen hatten, bevor er das ansprach, was seine Gedanken die ganze Zeit beschäftigte. »Wie ich sehe, hat Ihr Freund Charles P. Denton wieder einmal Schlagzeilen gemacht.« Er hatte Charles Denton nur einmal ganz kurz in Harriets Büro getroffen und sofort eine Abneigung gegen den Mann gefaßt. Seitdem sprach er seinen Namen betont verächtlich aus.

»Er ist nicht mein Freund, sondern bloß ein Bekannter.« Wie oft mußte sie ihm das noch sagen?

Clarence bestellte zwei Kopenhagener und eine Cola für sich und einen schwarzen Kaffee für Harriet und fuhr, ohne Luft zu holen, fort: »Er war scharf auf Sie.«

Die Kellnerin blickte von ihrem Block hoch und starrte Harriet an. Ihre Kulleraugen verrieten lebhaftes Interesse. Harriet wurde vor Verlegenheit rot. Sie wartete, bis die Frau außer Hörweite war und sagte dann: »Ich wünschte, Sie würden in der Öffentlichkeit nicht so reden, Clare. Charles Denton war mein Klient. Es war eine reine Geschäftsbeziehung. Ich kenne den Mann kaum.«

»Sie sind mit ihm ausgegangen.«

»Du lieber Himmel! Einmal zum jährlichen Dinner seines Berufsverbandes. Einmal ins Theater. Das kann man wohl kaum als ein tiefes persönliches Interesse bezeichnen.«

»Von Ihrer Seite aus vielleicht nicht. Aber ich hab noch nie einen Typ gesehen, der mehr darauf aus war, eine Frau abzuschleppen. Es war ihm kilometerweit anzusehen, wenn Sie wissen, was ich meine.« Ihre Bestellung kam, und er grinste sie boshaft über seinen Kuchen hinweg an.

Harriet stellte behutsam ihre Tasse nieder und schob ihren Stuhl zurück. »Sie sind ja vor Müdigkeit ganz durcheinander. Ich werde mit Ihnen reden, wenn Sie in einer etwas kultivierteren Verfassung sind.«

»Es tut mir leid. Gehen Sie nicht.« Er biß in den süßen Kopenhagener und mampfte glücklich. »Ich werde ein *vil edelhaft ritter* sein. Das ist Chaucer, Mrs. Croft. *Die Waffe der Höflichkeit.* Richard Brinsley Sheridan.« Mit abgespreiztem kleinen Finger trank er einen Schluck Cola. »Ich bin kultivierter als Sie glauben.« Seine Augen funkelten verschmitzt. Er wischte sich mit dem Handrücken den Mund ab. »Glauben Sie, er hat es getan?«

»Was?« Sie fragte beiläufig, ohne wirklich daran interessiert zu sein, was Charlie Denton getan oder nicht getan haben könnte. Er war einer der Klienten gewesen, von denen sie sich getrennt hatte, als sie ihre Kanzlei für Wirtschaftsrecht aufgab. Ihn zu verlieren, hatte sie wahrlich keine schlaflosen Nächte gekostet.

»Haben Sie denn keine Zeitung gelesen?«

»Ich habe das Wochenende über völlig abgeschaltet.«

»Wieder mal in Klausur gewesen?« Nachdem er nun schon fünf Jahre den Spürhund für Harriet spielte, wußte Clarence, daß sie sich in regelmäßigen Abständen von der Welt abschottete. Manchmal fuhr sie ziellos mit dem Auto durch die Gegend, und wenn sie müde wurde, übernachtete sie irgendwo. Oder sie verkroch sich mit einem Stapel Bücher in ihrem Apartment und tauchte erst wieder am Montagmorgen auf. Wie andere, die sie näher kannten, respektierte Crossley ihre Privatsphäre, aber in letzter Zeit machte er sich doch Sorgen. Die Rückzüge wurden häufiger und schienen ihr weniger gut zu tun. »Seine Frau ist ermordet worden.« Er sagte es ganz unverblümt, denn er wollte ihre unmittelbare Reaktion sehen.

»Tatsächlich?« Die grünen Augen weiteten sich interessiert. »Das hübsche kleine Ding? Wie schrecklich.« Die Hochzeit hatte kurz nach der Schließung ihrer alten Kanzlei stattgefunden. Sie hatte eine Einladung erhalten und war pflichtbewußt erschienen. Charles hatte es sich selbstverständlich nicht nehmen lassen, sie seiner Braut vorzustellen. Obwohl er wie immer streng korrekt war, haftete seinem Benehmen eine Spur Bosheit an. Du hättest an ihrer Stelle sein können, schien er auszudrücken. Siehst du, was du verpaßt hast, weil du so hochnäsig warst? Sie hatte erst ihn, dann die frischgebackene Mrs. Charles P. Denton angeschaut, die ihr auf Anhieb sympathisch war. Zwar hatte sie damals schon befürchtet, daß diese Ehe nicht gutgehen würde, aber etwas Derartiges hatte sie sicherlich nicht erwartet. »Wissen sie, wer es getan hat?«

»Sie haben jemanden festgenommen, aber nicht gesagt, wen. Wenn eine Frau zu Tode geprügelt wird, ist gewöhnlich der Ehemann der Verdächtige Nummer Eins. Ich dachte, Sie hätten vielleicht eine Vermutung, was Charles Denton anbetrifft.«

»Charles können Sie vergessen. Er ist nicht der Typ dafür. Ich glaube, er hat in seinem ganzen Leben noch nie im Affekt gehandelt. Wo ist es passiert?«

Crossley erzählte ihr, was er wußte. Es war nicht viel. Marcie war angeblich heimgefahren, um ihre Leute zu besuchen, hatte sich aber statt dessen ein Motelzimmer genommen, und irgendwann zwischen Samstagnachmittag und Sonntagmorgen war jemand vorbeigekommen und hatte ihr den Schädel eingeschlagen. »Wenn Denton derjenige ist, der in der Klemme sitzt und Sie um Hilfe anfleht, dann hoffe ich, Sie sind vernünftig genug, ihn abblitzen zu lassen«, sagte Clarence nachdrücklich.

Ihre grünen Augen schossen Blitze. »Das will ich überhört haben, Clare.« Eisige Kälte schwang in der ausdrucksvollen Croft-Stimme mit — einer Stimme, die berühmt dafür war, gegnerische Zeugen in der Luft zu zerreißen und Geschworene in ihren Bann zu ziehen.

Clarence Crossley wußte sehr gut, daß niemand Harriet

Croft vorschrieb, wie sie ihre Angelegenheiten zu regeln hatte. Man konnte Vorschläge machen, Empfehlungen oder Ratschläge geben. Man durfte ihr jedoch auf keinen Fall sagen, was sie tun sollte. Dies aber war eine der seltenen Gelegenheiten, wo er es riskierte, ihren Zorn auf sich zu ziehen. »Ich will nicht, daß er Sie in seine Geschichten hineinzieht. Und es ist so sicher wie das Amen in der Kirche, daß er sofort zu Ihnen gerannt kommt, wenn er einen Anwalt braucht. Machen Sie, was Sie wollen, Harriet. Aber seien Sie vorsichtig. Das ist ein ganz falscher Hund.«

Sie verließen das Hotel in angespanntem Schweigen. Clarence winkte sich ein Taxi. Harriet steckte eine Münze in den Kasten an der Ecke, holte sich eine Zeitung heraus und machte sich auf den Weg zu ihrem Büro, das nur drei Blocks entfernt war. Donna, ihre Sekretärin, begrüßte sie mit einem »Gott sei Dank, daß Sie hier sind!« und reichte ihr einen Schwung Telefonnotizen.

Harriet nahm den Stapel entgegen und stöhnte. »Halb so wild«, sagte Donna schnell. »Die meisten sind von einem Mr. Denton.«

»Charles Denton?« Dumme Frage. Natürlich handelte es sich um Charles Denton. Kein Wunder, daß Clarence sich lang und breit über ihn ausgelassen hatte. Um nicht als Schnüffler ertappt zu werden, hatte er so getan, als hätte er in ihrem Büro angerufen. Offensichtlich war er hier vorbeigekommen, hatte die Telefonnotizen gesehen — er war wie ein Magnet, was herumschwirrende Informationen anging —, und beschlossen, ein paar Takte mit ihr zu reden, bevor sie einen in seinen Augen kapitalen Fehler beging.

Das Telefon klingelte. »Das ist er wieder«, flüsterte Donna. »Sind Sie da?«

»Ja.« Harriet schloß die Tür und nahm das Gespräch in ihrem Büro entgegen. Er sei entzückt, ihre Stimme zu hören. Wie es ihr ginge? Wäre es möglich, sie für ein paar Minuten zu sehen? Er sei in einer Telefonzelle gleich um die Ecke, ob er sofort vorbeischauen könne?

Sie legte den Hörer auf und starrte verblüfft auf das Telefon. Nicht ein Wort von seiner Frau. Ihrem Tod. Der Todesart. Seine Stimme hatte hastig, aber nicht übermäßig aufgeregt geklungen. Wer auch immer in Spruce Falls verhaftet worden war, Charles war es mit Sicherheit nicht. Aber wenn er nicht unter Verdacht stand, warum rief er dann einen Anwalt an? Und warum, in Gottes Namen, war er hier in Toronto? Warum war er nicht bei Marcies Eltern und kümmerte sich um die Beerdigung der Frau, die er genug geliebt hatte, um sie zu heiraten?

Da ihr noch Zeit blieb, nahm sie den Umschlag zur Hand, den Clare ihr gegeben hatte, und ging die Liste der Zeugen durch, die er ausfindig gemacht hatte. Der Fall — bewaffneter Raubüberfall in einem Supermarkt — war für die Verhandlungsperiode im Herbst angesetzt und hatte bislang ungünstig für ihren Klienten ausgesehen. Dank Clare hatte sich das Blatt nun zu ihren Gunsten gewendet. Die Zeugen, die er aufgetrieben hatte, verschafften ihrem Klienten ein hieb- und stichfestes Alibi. Das Gericht würde die Anklage fallenlassen. Ihr Klient war aus dem Schneider, und die Polizei, die keine Skrupel gehabt hatte, den Tatbestand in ihrem Sinne zu verdrehen, fing wieder bei Null an.

Tief in ihre Papiere versunken, überhörte Harriet sein Klopfen. Als sie aufblickte, stand er in der Tür: die Schultern genauso steif, der Rücken genauso gerade, wie sie es in Erinnerung hatte.

»Wie gut, Sie zu sehen, Harriet.« Der Blick der hellen grauen Augen konnte entnervend sein. Sie hatte erlebt, wie dieser feste, unbewegliche Blick in Ausschußsitzungen jeden Widerstand zunichte machte und Untergebene zittern ließ. Charles trug wie gewöhnlich einen dreiteiligen Anzug mit messerscharfen Bügelfalten, zugeknöpfter Weste und Taschenuhr.

»Es tut mir leid, daß Ihre ...«

Er schien sie nicht gehört zu haben. »Ich brauche Ihren Rat. Ich wußte nicht, an wen ich mich sonst hätte wenden sollen.«

Während sie darauf wartete, daß er fortfuhr, schoß ihr

Clares Warnung durch den Kopf. Das ist ein ganz falscher Hund. Clare hatte natürlich ein Recht auf seine Meinung, aber er würde sie ihr nicht aufzwingen können. Sie würde sich anhören, was Charlie Denton zu sagen hatte, und dann ihre eigene Entscheidung treffen.

Langsam, mit klarer und kontrollierter Stimme, begann er: »Sie werden vielleicht nicht glauben, was ich Ihnen jetzt erzähle, aber ich schwöre Ihnen, es ist die Wahrheit.« Dann redete er eine Stunde ohne Pause. Als er geendet hatte, brachte Harriet ihn zur Tür, kehrte zurück, um ihre Aktentasche zu holen, und sagte Donna, daß sie sich den Rest des Tages freinehmen würde. Falls jemand sie sprechen wollte, sie wäre zu Hause.

Leslie fuhr aus dem Schlaf hoch und geriet in Panik: ihr Wecker hatte nicht geklingelt. Mit einem Satz war sie aus dem Bett. Sie hatte am frühen Morgen ein Interview im Funkhaus und zu Hause noch tausend Dinge zu erledigen, bevor sie sich auf den Weg zum Sender machte. Sie blickte sich im Raum um, sah die vergitterte Tür, die fremde Frau, die auf dem Gang saß und sie beobachtete, und langsam fiel ihr alles wieder ein. Marcie war tot. Sie war im Gefängnis. Sie, Leslie, sollte sie getötet haben.

»Sie haben einen ganz schön festen Schlaf«, sagte die Frau. »Ich hab' gerade gedacht, ich müßte Sie wecken.« Sie verschwand den Gang hinunter und kehrte gleich darauf mit einem Polizeibeamten im Schlepptau zurück. Er schloß die Tür auf und winkte Leslie heraus.

»Die hätten Sie nicht hierbehalten sollen«, sagte die Frau anklagend. »Rufen einen mitten in der Nacht an, bloß um hier bei Ihnen zu sitzen.« Sie blickte Leslie an, als erwarte sie eine Entschuldigung.

Der Polizeibeamte holte ein Paar Handschellen hervor und schloß eine um Leslies Handgelenk, die andere um seines. Benommen ließ sie sich die Hintertreppe hinauf und auf den Parkplatz führen. Direkt vor der Tür stand ein Streifenwagen mit laufendem Motor und einem zweiten Polizisten am Steuer. Alarmiert wich Leslie zurück. Sie hatte erwartet, zum Gericht gebracht zu werden, das gleich gegenüber auf der anderen Straßenseite lag. »Wo bringen Sie mich hin?«

Die Wärterin wünschte dem Fahrer einen guten Morgen; der Polizeibeamte neben Leslie im Fond blickte stur nach vorn. Niemand machte sich die Mühe, ihr zu antworten. Sie fuhren los. Wenige Minuten später bogen sie in den Hof des örtlichen Gefängnisses ein. »Wo ist mein Anwalt? Er kümmert sich um meine Freilassung gegen Kaution.«

Der Beamte stieg aus und zerrte sie hinter sich her. Leslie sah das flache rote Gebäude, und ihre Knie wurden weich. Wenn sie durch diese Tür ging, diesen Ort betrat, wo Namen zu Nummern und Tage zu Jahren wurden, würde sie für immer verloren sein. Niemand würde wissen, wo sie war. Sie würde ihre Familie nie wiedersehen.

Schmerz schoß durch ihr Handgelenk, als der Beamte mit großen Schritten den Asphalt überquerte. Erst als sie drinnen waren, in einem kleinen Raum neben dem Büro der Wärterin, schloß der Polizist die Handschellen auf und übergab Leslie der großen, kräftig gebauten Frau, die hier verantwortlich zu sein schien.

Während Leslie eine Leibesvisitation über sich ergehen lassen mußte, stand ihre nächtliche Hüterin für den Fall einer plötzlichen Attacke daneben. »Mein Rücken bringt mich um«, beschwerte sie sich. »Jetzt haben sie mich auch noch durch die ganze Stadt geschleppt. Erst sitz' ich die ganze Nacht in diesem gruseligen Keller, um die Gnädigste hier zu bewachen — die hat geschlafen wie'n Baby —, und dann komm' ich hierher, und die Ablösung ist noch nicht da, und Sie erwarten von mir, daß ich noch 'ne Schicht mache. Mein Rücken bringt mich um, und ich bin die ganze Zeit auf den Beinen. Wenn Sie fertig sind, hau' ich augenblicklich ab. Rufen Sie lieber jetzt schon jemand oder sehen Sie zu, wie Sie dann fertig werden.«

Das Gezeter hielt während der ganzen Durchsuchung an,

begleitete sie auf dem Gang zum Duschraum und auf dem Weg zurück zum Zellentrakt mit den Reihen kleiner Käfige und der großen Zelle, die als Speisesaal und Gemeinschaftsraum diente. Die Wärterin öffnete die Tür zur großen Zelle, bedeutete Leslie hineinzugehen und schob die Riegel hinter ihr zu. Händereibend wandte sie sich an Miss Rückenschmerz und stieß einen Seufzer der Erleichterung aus. »So. Das hätten wir. Den Rest schaff' ich alleine.«

Leslie stand in der Mitte des Raumes und blickte sich unsicher um. Das ganze Mobiliar bestand aus einem langen Holztisch mit zwei Bänken direkt unterhalb des einzigen Fensters. Das Fenster, rußverschmiert und mit Maschendraht gesichert, war hoch oben in die Wand eingelassen. Die Einzelzellen waren gerade groß genug für ein schmales Bett, ein Waschbecken und eine Toilette.

Eine der Frauen, die am Tisch saßen, stand gemächlich auf und rief: »Hey, Les, komm her und lern deine neuen Mitbewohnerinnen kennen.« Das formlose, bedruckte Baumwollkleid schien unpassend für den kräftigen Körper. Die Standard-Kluft hier, dachte Leslie, als sie flüchtig auf ihr eigenes ausgeblichenes Kittelkleid herabsah, das man ihr anstelle ihrer Shorts und ihres T-Shirts gegeben hatte. »Ich bin Josie. Das da ist Marj. Und Elsie. Dinny. Und Baby. Sie flennt die ganze Zeit.« Sie legte ihren schweren Arm um Leslies Schultern und zog sie in Richtung Tisch.

Leslie setzte sich ans Ende der Bank und bemühte sich, nicht ängstlich auszusehen. Josie war offensichtlich die Wortführerin. Eine riesige Frau mit kräftigen Armen, einem fleischigen Gesicht und braunem Haar, das zu einem Pferdeschwanz zusammengebunden war. Sie sah aus, als könnte sie die anderen Frauen mit einer Armbewegung von der Bank fegen.

»Is' nicht gerade das Ritz, aber wir kommen zurecht, stimmt's, Mädchen?« Ihre kleinen blauen Augen blinzelten durch dicke Fleischfalten. Schlaue Augen; aber Leslie schien es, als ob auch eine gewisse Sanftheit aus ihnen spräche. Eine Spur Mitgefühl.

»Wir haben schon von dir gehört«, bemerkte eine Stimme vom anderen Ende des Tisches. »Wir haben gewettet, was du wohl für eine bist.«

Josie brachte die Sprecherin mit einem wütenden Blick zum Schweigen. Als Antwort auf Leslies verwunderten Gesichtsausdruck erklärte sie dann: »Sowas spricht sich rum. Die olle Klyk hat von nichts anderem geredet, als sie heute morgen ihren Dienst antrat. Wir haben nicht oft Berühmtheiten hier.«

»Ich bin wohl kaum ...«

Josies Stimme übertönte sie. »Die ersten paar Tage sind am schlimmsten. Wenn du dich erstmal dran gewöhnt hast, ist es halb so wild.«

»Hast du sie wirklich mit deinem Schuh erschlagen?« Das Mädchen namens Baby betrachtete Leslie mit großen, faszinierten Augen.

»Mit meinem Schuh?« Das war das erste Mal, daß sie von einem Schuh hörte. Sie blickte auf ihre flachen Turnschuhe hinunter, die jetzt beim Gehen schlappten, weil man die Schnürsenkel entfernt hatte. Aus unerklärlichen Gründen begann sie plötzlich zu lachen, ein wildes wahnsinniges Lachen, das an Hysterie grenzte. Sie merkte kaum, daß die Frauen sich zurückzogen und schutzsuchend aneinanderdrängten; daß Klyk, die Wärterin, herumschrie — sie wiegte sich vor und zurück, während ihr die Tränen über die Wangen strömten.

Ohne Warnung lehnte sich Josie über den Tisch und schlug ihr ins Gesicht. Der Schlag explodierte in ihrem Gehirn, versetzte ihr ein Schock und riß sie vom Rande eines gähnenden Abgrundes zurück. Sie wurde ruhig. In sich zusammengekrümmt saß sie da und weinte in sich hinein. Josie kam um den Tisch herum und schloß sie fest in die Arme. »Wein' nicht«, flüsterte sie. »Laß diese Schweinehunde nie mitkriegen, daß du weinst. Tu immer so, als hättste nichts zu befürchten. Als wärste unschuldig. Die sollen erstmal das Gegenteil beweisen.« Die Wärme des großen Körpers und die beruhigende Stimme bildeten einen merkwürdigen Kontrast zu der Härte, die ihre äußere Erscheinung ausstrahlte.

»Ich *bin* unschuldig.«

»Ich weiß.« Josie zuckte die Achseln. Das sagten sie alle. Klar, sie hatte ein paar Vögel gekannt, die sich einen Orden verdienen wollten, indem sie anfingen zu singen, aber die konnte man auf einen Kilometer Entfernung erkennen. Schon möglich, daß die Kleine ihrer Freundin eins über den Schädel gegeben hatte, na und? Vermutlich ein Unfall. Hatte sich mit ihr gestritten, die Nerven verloren und mit dem erstbesten, was ihr in die Hände fiel, zugeschlagen. Und eh' sie sich versah, war die Mieze tot und sie saß in der Patsche. Wie auch immer, sie, Josie, juckte das nicht. Sie hatte die Kleine hier im Fernsehen gesehen, ihr hatte gefallen, was sie sah, und sie würde ihr über das Gröbste hinweghelfen, wenn sie konnte.

»Taylor, Besuch.« Klyks Stimme schnitt durch die Stille.

»Laß dir nichts anmerken!« befahl Josie. »Tu so, als ob du alles im Griff hättest.«

Klyk wartete auf dem Gang. Zu ihrer Verstärkung wurde sie von einem männlichen Wächter begleitet, der so breit wie lang war. Leslies erster Gedanke galt ihrer Mutter. »Ich will niemanden sehen.« Ihre Mutter würde der Schlag treffen, wenn sie sie so sähe.

»Diesen Besucher werden Sie wohl sehen wollen. Es ist Ihr Anwalt.«

Poulis erwartete sie, den Notizblock gezückt, die Aktentasche geöffnet zu seinen Füßen. »Wie fühlen Sie sich heute morgen, Leslie?« Er schien sorglos und unbefangen. Er benahm sich, als sei dies eine ganz gewöhnliche Begegnung an einem ganz gewöhnlichen Tag und einem ganz gewöhnlichen Ort.

Es verstärkte ihr Gefühl der Unwirklichkeit, daß er so tat, als wäre alles in bester Ordnung, als ginge alles seinen üblichen Gang. Sie warf einen Blick auf Mrs. Klyk, die sich in einem Sessel neben der Tür niedergelassen hatte. »Ich möchte lieber unter vier Augen mit Ihnen sprechen.«

»Um die Wärterin brauchen Sie sich keine Gedanken zu machen. Es interessiert sie überhaupt nicht, was wir uns zu sagen haben, nicht wahr, Mrs. Klyk?« Der kumpelhafte Ton ließ darauf schließen, daß die beiden dies schon öfter durchgespielt hatten und sich in gegenseitigem Einvernehmen befanden.

»Ich dachte, was ein Anwalt mit seiner Klientin bespricht, sei vertraulich.«

»Aber, aber. Sie sind hier nicht in der Großstadt, Leslie. Wir halten nicht viel von diesen ganzen Formalitäten. Alles, was Sie sagen, bleibt innerhalb dieser vier Wände.« Ein weiteres gewinnendes Lächeln für Mrs. Klyk. »Ich habe Antrag auf Haftverschonung gestellt.«

»Wie schnell werde ich hier rauskommen?«

»Ungeduld. Der Fluch der Jugend.« Er schüttelte vorwurfsvoll den Kopf. »So was braucht seine Zeit. Ihr Antrag wird Montag verhandelt werden. Bei der sogenannten Haftüberprüfung.«

»Das ist ja erst in einer Woche! Sie meinen, ich muß noch eine ganze Woche hierbleiben?«

»Die Zeit wird schnell vergehen. Im Moment ist es das Wichtigste, alles zu tun, damit Sie bis zur Verhandlung freigelassen werden. Ich werde mich später noch mit Ihren Eltern treffen. Wir brauchen ihre Hilfe.«

»Ich habe Ihnen doch schon gestern abend gesagt, daß ich sie in diese Sache nicht hineinziehen will, Mr. Poulis.«

»Ohne sie stehen Ihre Chancen nicht sehr gut, Leslie. Wir verhandeln hier nicht irgendein kleines Vergehen. Wir haben es mit einem Kapitalverbrechen zu tun.« Er zog das Wort *Kapitalverbrechen* genießerisch in die Länge. »Ich habe auch einen Termin mit Inspektor Yarrow und dem Staatsanwalt ausgemacht. Ich hielt es für das Beste, es vor Montag zu erledigen. Ich will nicht, daß sie uns mit irgendwelchen Überraschungen kommen. Ihnen wird jedes Mittel recht sein, um Sie hier drin zu behalten. Sie müssen begründen, warum man Sie nicht entlassen sollte. Den Richter überzeugen, daß Sie eine

Gefahr für sich und/oder andere sind. Und ich muß ihn davon überzeugen, daß Sie es nicht sind. Und daß Sie die Kaution nicht verfallen lassen und verschwinden.«

»Das ist unglaublich! Da draußen läuft ein Mörder herum! Warum suchen sie den nicht?«

Haberdash hielt es nicht für nötig, ihr zu erklären, daß die Polizei deshalb nicht suchte, weil sie ihren Mörder hatte. Er, Haberdash Poulis, wußte nicht, ob Leslie Taylor schuldig war oder nicht. Aber für Yarrow, das wußte er, war die Suche nach dem Mörder abgeschlossen. Ab jetzt würde sich die Aufmerksamkeit der Mordkommission auf ein einziges Ziel konzentrieren: Beweismaterial zusammenzutragen und alle Lücken zu schließen, um genügend unwiderlegbare Fakten zu sammeln, die Miss Taylor dorthin brachten, wo sie ihrer Meinung nach hingehörte — hinter Gitter, und zwar für so lange wie möglich.

Das Drama würde seinen Lauf nehmen und Leslies Rolle immer nebensächlicher werden. Er selbst und der Staatsanwalt, Jeremy Frost, würden die Hauptrollen spielen. Die Zeugen beider Parteien würden Nebenfiguren sein. Richter Nystrom oder einer seiner Kollegen würde Regie führen. Leslie Taylor wäre der Preis für die beste Darstellung.

Obwohl er es schon so oft erlebt hatte, erstaunte es ihn immer wieder aufs neue. Diejenigen, die das Gesetz befolgten, kannten es am wenigsten. Ein Betrüger hätte inzwischen alles ausgespuckt und würde mithelfen, die beste Strategie zu entwickeln, um dem Gesetz ein Schnippchen zu schlagen. Er versuchte es erneut: »Gibt es noch irgend etwas, das Sie mir erzählen möchten, bevor ich gehe?« Ihr Kopfschütteln erweckte in ihm den Drang, sie zu schütteln. »Was ist mit Ihrer Mutter? Gibt es etwas, was ich ihr sagen soll?«

»Lassen Sie sie in Ruhe.« Ihre Stimme bebte vor Zorn.

»Ich habe sie gebeten, etwas herauszusuchen, was Sie anziehen können, wenn sie vor dem Richter erscheinen. Es sei denn, Sie ziehen es vor, wie eine Pennerin auszusehen.« Er bereute seine sarkastische Bemerkung, sobald er sie ausgesprochen hatte. »Es werden Reporter da sein«, fügte er lahm hinzu. »Ich möchte, daß Sie so gut wie möglich aussehen.«

Er packte seine Aktentasche und machte Anstalten zu gehen. »Werde ich Sie vor dieser Kautionssache nochmal sehen?« fragte sie rasch, als sie Mrs. Klyk geschäftig auf sich zukommen sah.

»Ich habe für diese Woche Akteneinsicht beantragt. Das heißt, der Staatsanwalt muß seine Karten auf den Tisch legen. Sobald ich weiß, woran wir sind, werde ich mich mit Ihnen zusammensetzen. Dann können wir entscheiden, wie wir weiter vorgehen wollen. Wir können nicht viel tun, bevor wir nicht wissen, womit sie ankommen.«

Als Leslie neben ihr den Flur entlangtrottete, meinte Mrs. Klyk: »Da haben Sie einen guten Anwalt gekriegt. Er hat sich schon um eine Menge unserer Mädchen gekümmert.«

Wo die wohl jetzt sind, fragte Leslie sich. Zwei Besuche, und noch immer nichts Konkretes. Wenn er schon bei einer Unschuldigen so ineffektiv war, dann mochte Gott den Schuldigen beistehen. Sie tröstete sich mit der Erinnerung, daß es Doug Moore gewesen war, der ihr Poulis empfohlen hatte. Er schien sie zu mögen. Sie waren Gleichgesinnte, dessen war sie sich sicher. Er hätte Hab Poulis nicht vorgeschlagen, wenn er ihn nicht für kompetent hielte.

Doug Moore. Wäre es unangemessen zu fragen, ob sie ihn sehen könnte? Sie würde ihn so gern sehen. Keinen offiziellen Besuch, ein rein persönliches Treffen, von Mensch zu Mensch. Um über Marcie zu sprechen. Um etwas von dem Schmerz herauszulassen, der sich in ihr staute und wie eine Sprengladung zu explodieren drohte. Sie spielte mit dem Gedanken, entschied sich aber dagegen: nein, noch nicht. Aber bald, in den nächsten Tagen, würde sie darum bitten, ihn zu holen.

Harriet Croft trat aus dem Expresslift direkt in das Wohnzimmer ihres Penthauses. Als erstes goß sie sich einen Fingerbreit Brandy ein und stellte das Glas zum Anwärmen in die Sonne.

Dann ging sie hinüber ins Badezimmer, streute eine Handvoll Badesalz in die Wanne und ließ sich ein warmes Bad ein. Sie warf ihr Leinenkostüm und die Seidenbluse auf das Bett, schlüpfte aus ihrem Slip und ging nackt zurück ins Wohnzimmer. Sie trug keinen BH. Sie brauchte keinen. Ihre kleinen Brüste waren hoch und fest und in vollendetem Einklang mit den schmalen Hüften und dem langen, wohlproportionierten Rücken. Harriet gehörte zu den seltenen Geschöpfen — egal, welchen Geschlechts —, die ohne Kleidung besser aussahen als mit.

Mit dem Glas in der Hand ging sie zum Fenster und blickte einen Moment lang über die Stadt hinweg zum dahinterliegenden See. Obwohl sie gerade erst von einem Wochenendausflug zurückgekehrt war, fühlte sie sich erschöpft. Sie kam sich vor wie in den letzten Monaten ihrer Ehe. Damals war Scheidung die Lösung gewesen. Zu schade, daß man sich nicht von sich selbst scheiden lassen konnte: das alte Ich wegwischen, um Raum für ein neues zu schaffen.

Sie schenkte sich einen zweiten Brandy ein und nahm das Glas mit ins Badezimmer. Das Wasser hatte Körpertemperatur und war seidig weich. Sie schloß die Augen, spielte mit den Zehen im Wasser und nippte an ihrem Brandy. Erst jetzt erlaubte sie sich, das Gespräch mit Charlie Denton zu überdenken.

»Sie wissen, Harriet, daß ich Sie über alle Maßen schätze. Es war eine schwere Enttäuschung für mich, als Sie sich damals entschlossen, Ihre Dienste für mich einzustellen. Es war ebenso ein persönlicher wie ein geschäftlicher Verlust für mich.«

»Es war eine berufliche Entscheidung, Charles. Ich wollte das Arbeitsgebiet wechseln.«

»Das habe ich gut verstehen können, Harriet. Deshalb war es allerdings nicht weniger bedauerlich. Worauf ich hinaus will, ist folgendes: Ich habe zu keinem Menschen mehr Vertrauen als zu Ihnen.«

»Das ist sehr schmeichelhaft.«

»Ich hatte gehofft, daß Sie und ich eines Tages ... na ja, wie auch immer. Kurz nachdem Sie Ihre Arbeit für uns eingestellt hatten, lernte ich Marcie kennen. Den Rest der Geschichte kennen Sie.«

»Es tut mir schrecklich leid, was passiert ist, Charles. Ich fand sie äußerst attraktiv.« So. Sie hatte es schließlich geschafft, ihr Beileid auszusprechen.

»Ja, das war sie. Tja, es ist wirklich eine höchst unglückselige Geschichte.«

An diesem Punkt hatte Harriet bereits den ersten Riß in ihrer Fassung gespürt, sich jedoch nichts anmerken lassen. »Ich verstehe nicht ganz.« Was sagte man zu einem Mann, dessen Frau gerade totgeprügelt worden war?

»Leider war Marcie nicht das, was sie zu sein schien. Sie sind sich bewußt, Harriet, daß dies ein vertrauliches Gespräch ist? Ich möchte nicht, daß Sie mit irgend jemandem über das, was ich Ihnen erzähle, sprechen.«

»Natürlich.« Was immer es auch war, sie wollte es nicht wissen. Sein Privatleben war das letzte, was sie mit Charlie Denton teilen wollte.

»Die unangenehme Wahrheit ist, daß meine Frau verfolgt wurde — von einer anderen Frau.« Licht brach sich in seinen Brillengläsern. Hinter ihnen schienen seine nackten Augen rund und eulenhaft. »Amourös verfolgt wurde«, fügte er hinzu, weil er ihr ausdrucksloses Schweigen für Naivität hielt.

»Charles, das ist doch lächerlich.« Unter weniger tragischen Umständen wäre sie in Gelächter ausgebrochen.

»Das ist die reine Wahrheit. Sie wollte, daß Marcie mit ihr geht — was meine Frau natürlich nicht wollte —, und als Marcie sich weigerte, hat sie sie umgebracht. Sie wurde gestern zur Vernehmung abgeholt und letzte Nacht in Untersuchungshaft genommen.«

Harriet griff nach der Zeitung, die sie vorher achtlos beiseite geworfen hatte. Tatsächlich. Da war ein Photo von Marcie und daneben das Bild einer dunkelhaarigen Frau mit hohen

Wangenknochen und einem ausgeprägten Kinn. Ein attraktives, intelligentes Gesicht, zwar nicht lächelnd, aber auch nicht unfreundlich. Sie sah nicht aus wie jemand, die herumlief und Leuten eins über den Schädel gab. Die Bildunterschrift gab sie als Leslie Taylor aus und besagte, daß sie des Mordes an Mrs. Charles P. Denton beschuldigt wurde.

»Haben Sie gewußt, was da vor sich ging?«

»Natürlich nicht.«

»Wann haben Sie es herausgefunden?«

»Gestern. Der Polizeibeamte, der zu mir nach Hause kam und mich über Marcies Tod informierte, schlug vor, daß wir ihre Sachen durchsehen sollten. Wir fanden einen Brief in der Seitentasche von einem ihrer Koffer. Wie sehr sie Marcie vermisse. Wie wunderbar es sein würde, wenn sie zusammen wären. Sie zähle die Tage. Sie kennen diese Sachen.«

Da sie weder jemals einen solchen Brief geschrieben noch bekommen hatte, sei es von einer Frau, sei es von einem Mann, hatte Harriet keine Ahnung von 'diesen Sachen'. »Es klingt eher nach der Schwärmerei eines Schulmädchens als nach einem Scheidungsgrund, Charles.«

»Von Scheidung ist nie die Rede gewesen.« Eine merkliche Anspannung des Körpers, der schon vorher steif gewesen war. Noch ein wenig mehr, und das hagere Knochengerüst würde mit Sicherheit zerbersten. »Es war nicht Marcies Schuld. Diese Taylor hat sie kennengelernt, als sie noch ein halbes Kind war. Hat sie von ihrer Familie fortgerissen und mit in die Stadt genommen. Als Marcie mich kennenlernte und sich schließlich von ihr losreißen konnte, war sie fest entschlossen, sie zurückzukriegen. Als sie merkte, daß Marcie nicht nachgeben würde, hat sie den Kopf verloren und ist über sie hergefallen.«

»Warum erzählen Sie mir das alles, Charles?«

»Weil ich möchte, daß sie etwas für mich tun. Der Antrag auf Haftverschonung wird kommenden Montag verhandelt. Ich möchte, daß Sie dabei sind, als mein juristischer Beistand, und daß Sie alles tun, was Sie können, um zu verhindern, daß sie rauskommt. Ich will nicht, daß dieses Miststück Sonne sieht, bevor sie achtzig ist. Und nicht einmal dann, wenn ich es verhindern kann.«

Das Wort *Miststück*, das mit solcher Gehässigkeit aus dem sonst so korrekten Mund des sonst so korrekten C.P. Denton hervorgestoßen wurde, hatte sie vorhin geschockt und schockierte sie jetzt erneut, als sie es sich in der luxuriösen Einsamkeit des duftenden Bades mit einem milden, großzügig bemessenen Brandy neben sich in Erinnerung rief.

Das war aber noch nicht alles. Er wollte die widerlichen Details so weit wie möglich vertuschen. Je weniger die Kinder von dem anomalen Verhalten ihrer Mutter erführen, desto besser. Um die Publicity so gering wie möglich zu halten, wäre es das Beste, wenn es gar nicht zu einer Verhandlung käme. Ob sie nicht auch dieser Meinung sei? Und um das zu erreichen, müßte man diese Taylor dazu bringen, ihre Schuld nicht zu bestreiten, sondern sich schuldig zu bekennen. Es würde das Beste sein, für sie, für ihre Familie, für Marcie — was für einen Unterschied machte es für Marcie, fragte Harriet sich — und für Marcies Kinder. »Es wird auch so schon schwer genug für sie werden«, stellte er fest. Und dann, ohne den Tonfall zu wechseln, ohne auch nur mit der Wimper zu zucken: »Ich möchte, daß Sie sie kennenlernen, Harriet. Kommen Sie einmal zum Abendessen. Ich würde gern so schnell wie möglich wieder heiraten.

Mehr um der Kinder willen, als um meinetwillen. Kinder brauchen eine Mutter. Ich dachte, wenn Sie sie mögen und die Kinder Sie, dann könnten wir wieder dort anfangen, wo wir aufgehört haben.«

Sie war sprachlos. Schock, Zorn, Ekel, Ungläubigkeit drohten sie zu überwältigen. Sie hatte ihn beim Arm genommen, zum Aufzug gebracht und ihn dort ohne Abschiedsgruß stehenlassen.

Sie hatte alle Gedanken an diesen schäbigen Vorfall abgeblockt, sich geweigert, darüber nachzudenken, bis sie sich in der sicheren Umgebung ihres Apartments wußte. Wenn die

Drähte und Rädchen und Federn, die sie zusammenhielten, plötzlich zerbarsten, dann würde es wenigstens innerhalb ihrer eigenen vier Wände passieren.

Wie die Seifenblasen in ihrer Badewanne tauchten die verdrängten Gedanken jetzt an die Oberfläche. Was war das für ein Mann, der die Frau, die seine Kinder geboren hatte, abschreiben konnte, ohne mit der Wimper zu zucken? Und was war das für eine Frau, die schulmädchenhafte Briefe an eine Ehefrau und Mutter schrieb und sie dann in einem Anfall von Frustration so brutal attackierte, daß sie starb?

Sie streckte sich, um mit den Zehen den Heißwasserhahn zu erreichen. Sie hob ihr rechtes Bein aus dem Wasser und betrachtete es durch den Cognacschwenker, der inzwischen fast leer war. Ein schlanker Knöchel. Ein elegant geformter Fuß. Zehnägel, die eine Pediküre vertragen konnten.

Sie ließ ihre Gedanken schweifen. Der Cognacschwenker verschwamm, wurde zur Kristallkugel und spiegelte das Foto aus der Zeitung wider. Leslie Taylor. Fünfunddreißig Jahre alt. Ich möchte sie hinter Gittern sehen, bis sie achtzig ist, hatte Charles gesagt. Das würde nicht geschehen. Sie würde in spätestens zwanzig Jahren herauskommen. Das wäre nicht lange genug, um Charlie zu befriedigen, aber es wäre mehr als genug, um alle Träume zu zerstören, die sie je in ihrem Leben gehabt haben mochte. Pech. Pech, daß sie die Lage nicht besser eingeschätzt hatte. Pech, daß sie nicht Verstand genug gehabt hatte, bei ihresgleichen zu bleiben, wenn sie sich schon mit ihrem eigenen Geschlecht vergnügen mußte. Und sich von allen Frauen ausgerechnet an der Ehefrau eines so einflußreichen Mannes wie Charles zu vergreifen!

Und was war mit Charles? Warum reagierte er so sachlich auf Marcies Tod und so heftig in bezug auf die Frau, die ihn verursacht hatte? Die Wut war verständlich, die Gleichgültigkeit nicht. Und wie konnte dieser Mann es wagen, anzunehmen, sie käme als Kandidatin für den gerade erst freigewordenen Platz in Frage? Das vor allem hatte einen solchen Zorn in ihr ausgelöst, daß sie ihrer Stimme nicht mehr getraut und ihm nicht geantwortet hatte. Fügte man die Sache mit der Kautionsanhörung hinzu, ergab sich wirklich ein seltsames Szenario.

Bei einem Kapitalverbrechen war Haftverschonung gegen Kaution automatisch ausgeschlossen. Bei dem bevorstehenden Termin handelte es sich um eine Haftüberprüfung, nicht um eine Verhandlung. In einem größeren Gerichtsbezirk würde der Antrag einem Richter des obersten Gerichts vorgelegt werden, der ihn bewilligen oder abweisen konnte, der Bürgschaften verlangen oder ohne Verpflichtungen freilassen konnte, der die Sitzung öffentlich oder nicht öffentlich halten und Bedingungen stellen konnte, die er für angemessen hielt. Es war eine willkürliche Prozedur; sie hing einzig und allein von dem vorsitzenden Richter ab. In kleineren Gerichtsbezirken konnte der Antrag bei einem örtlichen Richter gestellt werden. In beiden Fällen war es jedoch höchst ungewöhnlich, eine dritte, durch einen Rechtsbeistand vertretene Partei dabeizuhaben. Doch Charles hatte getan, als gäbe es nicht den geringsten Zweifel daran, daß man ihr erlauben würde zu erscheinen.

Streng genommen entsprach das nicht den Spielregeln. Verdammt. Hätte sie Charles nicht so schnell die Tür gewiesen, dann hätte sie vielleicht herausgefunden, was da vor sich ging. Opfern und ihren Familien erlaubte man schließlich, vor Gericht auszusagen. Aber dieses Aussagerecht bezog sich auf die Phase der Verhandlung und nicht auf die Zeit vor der Verhandlungseröffnung. Wenn hier ein Präzedenzfall geschaffen wurde, wäre es interessant, ihn aus nächster Nähe zu verfolgen. Montag, hatte er gesagt. Sie könnte am selben Tag hin- und zurückfliegen und es als praktische Erfahrung vor Ort betrachten.

In ein Badetuch gewickelt ging sie ins Wohnzimmer und goß sich einen weiteren Brandy ein. Dann, bevor sie Zeit hatte, es sich anders zu überlegen, nahm sie den Telefonhörer ab und rief Charles in seinem Büro an. Charles, wurde ihr gesagt, sei in einer Besprechung. »Richten Sie Mr. Denton aus,

Mrs. Croft hätte angerufen. Sagen Sie ihm, ich stünde ihm am Montag zur Verfügung. Er weiß Bescheid.«

Da er ohnehin in Toronto war, anstatt bei den Bergstroms in Spruce Falls, fand sie es nicht weiter merkwürdig, daß Charles P. Denton in seinem Büro war und wie gewöhnlich seinen Geschäften nachging.

4

»Warum haben Sie mir nicht erzählt, daß Sie und Mrs. Denton etwas miteinander hatten?«

Leslies Magen zog sich zu einem faustgroßen Knoten zusammen. Aus ihren Augenwinkeln sah sie, wie Mrs. Klyk sich mit lebhaft interessiertem Gesicht vorbeugte. Sie zwang sich zu einer Erwiderung. »Was meinen Sie damit?« fragte sie gepreßt.

»Wenn Sie erwarten, daß ich Ihnen helfe, müssen Sie mit offenen Karten spielen. Ich habe Ihnen gesagt, daß ich keine Überraschungen liebe.«

»Mrs. Denton und ich waren Freundinnen. Wir kannten uns schon lange.«

»Hören Sie, Leslie. Mir ist es völlig egal, was Sie beide miteinander angestellt haben.« Es war ihm aber nicht egal. Das zeigte sich an dem kaum merklichen Übergang von professioneller Objektivität zu familiärer Vertraulichkeit. »Es könnte uns in der Tat sogar nützen.«

Der Knoten stieg ihr in die Kehle und drohte sie zu ersticken. Sie atmete tief durch und sagte: »Ich weiß gar nicht, wovon Sie reden, Mr. Poulis. Ich habe Mrs. Denton das letzte Mal vor einem Jahr gesehen. Wir haben zusammen Mittag gegessen, bevor ich wieder hierhergezogen bin. Seitdem habe ich sie nicht mehr gesehen.«

»Das kauft Ihnen niemand ab.« Hab begann, die einzelnen Punkte auf seinem Notizblock abzuhaken. »Sie haben sie dazu überredet, gegen den Willen ihrer Eltern von zu Hause fortzugehen. Sie haben versucht, ihre Heirat zu verhindern. Sie haben sie ständig angerufen. Sie hatten sie schon einmal dazu überredet, ihre Familie zu verlassen. Sie hörten nicht auf, ihr zu schreiben. Briefe, die sich in einer öffentlichen Verhandlung gar nicht schön anhören würden.«

Leslie hielt sich krampfhaft an der Tischkante fest, bis ihre Knöchel schmerzten und weiß hervortraten. »Nichts davon ist wahr.«

»Ich habe einen dieser Briefe gesehen, Leslie.«

»Das ist unmöglich.«

»Ich habe ihn gelesen. Allein dieser Brief reicht, um Sie an den Galgen zu bringen. Metaphorisch gesprochen, natürlich. Der Brief allein ist schon schlimm genug. Und dann der Zustand der Leiche ...« Sein Blick schien sie zu durchbohren. »Was ist in dem Motelzimmer vorgegangen? Ihre Haare ...«

»Sie hatte wunderschönes Haar«, unterbrach Leslie ihn. »Sie war immer so stolz darauf.«

»Und deshalb haben Sie sie kahlgeschoren. Völlig. Nicht nur auf dem Kopf. Überall.«

Stoffrascheln, als Mrs. Klyk sich bewegte. Das Summen der Klimaanlage. Das Klingeln eines Telefons im Büro nebenan. Das Gefühl zu schweben, auf drei Leute herabzusehen, während die Zeit stillstand. Der Mund in dem Gesicht gegenüber öffnete und schloß sich, formte Worte, ein Durcheinander von Lauten, unverständlich wie eine Geheimsprache. Allmählich fügten sich die Laute aneinander, nahmen Bedeutung an. »Sind Sie einverstanden?« Womit?

»Wir plädieren auf schuldig und vermeiden auf diese Weise eine Verhandlung. Die Anklage wird von Mord auf Totschlag reduziert. Es wird nur ein Minimum an Publicity geben. Sie werden Ihrer Familie eine Menge unnötigen Kummers ersparen. Sie haben Sie festgenagelt, Leslie, da führt kein Weg dran vorbei.«

Ihre Betäubung wich aufkommendem Ärger. Würde ihre Familie wirklich lieber eine Tochter haben, die andere Frauen umbrachte, statt eine, die Frauen liebte? War es das, was er meinte? Und dachte sie in gewisser Hinsicht nicht ähnlich? Warum sonst hatte sie den größten Teil der letzten fünfzehn Jahre in solcher Furcht gelebt, entlarvt zu werden?

»Soll ich mit ihnen reden? Sehen, was ich erreichen kann?«

Ihr Verstand funktionierte wieder. Seit Montag hatte sie auf diese Unterredung mit Haberdash gewartet. Ihre Strategiebesprechung hatte er es genannt. Nachdem er gesehen hätte, was die Krone an Beweismaterial hatte, wollte er sich mit ihr zusammensetzen, und sie würden die weitere Vorgehensweise planen. Zuerst die Kautionsanhörung. Dann seine Verteidigungsstrategie. Ein Schritt nach dem anderen. Die ganze Woche hatte sie gewartet und versucht, nicht darüber nachzudenken, und nun war das Warten vorbei und der beste Rat, den er zu bieten hatte, war schlimmer als überhaupt keiner. »Nein, ich will nicht, daß Sie verhandeln. Ich will, daß Sie ihnen sagen, daß ich unschuldig bin.«

Das war zwar nicht die Antwort, die er hören wollte, aber sie kam auch nicht ganz unerwartet. »In diesem Fall gibt es nur eine klare Verteidigungslinie. Und in Anbetracht der Umstände könnten wir Glück haben. Wie ich vorhin schon sagte, kann Ihre ... äh ... unnatürliche Obsession für das Opfer uns hier von Nutzen sein. Nicht schuldig wegen Unzurechnungsfähigkeit. Wir werden uns für ein Schwurgericht entscheiden. Sachverständige hinzuziehen. Vielleicht brauchen wir die nicht mal. Eine Frau, die einer anderen Frau derartige Briefe schreibt, ist ganz offensichtlich neben der Spur. Da ist jeder weitere Beweis überflüssig. Am besten wär's zwar, überhaupt keine Verhandlung zu haben. Aber wenn Sie's unbedingt wollen, müssen wir eben auf Unzurechnungsfähigkeit plädieren. Das ist unsere einzige Chance zu gewinnen.«

»Gewinnen?« Wenn er das für gewinnen hielt, dann waren sie beide übel dran. »Das ist doch dasselbe wie'n Schuldbekenntnis, oder? Noch schlimmer, denn in einem Fall hat man 'ne Gerichtsverhandlung, im andern nicht.«

»Sie kommen nicht ins Gefängnis.«

»Dafür sperren sie mich in eine Anstalt. Und behalten mich dort, solange es ihnen in den Kram paßt.«

»Ich fürchte, Sie müssen sich für das eine oder das andere entscheiden. So viele Möglichkeiten haben wir nicht. Ehrlich gesagt, hätte ich vor ein paar Tagen gewußt, was ich jetzt weiß, hätte ich nicht mal den Antrag auf Kaution gestellt.«

Ein eisiger Schauer lief Leslie den Rücken hinunter. »Sie meinten doch, das sei nicht mehr als eine Formalität.« Die eisige Kälte übertrug sich auf ihre Stimme. »Ich habe das Recht, Freilassung auf Kaution zu beantragen. Allein der Gedanke, am Montag hier rauszukommen, hat mich daran gehindert, hier drin verrückt zu werden. Sie sind Anwalt. Sergeant Moore hat gesagt, sie seien ein guter Anwalt. Ich verlaß' mich auf Sie.«

Ohne eine Antwort abzuwarten, wandte sie sich an Mrs. Klyk: »Ich bin fertig.« Haberdash starrte ihr nach, völlig verdutzt von ihrem plötzlichen Abgang. Er hatte sie noch nach dem Handtuchhalter fragen wollen. Ihr von dem Fingerabdruck auf der Türklinke und von der Reifenspur auf dem Parkplatz erzählen wollen, die laut Spurensicherung von einem ihrer neuen Michelinreifen stammte. Er hatte nicht einmal Zeit genug gehabt, sie zu warnen, daß die Staatsanwaltschaft irgendeine hochkarätige Staranwältin als Vertreterin des Ehemanns der Ermordeten zugelassen hatte. Er konnte es dem armen Teufel nicht verübeln, daß er hier mitmischen wollte. Es war schon schlimm genug, Hörner aufgesetzt zu kriegen. Aber dann auch noch von einer anderen Frau! Das war echt ein Tritt in die Eier. Der ganze verdammte Fall war ein Tritt in die Eier. Es hätte ihn fast umgehauen, als Yarrow ihm diesen gottverdammten Brief unter die Nase gehalten hatte. Es war eine Sache, sich auf diese Art und Weise zu vergnügen; mußte sie es auch noch niederschreiben?

Die Sitzung war höllisch gewesen. Frost, der die Anklage vertreten würde, zog ein Kaninchen nach dem anderen aus dem Hut. Yarrow grinste wie ein Honigkuchenpferd. Moore, dieser Waschlappen, saß da und sagte keinen Ton, kriegte aber alles genauestens mit. Und bei alledem wurde er das unheimliche Gefühl nicht los, daß da noch jemand anderes seine Hand im Spiel hatte. Man brachte nicht einfach so eine wie diese Croft in den Ring. Nicht ohne Zustimmung von oben. Und dann die Anhörung selbst. Was er der Taylor über die Anhörung am kommenden Montag erzählt hatte, stimmte. Was er ihr nicht erzählt hatte, war, daß der untere Gerichtshof die Sache normalerweise an eine höhere Instanz weiterleitete, statt die Entscheidung einem Friedensrichter zu überlassen. Das konnte sich bis zu einem Monat hinziehen. Aber irgend jemandem war es gelungen, die Bürokratie zu umgehen und den Fall sofort vor einen höheren Richter zu bringen.

Es war ganz in seinem Sinn, die Sache zu beschleunigen. Gesparte Zeit war verdientes Geld. Für seine Klientin bedeutete es jedoch nichts Gutes. Sie hatten sie eingewickelt und mit einer rosaroten Schleife verschnürt. Das Einzige, was er noch tun konnte, war, das Schlimmste zu verhüten. Frost würde mit einer weniger schweren Anklage einverstanden sein, um die Kosten eines Verfahrens zu vermeiden. Yarrow? Er würde dagegen sein, aber die Entscheidung lag nicht bei ihm. Offensichtlich war Leslie der einzige Haken an der ganzen Sache.

Komisch. Sie hatte so gefügig ausgesehen. Er war sich so sicher gewesen, daß sie alles mitmachen würde, was er vorschlug. Aber dann — Bingo. Erst lammfromm, dann stur und hochnäsig. Eine vorübergehende Phase; das hatte er schon öfter erlebt. Es war sinnlos, ihr Vernunft beibringen zu wollen, bevor sie nicht von ihrem hohen Roß heruntergekommen war. Und wenn er sich nicht gewaltig irrte, würde das irgendwann am Montag passieren. Wenn der Antrag auf Kaution abgelehnt und ihr die Lage endlich klar werden würde.

Hab nahm seine Aktentasche und ging den langen Flur hinunter, der hinaus in die Welt führte. Eine Welt, in die Leslie Taylor in drei Tagen zurückzukehren hoffte — zumindest vorübergehend. Eine Welt, die ihr für immer verschlossen war. Selbst wenn sie durch irgendein Wunder freikäme, würde ihr Leben nie mehr dasselbe sein.

Haberdash hielt inne, um die Blumen am Wegesrand zu bewundern. Er holte tief Luft und dachte, wie schön das Leben doch war. Er hatte den Rest des Tages frei. Vielleicht würde er in der Legion vorbeischauen und versuchen, eine Pokerrunde zusammenzukriegen. Er warf einen Blick nach oben auf die Fensterreihe. Die verriegelten Türen und vergitterten Fenster hatten auch was Gutes — man lernte die einfachen Dinge des Lebens zu schätzen.

Leslie eilte an Mrs. Klyk vorbei und ging direkt in ihre Zelle. Käfig Nummer sechs. Dieselbe Adresse. Warum, zum Teufel, schleppten sie die Matratzen jeden Morgen weg? Um einen Selbstmord zu verhindern — man könnte ja die Füllung schlucken und ersticken oder den Bezug abziehen und sich eine Schlinge knüpfen —, oder war es einfach eine weitere kleine Gelegenheit, es ihnen heimzuzahlen? Sie lag auf dem nackten Bettgestell, die Arme hinter dem Kopf verschränkt und starrte an die Decke.

»Sie sieht ganz mitgenommen aus.« Baby klang erheblich weniger jammervoll als sonst. Wie hieß es doch so schön: Des einen Leid ist des anderen Freud.

Josie schürzte die Lippen und blies ihre Backen auf, so daß sie aussah wie ein Brunnenengel, der im nächsten Moment Wasser spucken würde. Da sie sich bereits einer langjährigen Beziehung mit der hiesigen Polizei erfreute, wußte sie, was Leslie gerade durchmachte. Die ersten Male im Knast waren die schlimmsten. Das allererste Mal war eine gottverdammte Scheiße. Sie ging die Reihe der Zellen entlang und betrat die letzte am Ende des Ganges. »Ey, Les, willste darüber reden?« Die rauhe Stimme war schroffer als sonst.

Leslie starrte weiter an die Zellendecke.

»Na, los.« Sie rückte Leslies Beine zur Wand und quetschte ihren Hintern auf den Rand des Bettes. »Die haben dich hier raus, eh' du dich versiehst.«

»Ich sollte überhaupt nicht hier sein.«

Ein gutes Zeichen. Zumindest redete die Kleine. »Ich bin auch hier, weil ich jemand eins übergebraten hab. Ich hab meinem Alten den Arsch mit der Bratpfanne poliert. Das hat ihn fast einen Monat außer Gefecht gesetzt.« Der Humor schlug fehl. »Ich hab die Sendung gesehen, die du gemacht hast. Über die verprügelten Frauen. Schade, daß du mich nicht gefragt hast. Ich könnte dir Geschichten erzählen, daß dir Hören und Sehen vergeht.«

Das Bett hing unter Josies Gewicht durch. Leslies Gedanken kehrten in die gewohnten Gleise zurück. Die Zelle löste sich auf und sie war wieder am Ball, beschäftigte sich wieder mit den Dingen, die sie am besten konnte. Vielleicht hätte sie, um fair zu sein, auch etwas über geschlagene Ehemänner bringen sollen. Aber das hier war schließlich der erste derartige Fall, der ihr begegnete. »War es das erste Mal?«

»Das erste Mal, daß ich ihn geschlagen habe? Ja. Das erste Mal, daß ich ihm so richtig die Hucke vollgehauen hab, dem Dreckskerl. Ich hab ihn erwischt, als er schlief. Erst als er im Krankenhaus wieder aufgewacht ist, hat er kapiert, was es geschlagen hatte.«

»Wo ist er jetzt?«

»Wartet drauf, daß ich rauskomme. Sobald die mich hier rauslassen, steht er wieder bei mir auf der Matte. Und alles geht wieder von vorne los.« Ihr massiger Körper sackte zusammen. »Er wird mich nie in Ruhe lassen. Niemals.«

Ihre rauhe Stimme bebte vor Verzweiflung. Das ist die wahre Josie, dachte Leslie. Nicht der abgebrühte Spaßvogel mit seinen klugen Sprüchen, sondern diese verängstigte, hoffnungslose Frau, die keinen Ausweg aus ihrer unerträglichen Situation sieht. Dennoch — sie hatte zugeschlagen, sie hatte ihn verprügelt. Sie war kein hilfloses Opfer.

»Wie gesagt«, erläuterte Josie, »ich hab ihn erwischt, als er schlief. Er hatte mich den ganzen Tag lang geschlagen. Dann ist einer seiner Freunde vorbeigekommen, und sie sind in die Kneipe gegangen, und als er wiederkam, war er so gemein wie noch nie. Ich kriegte mit, daß er es mal wieder an den Kindern auslassen wollte, aber er war zu voll. Ich wußte aber, was passiert, wenn er aus seinem Rausch aufwacht.«

»Warum hast du nicht einfach die Kinder genommen und bist gegangen?«

»Gegangen!« Hohn mischte sich in die Verzweiflung. Wie einfach war es doch, mit Lösungen daherzukommen. Mit vorgefertigten Antworten, im Dutzend billiger für Leute, die sie nicht brauchten. »Ich hab' versucht, von ihm abzuhauen, seit wir zusammen sind. Er findet mich immer wieder und holt mich zurück. Und es ist immer schlimmer geworden. So schlimm, daß ich bei niemand mehr unterkommen kann. Meine Familie hat zuviel Schiß vor ihm. Wo kann ich mit fünf Kindern schon hin?«

»Die Kinder — wo sind sie jetzt? Hat er sie?«

»Na, klar. Der würde sie sich nicht wegnehmen lassen, solange er Kindergeld kriegt. Ich hab versucht, sie ihm wegnehmen zu lassen, aber mir hört ja keiner zu. Ich könnte verrückt werden, wenn ich nur daran denke. Ein paarmal hab' ich ihn dabei erwischt, wie er an den Mädchen rumfummelte. Und die Jungen verdrischt er, wann immer er Lust dazu hat.«

»Warum bist du nicht zur Jugendfürsorge gegangen? In einem Kinderheim wären sie doch besser aufgehoben.«

»Das sagst *du*. Weil er bei seiner Mutter wohnt, ist ja eine Frau im Haus, und die denken, das reicht. Sie hat genau so viel Schiß vor ihm wie alle andern.«

»Dann solltest du zur Polizei gehen.«

Josies Weichheit verschwand. »Ist denen doch egal. Die haben sich kaputtgelacht, als mein Anwalt sagte, ich hätte ihn aus reiner Notwehr geschlagen. Wenn er auf den Beinen gewesen wäre und uns halb totgeschlagen hätte, dann ja. Aber er schlief, wieso also Notwehr? Wenn ich den geschlagen hätte, als er wach war, hätte der uns totsicher umgebracht. Sie haben ihn vorgeladen, aber er tat so unschuldig wie'n Lamm. Bei meinem Vorstrafenregister war klar, daß die mir kein Wort glauben würden.«

»Hast du vorhin nicht gesagt, es wäre das erste Mal gewesen?«

»Das erste Mal wegen Körperverletzung. Aber die haben mich schon wegen ein paar anderen Kleinigkeiten rangekriegt. Ladendiebstahl. Ein paar Mal wegen Prostitution. Einmal hab' ich 'nen Betrunkenen abgeschleppt, und der hat mich dann mit meiner Hand in seiner Tasche erwischt.« Die hartgesottene Josie hatte wieder die Oberhand gewonnen: »Wenn die Blagen hungrig sind, mußte 'n Weg finden, sie satt zu kriegen.«

Leslie war von Josies Nöten so in Anspruch genommen, daß sie ihre eigenen vergaß. »Soll ich mal mit meinem Anwalt darüber sprechen? Vielleicht kann er dir helfen.«

»Der? Der will doch nur Knete machen. Nee, danke.«

»Du kennst Mr. Poulis?«

»Das nicht, aber ich hab von ihm gehört. Und das reicht mir. Wie bist du eigentlich an den geraten?«

»Er ist mir empfohlen worden.«

»Klar. Dachte ich mir. Zehn zu eins, von einem dieser Typen auf der Wache.«

»Stimmt, von Sergeant Moore.«

»Dieser Schönling. Jetzt laß dir mal was sagen. Wenn die Schweinehunde, die dich einbuchten wollen, dir mit jemand ankommen, der sie daran hindern soll, dich einzubuchten, dann läßt du besser ganz schnell die Finger davon.«

»Das verstehst du nicht.« Josie konnte unmöglich wissen, was sie und Moore miteinander verband, und Leslie hatte nicht vor, sie aufzuklären. Das hätte bedeutet, eine Tür öffnen zu müssen, die sie um jeden Preis verschlossen halten wollte.

»Und ob ich das verstehe. Ich hab verstanden, daß er mehr Fälle von der Polizei zugeschustert kriegt als irgend ein anderer in dieser Stadt. Die haben nämlich kapiert, daß er mindestens eben so auf ihrer Seite steht wie auf unserer. Er hält nicht viel davon, Zeit vor Gericht zu verschwenden. Ich weiß schon, was er dir erzählt hat. 'Gib zu, daß du's warst. Du bist nicht vorbestraft. Kannst mit einem milden Urteil rechnen. Liefer' dich der Gnade des Gerichts aus.' Tu das, und die einzige Gnade, die du kriegst, ist freie Kost und Logis in einem dieser Häuser mit Stacheldraht drumrum.«

Leslie schloß die Augen und wartete darauf, daß Josie ging. Sie war zu sehr getroffen, Trost nützte nichts mehr. Nachdem die ganze Maschinerie in Gang gesetzt war, war es zu spät, sie anzuhalten. Lieber auf das Ergebnis der Kautionsverhandlung warten und dann entscheiden. Sobald sie erst einmal hier raus war, würde sie wieder einen klaren Kopf bekommen. Würde dafür sorgen, daß man denjenigen fand, der an ihrer Stelle hier sein sollte. Genauer gesagt — Mr. Charles Denton. Wer sonst sollte Marcies Tod gewollt haben?

Sie verdrängte Marcie aus ihren Gedanken und konzentrierte sich auf Josie und die vielen anderen Frauen, die niemanden hatten, an den sie sich wenden konnten. Wenn das hier vorbei war, würde sie eine zweite, umfassendere Dokumentation machen. Vielleicht eine Serie. Langsam entstand ein Plan in ihrem Kopf. Interviews, nicht nur mit den Frauen, sondern auch mit den Männern, den Kindern, den Familien, die nicht da waren, wenn sie gebraucht wurden.

Sie fragte sich nicht, wo dieser preisgekrönte Film laufen würde. Das war ebenso schwer wie die Vorstellung, daß man die Anklage gegen sie fallenlassen würde; daß ihre Beziehung mit Marcie nicht ans Licht kommen würde; daß ihr Leben genauso weitergehen würde wie zuvor.

Clarence Crossley war nicht überrascht, als Harriet anrief und ihn sehen wollte. Sie waren nicht gerade in bestem Einvernehmen auseinandergegangen, und das hieß, auf eine kurze Funkstille würde ein versöhnlicher Anruf folgen. Diesmal hatte sie sich länger Zeit gelassen als gewöhnlich — vier Tage statt zwei. Sie hatte Glück, ihn so spät an einem Freitagnachmittag zu erwischen.

Er hätte überhaupt kein Wort über Denton verlieren sollen. Er hätte bis zum Erscheinen der Zeitungen am Montag warten sollen, dann hätte er die ganze Geschichte gekannt. Wenn er von dieser Taylor gewußt hätte, wäre er nicht davon ausgegangen, die verdächtige Person könne niemand anders als Charlie sein, und das ganze Thema wäre überhaupt nicht aufgekommen. »Wie sind Sie mit den Zeugen zurechtgekommen, die ich Ihnen gebracht habe?«

»Bestens. Wir haben einen Freispruch erzielt.« Ihre schlanken Finger spielten mit dem goldenen Kugelschreiber. Clarence kannte diese endlosen Überschläge aus vielen Verhandlungen. Eine Geste, die gewöhnlich einem besonders effektvollen Punkt in ihrem Kreuzverhör vorausging. »Haben Sie am Sonntag Zeit?«

»Ließe sich machen.«

»Gut. Ich möchte, daß Sie für mich nach Spruce Falls fliegen.«

Spruce Falls. Denton. Aber der saß doch gar nicht in der Klemme, also mußte es wegen der Taylor sein. Harriet besaß in der Stadt einen ausgezeichneten Ruf, aber er hatte nicht gedacht, daß er so weit über die Stadtgrenzen hinausging. »Leslie Taylor hat Sie angerufen! Sie ist schlauer als ich dachte. Das wird ein harter Fall, Harriet. Hört sich an, als hätten sie sie auf frischer Tat ertappt.«

»Es ist wegen Charles, Clare. Ich soll alles versuchen, um ihre Freilassung auf Kaution zu verhindern.«

Clarence verkniff sich eine bissige Bemerkung. »Reichlich ungewöhnlich, oder?«

»Ja. Deshalb dachte ich, es könnte interessant werden.«

»Und wo komm' ich dabei ins Spiel?«

»Ich dachte, wenn Sie einen Tag eher da wären und ein bißchen herumschnüffelten, würden Sie vielleicht irgend etwas finden, was ich gebrauchen könnte.«

»Zerrüttete Familienverhältnisse. Gewalttätiges Temperament. Unberechenbarkeit. Etwas in dieser Richtung?«

»Alles, was helfen könnte, sie bis zur Verhandlung in Untersuchungshaft zu halten.«

»Sie meinen, der gute Charlie zahlt Ihnen bares Geld dafür,

daß Sie hinfahren und etwas tun, was der Staatsanwalt umsonst macht?«

»Ich vermute, er will auf Nummer Sicher gehen.«

»Das ergibt keinen Sinn. Da ist doch was faul dran.«

»Lassen Sie's gut sein, Clare.« Der Kugelschreiber rotierte ein wenig schneller. »Man kann es ihm wirklich nicht verübeln. Es würde Ihnen genauso gehen, wenn es Ihre Frau wäre.«

»Ich habe keine Frau.«

»Wenn Sie eine hätten.« Sie wurde sichtlich ungeduldig. »Wenn Sie kein Interesse haben, sagen Sie es. Ich könnte es verstehen.«

»Ach, Harriet, natürlich fahre ich hin. Ich finde es nur komisch, daß Harriet Croft, die Verteidigerin der Geknechteten, die Seiten wechselt. Sie denken nicht zufällig daran, ihre Kanzlei aufzugeben und zur Staatsanwaltschaft überzulaufen, oder?«

»Sie machen aus einer Mücke einen Elefanten, Clarence. Es geht doch nur um eine Freilassung auf Kaution. Das wird das Ergebnis der Gerichtsverhandlung nicht beeinflussen. Das könnte interessant werden. Sie können dabeisein, wenn Sie wollen. Wir könnten beide etwas lernen.«

»Sie meinen, alle möglichen Leute können da einfach so reinschneien? Ich dachte, die meisten dieser Sitzungen wären so was wie 'ne Art Privatclub. Nur der Täter könnte sich überhaupt bewerben.«

»Deshalb meine ich ja, es könnte interessant werden. Ich habe am Montag mit Charles gesprochen. Er hatte einen ziemlich guten Überblick über den geplanten Verlauf. Sie verlieren in dieser Sache keine Zeit. Ein örtlicher Richter wird über den Antrag entscheiden. Der Gerichtssaal wird nicht geräumt, das heißt, Sie können ohne weiteres mitkommen. Es könnte sogar sein, daß der ganze Fall vor Ort verhandelt wird. Ist Ihnen klar, daß ich noch nie in einem Gerichtssaal außerhalb von Toronto war? Das wird eine neue Erfahrung sein.«

»Für uns beide.« Harriets wegen würde er hinfahren, obwohl noch einige Teile des Puzzles fehlten und die vorhandenen nicht recht zusammenpaßten. Denton war zwar kein Geizkragen, aber man konnte ihm auch nicht nachsagen, daß er mit Geld nur so um sich warf. Wenn diese Taylor gefährlich war oder die Gefahr bestand, daß sie abhauen würde oder auch beides, dann würde man sie sowieso nicht freilassen. Wenn nicht, was machten ein paar Wochen Freiheit schon aus? Und welches Recht hatte Denton, in die Mühle der Gerechtigkeit einzugreifen?

»Gut.« Harriet gab ihm einen Umschlag. »Das wird für alles reichen, was Sie brauchen. Ihr Flug ist gebucht. Sie werden in Zimmer Drei des Dalton Motels wohnen.«

Im Dalton Motel. Das war das Motel, in dem Marcie Denton getötet worden war. Soviel wußte er aus den Zeitungsberichten. Er wußte allerdings nicht, daß es Zimmer Drei gewesen war, in dem Marcie das letzte Wochenende ihres Lebens verbracht hatte.

Adam Taylor spießte den letzten Bissen Frühstücksspeck von seinem Teller auf und bemerkte gereizt: »Dieser Hund geht mir langsam auf die Nerven.«

Emily Taylor warf einen raschen Blick auf Duchess, die zitternd auf ihrer Decke in der Ecke lag. »Sie stört doch gar nicht, Liebling.«

»Sie geht mir auf die Nerven«, wiederholte er. »Sie liegt immer nur da und zittert. Heute nachmittag werde ich sie zum Tierarzt bringen und ihm sagen, daß er sie in Pflege nehmen soll.«

»Das würde sie nicht überleben, Adam. Sie ist sowieso schon so verängstigt.«

»Das ist nicht unser Problem. Das hätte Leslie sich überlegen sollen, bevor sie ...«

»Bevor sie was?« Sie hatte gewußt, daß er es nicht aussprechen könnte. Die ganze Woche lang hatte sie versucht, mit ihm über Leslie zu reden. Vergeblich.

»Bevor sie uns den Hund aufgehalst hat.« Er hielt seine Kaffeetasse zum Nachschenken hin.

»Ich werde sie heute nachmittag besuchen.« Sie konnte es ihm genauso gut jetzt sagen.

Seine Hand zitterte, Kaffee schwappte in die Untertasse. »Was willst du?«

»Ich habe es mir überlegt. Ich werde Leslie besuchen. Ich möchte, daß du mitkommst. Es würde ihr so viel bedeuten. Wir hätten schon viel eher hingehen sollen.«

»Ich möchte, daß du dich da fernhältst. Ich dulde nicht, daß meine Frau in diesem ... diesem Gefängnis gesehen wird. Weißt du, was für Leute da drin sind?«

»Ich kenne eine davon. Deine Tochter.«

»Mr. Poulis wird sie am Montag dort rausholen. Du kannst sie ja dann besuchen.«

»Ich habe kein Vertrauen zu ihm, Adam. Neulich, als wir zu Leslies Haus fuhren, um ein paar Sachen rauszusuchen, redete er, als ob sie schuldig wäre.«

»So sind Anwälte nun mal. Wahrscheinlich wollte er dich auf die Probe stellen. Wollte wohl sehen, ob du zu ihr stehen würdest.«

»Nun, das weiß er jetzt. Ich habe ihm geradeheraus gesagt, daß Leslie dieser Frau nichts zuleide getan hat. Sie würde keiner Menschenseele etwas zuleide tun.«

»Dann brauchst du dir ja auch keine Sorgen zu machen. Wenn sie unschuldig ist, wird sie daheim sein, ehe du dich versiehst.«

Kreidebleich blickte Emily Taylor ihren Ehemann über den Tisch hinweg an. »Was meinst du damit, wenn sie unschuldig ist?«

»Genau das, was ich gesagt habe, Mutter. Wenn sie es nicht getan hat, dann gibt es keinen Grund zur Besorgnis.« Adam nahm die Morgenzeitung auf und vertiefte sich in die Sportseite.

»Jetzt hör mir mal gut zu, Adam Taylor. Leslie ist unsere Tochter. Niemand kennt sie besser als wir. Wie kannst du da sitzen und reden, als könnte sie möglicherweise diese entsetzliche Tat begangen haben?«

Adam blätterte die Zeitung um und blickte seine Frau über den Rand hinweg an. »Du glaubst vielleicht, daß du sie kennst, Mutter. Aber sie ist nicht mehr das Mädchen, das wir großgezogen haben. Ich habe dir das schon mal gesagt. Sie hat sich verändert, seit sie von zu Hause weggegangen ist. Früher ist sie mit allem zu uns gekommen. Jetzt ist es schon eine Ewigkeit her, seit sie sich mal hingesetzt und mit einem von uns wirklich geredet hat. Das hast du selbst gesagt.«

»Du redest, als ob es dir ganz egal wäre, was mit ihr passiert.«

»Es ist mir nicht egal, was mit uns passiert. Mit dir und mir. Sie hat sich ihr eigenes Leben aufgebaut. Man kann nicht einfach seine Familie verlassen und dann wieder angerannt kommen, wenn die Dinge nicht so laufen wie geplant.«

»Adam! Leslie ist wegen Mordverdacht im Gefängnis, und du nennst das, 'die Dinge laufen nicht wie geplant'? Das kann doch nicht dein Ernst sein.«

»Es ist mein voller Ernst, Emily. Ich werde tun, was immer ich kann. Ich werde mit dem Geld für die Kaution einspringen, obwohl das heißt, unsere Ersparnisse anzugreifen. Sie kann hierher zurückkommen und bleiben, solange sie will. Ich werde sie behandeln, wie ich es immer getan habe. Aber ich will nicht, daß einer von uns in der Öffentlichkeit zur Schau gestellt wird.«

»Ich kann nicht glauben, daß du das wirklich so meinst. Du willst mich bloß ärgern.« Aber Adam hatte den Kopf in die Zeitung gesteckt und hörte nicht mehr zu. Emily räumte den Tisch ab und stellte das Geschirr in die Spülmaschine.

Die Haltung ihres Mannes hatte sie so schockiert, daß sie beschloß, das Thema eines gemeinsamen Gefängnisbesuches erst wieder anzuschneiden, wenn Adam in einer besseren Stimmung war. Sie ging leise nach oben, zog ihren Mantel an und verließ das Haus. Es war noch früh. Sie hatte Zeit genug, ihre Einkäufe zu erledigen und Leslie auf dem Rückweg zu besuchen. Wenn Adam fragen sollte, wo sie gewesen war, könnte sie wahrheitsgemäß sagen, sie hätte eingekauft.

Über die Jahre hatte sie sich an seine Launen gewöhnt. Während er bei einigen Themen niemals seine Meinung änderte, gab es auch andere, bei denen er seine Meinung wechselte wie sein Hemd. Den Besuch, den er heute verbot, konnte er morgen schon selbst vorschlagen.

Adam Taylor mochte seine Fehler haben, aber im Grunde war er ein anständiger, gerechter Mann. Statt sie zu trösten, löste dieser Gedanke eine eisige Kälte in Emily aus. Wenn selbst er, Leslies Vater, Zweifel hatte — er, der immer beide Seiten anhörte, bevor er ein Urteil fällte —, was war dann mit den anderen Leuten? Mit denen, die Leslie nicht kannten. Sie nie kennengelernt, sondern nur in den Medien gehört und gesehen hatten. Wenn sogar Adam an ihrer Unschuld zweifelte, wer sollte ihr dann noch Glauben schenken?

»Ich wollte nicht, daß du mich hier besuchst, Mutter.« Wie alt sie aussieht, dachte Leslie. Ob ich mich in dieser einen Woche auch so verändert habe wie sie?

»Du siehst dünn aus. Bekommst du genug zu essen?«

»Das sagst du mir seit Jahren, Mutter. Das Essen ist gut.« Sie hatte abgenommen. Der Ring, den Marcie ihr geschenkt hatte, rutschte ihr ständig vom Finger. Zweimal hatte sie ihn beinahe verloren. Das erste Mal im Waschbecken, das zweite Mal auf dem Fußboden im Gemeinschaftsraum, wo Josie ihn gefunden hatte. Jetzt zog sie ihn vom Finger und reichte ihn durch das Gitter. »Mutter, heb das für mich auf, ja?«

Der Wärter sprang auf. »Das dürfen Sie nicht!«

Mrs. Taylor ignorierte ihn und steckte den Ring in ihre Tasche. »Soll ich dir irgendwas mitbringen?«

Leslie schüttelte den Kopf. »Wie geht's Duchess?«

»Sie vermißt dich.«

»Frißt sie?« Leslie hatte sie einmal in Pflege gegeben, und sie hatte sich fast zu Tode gehungert.

»Ein bißchen.« In Wirklichkeit fraß sie so gut wie nichts,

aber es hatte keinen Zweck, Leslie zu beunruhigen. »Vater wollte auch kommen. Aber ich hab' gedacht, es wäre besser, wenn er erst das nächste Mal mitkommt.« Noch eine Lüge.

»Macht er sich große Sorgen?«

»Du kennst ja deinen Vater.« Emily gelang ein Lächeln. »Er läßt dir ausrichten, du sollst dir wegen dem Geld keine Sorgen machen. Wir kümmern uns darum, egal, wieviel du brauchst. Und wir wollen, daß du zu uns kommst, bis die ganze Sache vorbei ist, Liebes.«

»Darüber können wir später sprechen, Mutter.« Eine Horde von Reportern würde sie auf Schritt und Tritt begleiten, wo immer sie hingehen würde. Sie würden Tag und Nacht auf der Lauer liegen. Auf keinen Fall wollte sie ihre Familie dieser Journalistenbelagerung aussetzen.

»Wir könnten an den See rauffahren. Und dort bleiben, bis ...« Der Satz erstarb ihr auf den Lippen.

»Bis zur Verhandlung«, ergänzte Leslie nüchtern. Sie holte tief Luft und betete, daß ihre Stimme die aufkommenden Tränen nicht verriet. »Seid ihr zur Beerdigung gegangen?«

Mrs. Taylor zögerte. Sie hatte Anna Bergstrom angerufen, um ihr Beileid auszusprechen. Mit eisiger Höflichkeit hatte Mrs. Bergstrom ihr zu verstehen gegeben, daß sie mit den Taylors nichts zu tun haben wollte. Adam war in eine seiner finsteren Stimmungen verfallen, als sie ihm erzählt hatte, sie wären weder im Trauerhaus noch bei der Beerdigung willkommen. Er war erst zornig geworden und anschließend in verdrossenes Schweigen versunken. »Wir haben Blumen geschickt.«

»Ihr seid nicht hingegangen? Sie wurde doch hier begraben, oder?«

»Ja, in der Familiengrabstätte. Ich hatte eigentlich gedacht, ihr Mann würde sie in Toronto beisetzen lassen.«

»Du kennst ihren Mann nicht.« Leslies Augen verengten sich, und ihre Stimme klang hart. Sie dachte an den Hund, den er für die Kinder gekauft hatte, ohne daran zu denken, daß sie viel zu jung waren, um ihn ordentlich zu behandeln.

Als er einsah, daß er besser ein paar Jahre gewartet hätte, schaffte er ihn fort und ließ ihn töten. Leslie hatte ihm das nie verziehen. Ebensowenig hatte sie Marcie verziehen, daß sie es zugelassen hatte. Sie merkte, wie sie allmählich die Fassung verlor, und sagte rasch: »Ich glaube, du solltest jetzt lieber gehen, Mutter.«

»Ja, vielleicht hast du recht. Es wird nicht mehr lange dauern, Liebes. Wir sehen dich am Montag.«

Poulis hatte gesagt, ihre Eltern müßten zur Verhandlung kommen, wenn sie einen schlechten Eindruck vermeiden wollten. Sie hatte ihm klipp und klar gesagt, daß sie das riskieren würde.

»Ich habe Mr. Poulis gesagt, daß ich euch da nicht hineinziehen will, Mutter.«

»Davon hat er uns nichts gesagt, Liebes. Aber wir wären sowieso gekommen.«

Das Gesicht ihrer Mutter drückte Entschlossenheit aus. Leslie hatte diese felsenfeste Miene nur zweimal in ihrem Leben gesehen: als sie beschlossen hatte, nach Toronto zu ziehen, und als sie zurückgekommen war, und verkündet hatte, daß sie sich ein eigenes Haus kaufen würde. Mit dieser eisernen Unerschütterlichkeit konfrontiert, die er von seiner sanften Frau ansonsten nicht gewohnt war, hatte ihr Vater in beiden Fällen eingelenkt. »Dann laß Vater nicht mitkommen. Er könnte das nicht verkraften.«

»Ich fürchte, das wird er müssen, Leslie.«

Der Stuhl schrammte über den Boden, als sie ihn zurückschob. Aufrecht und mit hocherhobenem Kopf ging sie davon, ohne sich noch einmal umzusehen.

Erst als sie wieder in ihrer Zelle war, fiel Leslie auf, daß ihre Mutter nicht gefragt hatte, ob sie schuldig war, und sie von sich aus auch nichts gesagt hatte.

5

»Wenn Sie mir gesagt hätten, daß Sie mich zum Zirkus einladen, dann hätte ich mein Clownskostüm angezogen.«

Harriet warf einen vielsagenden Blick auf Clarence Crossleys verknitterten Anzug und sagte: »Ich dachte, das hätten Sie.«

Sie waren früh gekommen und hatten eigentlich erwartet, nur eine Handvoll Zuschauer vorzufinden. Statt dessen drängte sich eine Menschenmenge vor der Tür, und der Gerichtssaal war bis auf den letzten Platz besetzt. Harriet hatte ihren Einfluß geltend gemacht, um für Clarence einen Platz zu sichern, ansonsten wäre er einer der vielen gewesen, die draußen auf den Stufen warteten.

»Von der Anzahl der Reporter zu schließen, findet hier der Dritte Weltkrieg statt. Ich hab' gestern abend sogar ein paar aus Toronto getroffen. Und dabei ist das noch nicht mal die Vorverhandlung. Was, zum Teufel, ist hier eigentlich los?«

»Keine Ahnung.« Harriet setzte sich auf ihren Stuhl und blickte über die Schulter in den Saal. »Ich hatte mit einem gewissen Interesse gerechnet, aber nicht mit sowas. Ich vermute, die Taylor ist hier so was wie eine Lokalberühmtheit, weil sie beim Fernsehen ist.«

»Das erklärt nicht die Leute aus Toronto.«

Harriet wandte sich rasch wieder nach vorn. »Charles ist gerade gekommen. Mit Mackasey vom *Star*.«

»Dem eifrigen Kriminalreporter? Allmählich wird mir die ganze Sache klar. Er will die Kleine fertigmachen, noch bevor es zu einer Verhandlung kommt.«

»Keine Sorge, Sie wird eine faire Verhandlung bekommen.«

»Harriet, ich habe gestern den ganzen Tag lang nichts anderes getan, als mit Leuten hier in der Stadt zu reden. Das ist eine Hochburg der Rechten. Dagegen ist Ronald Reagan fortschrittlich. Die Taylor wird den Hunden zum Fraß vorgeworfen, selbst wenn sie unschuldig ist wie ein Lamm.«

Harriets Finger ließen den Kugelschreiber tanzen. »Ich

dachte, Sie hätten gesagt, ihr Leben sei völlig normal verlaufen.«

»Ja, völlig. Bis auf einen Punkt. Sie wissen, daß sie lesbisch ist?«

»Charles hat es mir gesagt. Aber deswegen steht sie nicht vor Gericht.«

»Ach, wirklich nicht? Werfen Sie mal einen Blick hierauf!« Er zog ein zerknittertes Blatt Papier aus der Tasche und gab es ihr.

Die Schlagzeile lautete: WOLLEN SIE, DASS SCHWULE UND LESBEN UNSERE STADT ÜBERNEHMEN? Das war noch harmlos im Vergleich zu dem, was anschließend folgte. Harriet überflog es rasch. »Woher haben Sie das?«

»Ob Sie's glauben oder nicht: von der Polizeiwache. Sie hatten dort einen ganzen Stapel auf dem Tresen liegen. Der Typ am Schreibtisch meinte, ich soll mich ruhig bedienen. Sie hätten mehr als genug, und sie wären umsonst.« Er wies mit dem Kopf in Richtung Yarrow, der soeben in Begleitung von Doug Moore hereingekommen war. »Der Typ da, der hat's geschrieben. Floyd Yarrow. Er ist das große Tier bei der Mordkommission. Als ich ihm erzählt habe, daß ich für Sie das Terrain erkunde, hat er sich fast überschlagen. Hat mir ganz schön die Ohren vollgequatscht. Anscheinend hält er Sie für eine der ihren, Harriet.«

»Tatsächlich?« Die Frage klang kühl, ihr Gesicht war unbewegt. »Und was ist mit Mr. Moore? Haben Sie ihn auch kennengelernt?«

Er folgte ihrem Blick zu dem gutaussehenden jungen Mann im Gefolge des Inspektors. »Der da? Nein. Der war nicht dabei.«

»Zu schade. Ich hatte ein paar Mal mit ihm zu tun, als er bei der Sitte in Toronto war. Er ist eine Autorität auf diesem Gebiet.«

Moore trug eine raffiniert geschnittene, dunkelblaue Wildlederjacke über einem hellblauen Hemd. Clarence grinste: »Ein gutaussehender Knabe. Sie haben ihn also aus der Stadt gejagt, und jetzt muß er hier im Hinterland für einen Schwulenfänger arbeiten? Es gibt doch keine Gerechtigkeit mehr.«

»Sie haben ihn nicht aus der Stadt gejagt. Er ist ebensowenig schwul wie Sie. Seine Spezialität sind Toiletten. In seinem Netz haben sich mehr Männer verfangen, als Yarrow in seiner ganzen Karriere je schaffen wird. Der liebe Doug ist die Geheimwaffe der Gesellschaft auf den Toiletten der Nation.« Ihre Stimme ließ weder Zustimmung noch Mißbilligung erkennen. »Sie würden staunen, wie viele Männer seinetwegen Selbstmord begangen haben. Männer, die es nicht ertragen konnten, vor ihren Familien bloßgestellt zu werden. Es muß irgendwelche Schwulengeschichten in Spruce Falls geben, sonst wäre er nicht hier.«

»Gut, daß Sie mir das sagen. Ich werde also auf Nummer Sicher gehen, wenn ich mal muß, und es nicht in der Öffentlichkeit tun.« Er lachte, und um ihren Kommentar vorwegzunehmen, fügte er hinzu: »Nein, ich steh' da nicht drauf, aber es ist verdammt schwer, das zu beweisen, wenn ein Wort gegen das andere steht. Ein Freund von mir — und der ist so hetero, wie man nur sein kann — hat sich schließlich schuldig bekannt, weil es billiger war und weniger Ärger machte. Allein der Arbeitsausfall wegen der ganzen Gerichtstermine hätte ihn mehr gekostet als die Geldstrafe.«

»So ein Schwachkopf. Wenn man unschuldig ist, bekennt man sich nicht schuldig. Niemals. Merken Sie sich das, Clare.«

Ein Raunen ging durch die Menge, und alle Köpfe wandten sich um, als Leslie in Begleitung eines weiblichen und eines männlichen Polizeibeamten den Gerichtssaal betrat. Sie blickte ruhig geradeaus und schien gefaßt. Dünner geworden, schien sie größer, als sie war. Die zarte Haut, die sich über ihr schmales Gesicht spannte, gab ihren Zügen einen schimmernden Glanz. Ihr Kopf mit den dichten dunklen Haaren, die sich über dem Kragen wellten, ähnelte dem eines Mönches — ein asketisches Profil, ein grüblerisches, verschlossenes Gesicht.

Also das war Leslie Taylor. Harriet starrte sie gebannt an. Sie hatte damit gerechnet, Mitleid zu empfinden — wie für ein eingesperrtes und hilfloses Wesen. Statt dessen regte sich Bewunderung in ihr. Diese unnahbare junge Frau war entweder so dumm, daß sie nicht begriff, was ihr bevorstand, oder sie besaß eine nahezu übermenschliche Selbstbeherrschung. Jemand stieß sie in die Rippen, und sie merkte, daß Clarence zu ihr sprach. Im selben Augenblick drehte Leslie Taylor sich um, und ihre Blicke trafen sich. Dunkle Augen. Fast schwarz. Tief und unergründlich. Harriet hielt den Atem an, wollte wegschauen, konnte jedoch ihren Blick nicht losreißen.

Die Zeit stand still. Der Moment dauerte an. Die dunklen Augen senkten sich. Noch ein Stoß in die Rippen, und Clare flüsterte mit heiserer Stimme: »Was ist mit Ihnen los, Harriet? Sie sind ja kreidebleich.«

Die Leute rings um sie herum standen auf. Clarence zog sie am Arm hoch, als eine schwarze Robe über das Podium fegte. »Die Sitzung ist eröffnet«, sagte der Gerichtsdiener.

Richter Clement Nystrom klopfte um Ruhe und lächelte die Anwälte zuvorkommend an, die zu beiden Seiten des Podiums Platz genommen hatten. »Ich darf Sie daran erinnern, meine Herren, daß dies eine informelle Anhörung ist. Wir werden uns nicht weiter mit Förmlichkeiten aufhalten. Ich werde allerdings keinerlei Ausfälle von denjenigen dulden«, er blickte über die Anwälte hinweg zu den Zuschauerreihen, »die der Verhandlung heute beiwohnen.« Richter Nystrom war gewillt, die Sache zu genießen. Die meisten seiner Fälle brachten es höchstens auf ein paar Zeilen auf der letzten Seite. Dieser jedoch bot echte Möglichkeiten. Man hatte ihm gesagt, im Vertrauen natürlich, es bestünde die Chance, daß die spätere Verhandlung unter die örtliche Gerichtsbarkeit fallen würde.

»Mr. Poulis, ihre Mandantin ist eines höchst schwerwiegenden Verbrechens angeklagt. Wir sind auf Ihr Ersuchen hin hier zusammengekommen, damit Sie darlegen können, warum es nicht gerechtfertigt scheint, ihre Mandantin länger in Untersuchungshaft zu halten. Sind Sie bereit, mit Ihren Darlegungen zu beginnen?«

Clarence flüsterte Harriet zu: »Ist das nicht verkehrt rum? Sollte die Verteidigung nicht das letzte Wort haben?«

»Er hat hier das Sagen«, flüsterte sie zurück. »Er kann es halten, wie er will.«

Haberdash zog seine Jacke zurecht, fuhr mit dem Finger zwischen Hals und Kragen und erzählte dann, was man von jedem Anwalt in seiner Situation zu hören erwartet hätte. Seine Mandantin käme aus soliden Familienverhältnissen. Ihre Eltern stünden voll und ganz hinter ihr; sie wären beide heute vor Gericht erschienen, um für ihre Tochter zu bürgen. Sie sei nicht vorbestraft, sei niemals zuvor mit dem Gesetz in Konflikt geraten. Sie arbeite hart, sei verantwortungsbewußt, beruflich erfolgreich und habe sich ihren Platz in der Gesellschaft verdient. Abgesehen von diesem einen unglücklichen Zwischenfall, würden sie alle als eine ausgeglichene junge Frau kennen, die mit Sicherheit keine Gefahr für sich selbst oder für die Öffentlichkeit darstelle.

»Für einen Anwalt gibt er ihnen großartige Stichworte«, wisperte Clarence. »Er hat ihnen genug Angriffsfläche geboten, um sie ans Kreuz zu nageln.«

»Möchten Sie jemanden aufrufen, Mr. Poulis?« Richter Nystroms Aufmerksamkeit wandte sich Leslie zu, und der ganze Saal wartete in atemloser Spannung. Ihretwegen war das große Publikum gekommen. Sie war diejenige, die die Menge sehen und hören wollte.

»Ja, Euer Ehren.« Hab schwieg ein paar Sekunden, um die Spannung noch zu steigern. Er war ebenso wie Nystrom in seinem Element. »Ich möchte Mrs. Adam Taylor aufrufen.«

Leslie war aufgesprungen, noch ehe ihre Mutter Zeit gehabt hatte, sich zu erheben. »Nein.« Ihre Stimme schnitt wie ein Messer durch die Luft. »Ich habe Mr. Poulis klare Anweisungen gegeben. Er handelt ohne meine Zustimmung. Gegen meinen Willen.«

Nystroms freundlicher Gesichtsausdruck erstarrte und

wandelte sich in kaltes Mißfallen. »Setzen Sie sich, Miss Taylor, oder ich werde Sie hinausführen lassen.« Er klopfte um Ruhe. »Mr. Poulis, Sie können fortfahren.«

Harriets Augen hefteten sich auf Leslies Rücken. Sie nahm die Unnachgiebigkeit wahr, die sich in Leslies geraden Schultern ausdrückte, die herausfordernde Haltung des dunklen Kopfes. Dieser eine Ausbruch sagte ihr mehr als sämtliche Fakten, die Clarence ausgegraben hatte. Leslie liebte ihre Familie und wollte ihnen die Demütigung ersparen, einer feindselig gesonnenen Öffentlichkeit vorgeführt zu werden. Sie wußte genau um ihre schwierige Lage und sie war entschlossen, allein damit fertig zu werden. Sie war außerdem stolz und eigensinnig und merkwürdig verletzlich für eine Frau mit ihrer inneren Reife und ihren offensichtlichen Fähigkeiten.

Harriet hörte Mrs. Taylor reden, ohne sich die Mühe zu machen, ihr zuzuhören. Was konnte sie schon sagen? Was jede Mutter unter diesen Umständen sagen würde. Sie hätte sich ihren Atem genauso gut sparen können. Poulis mußte doch merken, daß er ihnen damit ein Lehrstück in Sachen vergeblicher Liebesmüh bot. Wenn er so weitermachte, hätte Charlie sein Geld sparen und der Verteidigung die Henkersarbeit überlassen können.

Mrs. Taylor verließ den Zeugenstand, und Jeremy Frost erhob sich. Der Staatsanwalt wurde seinem Namen gerecht. Silbergraues Haar. Blaßgraue Augen. Ein kaltes weißes Lächeln. »Euer Ehren, ich habe eine ganze Reihe von Zeugen, die ich aufrufen möchte, aber zunächst einmal möchte ich auf einige Punkte Bezug nehmen, die mein werter Herr Kollege angesprochen hat. Er hat den soliden familiären Hintergrund der Angeklagten erwähnt. Nun, es ist nicht ihre Familie, die angeklagt wird, Marcie Denton ermordet zu haben, sondern Miss Taylor. Ihre Eltern stehen hinter ihr. Würden Sie etwas anderes erwarten? Sie ist nicht vorbestraft. Es ist jedoch nicht Leslie Taylors frühere Vergangenheit, die uns hier beschäftigt, uns interessiert allein der 13. Juli — der Tag, an dem sie bei vollem Bewußtsein eine junge Frau erschlagen hat, die angeblich ihre beste Freundin war.«

Clarence bebte vor Empörung. »So darf er doch nicht reden«, stieß er zwischen den Zähnen hervor.

»Er darf, wenn ihn niemand daran hindert.« Harriet klang desinteressiert.

»Abgesehen von diesem einen unglückseligen Zwischenfall.« Frost konzentrierte seine Aufmerksamkeit auf die Reihe der Reporter. »Dieser *unglückselige Zwischenfall*, wie mein werter Kollege es nannte, bestand in der Ermordung eines Menschen. Die Tat der Angeklagten bedeutete das Ende eines Lebens, ein Ende, das nie wieder rückgängig gemacht werden kann. Vor acht Tagen ist Marcie Denton das Opfer eines sinnlosen Gewaltaktes geworden. Aber sie ist nicht das einzige Opfer — keineswegs. Ich bitte Sie, an ihren Ehemann und ihre beiden kleinen Kinder zu denken.« Mit einer dramatischen Geste wies er nach hinten. Die Zuschauer wandten sich um, ein Raunen ging durch die Reihen. Auch Harriet drehte sich um und sah Charles in der Mitte des Ganges hinter der letzten Zuschauerreihe stehen, ein kleines blondes Mädchen auf dem Arm und einen kleinen Jungen an der Hand.

»Dieser Hurensohn«, sagte Clarence, und es kümmerte ihn nicht im geringsten, daß seine Stimme wie ein Nebelhorn klang.

Harriet wandte sich wieder nach vorn. Sie warf erst einen Blick auf Poulis, der überrascht, aber nicht besonders besorgt zu sein schien, und dann zu Leslie, die nach wie vor angespannt nach vorne sah.

Nystrom hämmerte auf den Tisch, und der Lärm erstarb langsam. Er nickte Jeremy Frost auffordernd zu. Der Staatsanwalt trat einen Schritt vor und sagte: »Ich bitte Mrs. Sven Bergstrom, in den Zeugenstand zu treten.«

Erneut ging ein Raunen durch die Reihen, als die große, kräftig gebaute Frau vor den Richter trat. Mit ihrem hellblonden zu einer Krone geflochtenen Haar, dem durchscheinenden Teint und den klaren blauen Augen ihrer norwegischen

Vorfahren war Anna Bergstrom eine eindrucksvolle Erscheinung. Sie erzählte von Marcies Kindheit, von den Preisen, die sie in der Schule gewonnen hatte und wie freundlich und kontaktfreudig sie gewesen war, bevor sie — ihr Blick heftete sich auf Leslie — bevor sie diese Frau getroffen hatte. Danach hätte sie jedes Interesse an der Schule, an ihren Freundinnen und Freunden und an ihrer Familie verloren. Sie wären überglücklich gewesen, als Marcie Charles Denton kennengelernt hatte und die beiden heirateten. Zweimal hielt Mrs. Bergstrom inne, um ihre Fassung wiederzugewinnen. Als sie schließlich den Zeugenstand verließ, kam so wütendes Zischen und Murmeln aus dem Zuschauerraum, daß der Richter sich veranlaßt sah, die Verhandlung für kurze Zeit zu unterbrechen.

»Die ganze Bande hier ist scharf drauf, sie zu lynchen. Der reinste Mob«, schimpfte Clarence. »Beim Richter angefangen.«

Er wurde von Frost unterbrochen, der bei Yarrow und Moore gestanden hatte und nun auf Harriet zusteuerte. »Sie sind die Nächste, Mrs. Croft.« Er hielt ein Blatt Papier in der Hand. »Es wird nicht mehr lange dauern. Sie und Inspektor Yarrow noch, und dann sind wir fertig.« Er gesellte sich wieder zu Yarrow, und die beiden steckten die Köpfe zusammen, um das Blatt Papier zu lesen.

»Das ist der Brief.« Clarence begann unruhig herumzuzappeln. »Sie werden den Brief vorlesen. Ich dachte, solche Sachen müßten sie für die Vorverhandlung aufheben.«

Seine leise Stimme drang bis zu Leslie, die direkt vor ihm, wenngleich auf der anderen Seite des trennenden Geländers saß. Sie wandte sich an Haberdash, redete leise auf ihn ein, während er zustimmend mit dem Kopf nickte. Als sie geendet hatte, sammelte er sein Notizbuch und seine Stifte zusammen und packte alles in die Aktentasche, die neben ihm auf dem Boden stand.

»Sie zieht den Antrag zurück.« Harriet klang nicht besonders interessiert.

»Was? Wovon reden Sie?«

»Von ihrem Antrag auf Haftverschonung. Sie zieht ihn zurück. Das ist bestimmt der Liebesbrief, von dem Charles gesprochen hat.«

»Ja, das muß er sein. Yarrow hat ihn mir gestern gezeigt. Gott, der ist halb so wild, im Vergleich zu dem, was sonst so alles im Umlauf ist.«

»Für Sie vielleicht, aber nicht für Leslie. Soll sie den Antrag zurückziehen. Auch gut. Da Sie auch nichts Brauchbares gefunden haben, hätte ich sowieso nur auf die Tränendrüse drücken können, von wegen trauernde Hinterbliebene und so weiter.«

Haberdash klopfte Leslie auf die Schulter und ging zu der Gruppe hinüber, die sich um den Tisch des Staatsanwalts versammelt hatte. Dann gingen beide, Hab und Frost, zum Gerichtsdiener. Yarrow, die Daumen lässig in seinen Gürtel gehakt, strahlte selbstgefällige Zufriedenheit aus.

»Wann fahren Sie zurück?«

Gerade weil sie so banal war, wirkte die Frage merkwürdig deplaziert. Harriet war keine emotionale Frau, aber so eisig und unnahbar hatte Clarence sie noch nie erlebt. »Ich habe das Rattenloch, in dem Sie mich einquartiert haben, noch nicht mal geräumt. Hätte ich gewußt, wie schnell das hier geht, hätte ich meine Tasche gleich am Busbahnhof deponiert. Es ist zu spät, um jetzt noch auszuziehen. Die werden bestimmt eine Nacht mehr berechnen.«

»Das geht in Ordnung. Machen Sie sich darüber keine Gedanken.«

»Harriet, geht es Ihnen gut?«

»Ja, natürlich.« Sie lächelte, aber ihre grünen Augen blieben undurchdringlich. »Wieso? Sehe ich krank aus?«

»Nein, nein, Sie sehen gut aus. Es ist nur ... Ich weiß nicht. Ach, vergessen Sie's.«

Haberdash und Jeremy Frost kamen mit dem Gerichtsdiener zurück. Ein paar Sekunden später wurde um Ruhe gebeten. Es war zehn Minuten vor elf. Nystrom, zufrieden, weil die Verhandlung sich nicht bis in seine Mittagspause erstrecken würde, verlor weder Zeit, noch viele Worte. »Die Verteidigung hat ihren Antrag auf Haftverschonung zurückgezogen. Die Angeklagte bleibt bis zur Hauptverhandlung in Haft. Die Sitzung ist geschlossen.«

Im Gerichtssaal herrschte überraschtes Schweigen. Harriet, die gewußt hatte, was passieren würde, war aufgesprungen und schon den halben Gang hinuntergeeilt, bevor die meisten Zuschauer sich auch nur erhoben hatten. Clarence stolperte hinter ihr her und warf einen Blick über die Schulter zurück auf Leslie, die in eine hitzige Debatte mit Hab verwickelt war.

Harriet verließ das Gebäude und winkte ein vorbeifahrendes Taxi heran. Atemlos kletterte Clarence hinter ihr in den Wagen. »Zum Dalton Motel.«

»Herrgott, nochmal!« Clarence ließ sich keuchend in die Polster zurückfallen. »Wenn Sie in diesem Tempo weitermachen, müssen Sie mich heimtragen.«

»Tut mir leid, Clare. Ich hatte Angst, Charles würde uns abfangen, bevor wir uns davonmachen könnten.«

»Und sein Geld zurückverlangen? Ich wüßte nicht, warum. Er hat doch bekommen, was er wollte. Unglaublich, taucht der doch glatt mit den zwei Kindern da auf! Ich hab Ihnen gesagt, der Mann ist ein ganz falscher Hund.«

Harriet trat ihm leicht auf den Fuß und deutete mit dem Kopf auf den Taxifahrer. »Wir sprechen später darüber.«

»'tschuldigung.« Es war ihm eigentlich klar, daß er vor Dritten seinen Mund halten sollte. Das war eines von vielen Dingen, die Harriet nicht ausstehen konnte. Es sei denn, die dritte Partei war eine Informationsquelle.

»Zum Dalton. Das ist doch da, wo diese Frau umgebracht wurde.« Der Taxifahrer beobachtete sie in seinem Rückspiegel. »Haben die diese Taylor rausgelassen?«

Noch so ein sensationslüsterner Typ, dachte Clarence. Wahrscheinlich war er in der Hoffnung auf einen Bericht aus erster Hand den ganzen Morgen vor dem Gericht herumgekurvt.

Harriet beugte sich vor. »Sind Sie ihr jemals begegnet? Leslie Taylor, meine ich?«

»Hab' sie ein paarmal gefahren. Schien eigentlich ganz nett. Ruhig. Aber man kann ja nie wissen, nich'?«

»Nein, kann man nicht.« Harriet lehnte sich zurück und blickte aus dem Fenster.

Der Taxifahrer war noch nicht fertig. »Ich kannte die andere auch. Hab sie einmal am Bahnhof abgeholt und zu ihren Leuten gebracht. Sie hatte zwei Kinder bei sich. Ein Baby und einen kleinen Jungen. Sah aus, als würden sie für immer zurückkommen.«

»Ach ja?« Harriet schien mehr an den vorbeigleitenden Häusern interessiert, als an den Worten des Taxifahrers. »Ich nehme an, beim Taxifahren lernen Sie eine ganze Menge über die Menschen, wenn Sie Ihnen beim Erzählen zuhören. Pfarrer, Barkeeper und Taxifahrer — alles Psychologen.«

»Das sage ich zu meiner Frau auch immer. Willste was über die Menschen wissen, dann frag' mich. Zum Beispiel diese Mrs. Denton. Sie war völlig durcheinander. Und die Kinder auch. Kinder, die ihre Großeltern besuchen, sind doch glücklich. Aufgeregt. Aber die beiden nicht. Die Kleine weinte die ganze Zeit, war nicht zu beruhigen, und der Junge saß einfach da. Sagte kein Wort. Und sie hatten auch Berge von Gepäck dabei.«

»Wie lange ist das her?«

»Ein Jahr. Vielleicht zwei. Die Zeit fließt so dahin, wenn man jeden Tag dasselbe macht.« Er bog in eine kiesbestreute Einfahrt und hielt vor einer Tür mit dem Schild Büro. »So, da wären wir. Ich hoffe, Sie haben einen schönen Aufenthalt.«

»Haben Sie eine Karte? Wir rufen Sie an, wenn wir abreisen wollen.«

»Fragen Sie einfach nach Joe.«

Harriet schrieb seinen vollen Namen von der Lizenz ab, die an der Rückseite des Fahrersitzes hing.

»Wir hätten ihn warten lassen sollen«, sagte Clarence. Das Taxi bog aus der Einfahrt in die Hauptstraße. »Es wird nur eine knappe Minute dauern, bis ich gepackt habe.«

»Wir haben Zeit genug.« Sie reichte ihm ihre Schultertasche, die ihr als Reisetasche diente. »Hier. Gießen Sie mir einen Drink ein.«

Das Bett war gemacht, und neben dem Waschbecken hingen frische Handtücher. Clarence wickelte ein Glas aus und stellte es neben die Flasche aus Harriets Umhängetasche auf die Kommode. Hier im Zimmer war es genauso heiß wie draußen. Er stellte die Klimaanlage auf die höchste Stufe und setzte sich aufs Bett. Ein eiskalter Luftstrom blies ihn an. Er drehte die Klimaanlage eine Stufe herunter und fluchte auf die idiotischen Architekten und Bauunternehmer, die Hochhäuser bauen konnten, aber unfähig waren, ein kleines Zimmer zu kühlen, ohne einen arktischen Sturm zu entfachen.

»So, das hätten wir.« Begleitet von einem warmen Luftstrom kam Harriet ins Zimmer zurück. »Ich habe mich entschlossen, über Nacht zu bleiben.« Sie goß sich einen dreifachen Brandy ins Wasserglas, machte es sich in dem einzigen Sessel des Zimmers bequem und legte ihre Füße auf das Fußende des Bettes.

»Aber nicht hier, hoffe ich.«

»Genau hier.«

»Harriet, das ist eine absolut schäbige Bude. Ich hab' ja schon in einigen miesen Löchern gewohnt, aber das hier ist wirklich das Letzte. Was soll das? Hier gibt's nichts weiter zu tun. Oder haben Sie vor, sich für den Rest Ihres Lebens vor dem lieben Charles zu verstecken?«

»Komisch, daß ausgerechnet Sie das sagen.« Sie schlug die Decke zurück, um die Bettlaken zu begutachten und meinte: »Zumindest ist es sauber.«

»Sauber, du liebe Güte! Werfen Sie mal einen Blick in die Ecken. Und wenn der Teppich zweimal in der Woche einen Staubsauger sieht, dann ist das viel.« Er stützte sich auf einen Ellbogen — um Sie besser sehen zu können, meine Liebe — und feuerte die Frage ab, die er ihr schon seit gestern stellen wollte, als er hier eingezogen war. »Sie wußten, daß es dieses Zimmer war, oder?«

»Natürlich.«

Typisch Harriet. Keine Entschuldigung, keine Erklärung. »Sie hätten es mir sagen sollen.«

»Es war mir nicht klar, daß Sie so zartbesaitet sind.« Sie nippte an ihrem Brandy und schien völlig unbekümmert. »Haben Sie etwas gefunden?«

»Was, zum Beispiel?«

»Irgendwas. Ich dachte, sobald Ihnen klar ist, wo Sie sich hier befinden, würden Sie sich zumindest ein wenig umschauen.«

»Hier ist nichts zu holen, Harriet. Das einzige, was man sich hier holen kann, ist eine schwere Lungenentzündung. Diese verdammte Klimaanlage bläst genau übers Bett. Ich bin mit einer Schniefnase aufgewacht. Wenn Sie in Spruce Falls bleiben wollen, gehen Sie woanders hin. Ins Holiday Inn.«

»Das Ding macht wirklich ganz schön Wind.« Sie stand auf und stellte die Klimaanlage auf die niedrigste Stufe. »Es wäre kühler, wenn Sie die Vorhänge zugezogen hätten, Clare.« Sie lehnte sich hinüber, um sie zuzuziehen, hielt jedoch inne und sagte: »Nanu, was ist denn das?«

Clarence war vom Bett aufgestanden und betrachtete den Gegenstand, den sie in der Hand hielt. Einen winzigen doppelten Knopf, der im Sonnenlicht funkelte. »Ein Manschettenknopf. Der könnte allen möglichen Leuten gehören.«

»Das ist Perlmutt.« Harriet rollte den Manschettenknopf in ihrer Hand hin und her, so daß er in allen Regenbogenfarben funkelte.

»Von was für einer Art Hemd könnte ein solcher Manschettenknopf stammen, Clare?«

Er schob die Ärmel seiner Jacke hoch und betrachtete die Manschettenknöpfe an seinem eigenen Hemd. Sie waren flach und glanzlos. »Nicht von so einem jedenfalls«, sagte er bedauernd. »Vermutlich von einem dieser Designerhemden. Mit Markenzeichen auf der Tasche und dem ganzen Drum und Dran.«

»Paßt nicht so ganz zu den Gästen, meinen Sie nicht auch?«

»Er scheint hier tatsächlich ein bißchen fehl am Platze.

Aber keine voreiligen Schlußfolgerungen, Harriet. Weiß der Himmel, wie viele von diesen einheimischen hohen Tieren hier ihre Schäferstündchen abhalten.«

Sie wickelte den Knopf in ein Papiertaschentuch und steckte ihn in das Seitenfach ihrer Tasche. »Ich werde ihn erstmal behalten. Man kann nie wissen.«

»Man kann. Wenn es auch nur die geringste Chance gibt, daß er als Beweisstück dienen könnte, dann sollten Sie ihn lieber abliefern.«

»Bei diesem Cowboy, dem Staatsanwalt?«

»Nein, an den habe ich nicht gerade gedacht.«

»Bei Ihrem Freund, dem Inspektor?«

»Mein Gott, nein! Dem würde ich nicht mal meine schmutzige Wäsche anvertrauen. Ich will bloß nicht, daß Sie in Schwierigkeiten geraten.«

»Aber wieso? Sobald sie das Siegel entfernt haben, ist der Tatort nicht länger ein Tatort.« Sie starrte mit gerunzelter Stirn auf das Bett. »Was hat Yarrow Ihnen alles erzählt?«

»'ne ganze Menge. Ich habe ihn zum Essen eingeladen. Er hat sich die Seele aus dem Leib gequatscht. Das ist ein Säufer. Hat mich einiges gekostet, aber ich hab' viel erfahren.«

Harriet leerte die Flasche in ihr Glas. »Erzählen Sie mir genau, was die gefunden haben, als sie hier reingekommen sind.«

»Er hat mir ein paar Vergrößerungen gezeigt. Es war grausig.«

»Wo war die Leiche? Auf dem Bett oder auf dem Boden?«

»Auf dem Bett. Nackt. Sie war rasiert, oben und unten. Wollen Sie den Rest auch wissen?«

»Alles.«

»Sie ist vergewaltigt worden.«

Die klaren grünen Augen verdunkelten sich und nahmen einen tiefen Smaragdton an. »Sie wurde vergewaltigt? Sie haben eine Frau wegen eines Mordes kassiert, der mit einer Vergewaltigung zusammenhängt? Was, zum Teufel, ist mit diesen Leuten hier oben los? Sind die wirklich so verdammt dämlich, daß sie glauben, nur weil eine Frau lesbisch ist, sei sie zu einer Vergewaltigung fähig?«

»Ihre Sprache ist voll daneben, Mrs. Croft. Es war keine 'normale' Vergewaltigung. Man hat einen sogenannten Fremdkörper dazu benutzt — in diesem Fall einen Handtuchhalter. Reingeschoben, so weit es ging.«

Harriet schwenkte den Brandy in ihrem Glas und beobachtete, wie ein kleiner wirbelnder Sog entstand. Clarence starrte an die Wand und wartete. Ohne ein Wort zu sagen, stellte sie das Glas beiseite, ging ins Badezimmer und schloß die Tür. Die Zeit verging. Ihm fiel ein, daß sie nicht zu Mittag gegessen hatten. Harriet hatte vermutlich nicht einmal gefrühstückt. Auf leeren Magen trinken. Das reichte, um einen Fernfahrer zum Kotzen zu bringen.

Er wollte gerade an die Tür klopfen und fragen, ob alles in Ordnung sei, als sie wieder herauskam — mit dem gezügelten Temperament eines eingesperrten Panthers. »Sie war es nicht, Clare.« Die volle Altstimme enthielt nicht die Spur eines Zweifels. »Leslie Taylor hat Marcie Denton nicht getötet.«

»Wann haben Sie das beschlossen? Bevor oder nachdem Sie sich entschieden hatten, hierherzukommen und für Charlie die Dreckarbeit zu machen?«

»Werden Sie nicht unverschämt, Clarence. Als ich sie heute morgen sah, wußte ich, sie konnte es nicht getan haben. Nicht mit diesem Gesicht.«

»Nicht mit dem Gesicht, mit dem Schuh.«

»Das ist keine Zeit für Scherze, mein Freund. Frauen vergewaltigen andere Frauen nicht mit irgendwelchen Gegenständen.«

»Den Teufel tun sie nicht.« Weltmännisch. Aufgeklärt. Und dennoch naiv wie ein neugeborenes Kind.

»Auf welcher Seite stehen Sie eigentlich? Bei Gericht hatte ich den starken Eindruck, Sie würden eher für Leslie Taylor Partei ergreifen.«

»Ich stehe auf keiner Seite, verdammt noch mal. Wenn sie es war, verdient sie die Strafe, die sie bekommt. Wenn sie es nicht war, braucht sie ein bißchen Hilfe, denn dann ist sie in einer ziemlich verteufelten Lage.«

»Nun, sie war es nicht, und ich kann es beweisen. Kommen Sie her, und ich zeige es ihnen.« Sie wies auf den Handtuchhalter. Er bestand aus einer schweren Nickellegierung und war fest zwischen zwei Halterungen eingelassen. Die Verankerung war so stabil, daß die Stange nicht entfernt werden konnte, solange die beiden Halterungen nicht gelöst wurden. »Geben Sie mir den Handtuchhalter, Clare.«

Nach einigem vergeblichen Drücken, Zerren und Drehen gab er auf. »Die einzig solide Sache in dem ganzen Laden«, knurrte er. »Da müßte man schon das ganze Ding auseinandernehmen.«

»Genau. Mit einem Schraubenzieher. Oder die Stange rausreißen, falls man nicht mit einem Werkzeugkasten ausgerüstet ist.« Sie fuhr mit dem Finger über eine unebene Fläche auf der Wand, die frisch gespachtelt und gestrichen zu sein schien. »Na, los. Versuchen Sie's.«

Als er zögerte, versicherte sie ihm: »Keine Angst. Ich komme für den Schaden auf.«

Clarence ergriff die Stange mit beiden Händen und versuchte, sie loszureißen. Vergeblich. Er spuckte in die Hände, packte so fest zu, bis seine Knöchel weiß hervortraten und setzte zu einem kräftigen Ruck an. Die Halterung gab nicht nach, die Stange blieb an ihrem Platz. »Die hält bis in alle Ewigkeit, Harriet.«

»Irgend jemand hat sie losbekommen. Ich glaube, sie wurde aus der Wand gerissen, und ich weiß, daß Leslie Taylor es nicht gewesen sein kann. Dazu braucht man eine Menge Kraft und eine Menge Gewicht und eine geradezu übermächtige Wut. Wurde die Stange auf Fingerabdrücke untersucht?«

»Das müßte sie eigentlich. Selbst die Irren in Keystone würden soviel Grips im Kopf haben. Yarrow sagte, der ganze Raum sei spurlos saubergewischt gewesen.«

»Wer immer also hier war, hat eine ganze Menge Zeit gehabt. Als Marcie Denton bewußtlos oder schon tot war.

Niemand hat irgendwas gehört, also muß er sie sofort niedergeschlagen haben.«

»Wieso er?«

»Ich denke, was Sie vor einer Woche gedacht haben. Es muß Charles gewesen sein.«

»Keine Chance, Harriet. So ungern ich das auch zugebe, aber er ist aus dem Schneider. Er war in Toronto, mit Freunden zusammen. Mit hochangesehenen Freunden, übrigens. Die Kinder waren zu Hause. Die Haushälterin war da. Einer seiner Geschäftspartner kam vorbei, um ein paar Pläne abzuholen. Wer immer es auch war, es war nicht Charles.«

»Vielleicht jemand, den sie in einer Bar kennengelernt hat. Er ist ihr hierher gefolgt, sie hat nein gesagt und er hat es ihr auf diese Art heimgezahlt. Das könnte diese abartige Vergewaltigung erklären. Aber es erklärt nicht die Sache mit dem Rasieren, oder? Welcher normale Mensch würde jemanden in einem Motel umbringen, wo ständig Leute kommen und gehen, und sich dann die Zeit nehmen, die Leiche kahl zu scheren?«

»Welcher normale Mensch würde überhaupt jemanden umbringen?«

»Eine Menge Menschen. Das wissen Sie.« Sie drängte sich an ihm vorbei und streckte sich auf dem Bett aus. »Sie lag auf dem Rücken, nicht wahr?«

»Ja. Mit dem Gesicht zur Seite. Vom Fenster abgewandt.«

Harriet drehte ihr Gesicht zur rückwärtigen Wand. »Ich bin Marcie. Sie wollen meinen Kopf kahlscheren. Wie stellen Sie es an?«

»Ich setze mich hier hin und fange einfach an, glaube ich.«

»Haben Sie keine Angst, Blut auf Ihre Kleidung zu kriegen?«

»Es war nur wenig Blut.«

»Was ist mit den Fasern, die auf dem Laken zurückbleiben könnten? Ein einziger Faden reicht, um Sie zu hängen. Würden Sie daran denken?«

»Ich bezweifele es. Aber ich würde ebensowenig an die Fingerabdrücke denken. Ich würde mich blitzschnell aus dem Staub machen.«

»Meiner Meinung nach hat er sie so wenig wie möglich berührt. Meiner Meinung nach stand er und hat sich über sie gebeugt. Ging um sie herum.« Sie schwang ihre Beine über die Bettkante und setzte sich auf. »Haben sie den Teppich untersucht?«

»So inkompetent können die nicht sein, Harriet. Die Spurensicherung saugt immer alles ab.«

»Aber wie gründlich?« Sie hielt ihm ihre Hand hin, um sich hochziehen zu lassen und stellte sich vor das Bett. »Los, rücken wir's zur Seite!«

Das Bett war kleiner als ein Doppelbett, etwa um die Hälfte breiter als ein Einzelbett. Der Rahmen endete nur wenige Zentimeter über dem Fußboden. Er war hoch genug, daß ein menschlicher Fuß darunter paßte, aber zu niedrig für einen Staubsauger oder einen Teppichkehrer. Unter dem Bett war der langflorige Teppich, der an den vielbelaufenen Stellen verfilzt und abgetreten war, so gut wie neu und völlig unberührt — bis auf vier flachgetretene Stellen am Rand, die als Zehenabdrücke erkennbar waren. Zwei Paar Fußabdrücke an jeder Seite des Kopfendes, eines in der Mitte der einen Längsseite des Bettes und eines, tiefer als die übrigen, am Fußende.

»Mein Gott, Sie hatten recht. Wir holen diese Witzbolde am besten gleich wieder her.« Clarence hatte bereits den Telefonhörer in der Hand und war mit der Vermittlung des Motels verbunden, bevor Harriet überhaupt merkte, was er tat. »Können Sie mich mit der ...«

Harriet riß ihm den Hörer aus der Hand und sagte mit zuckersüßer Stimme: »Mit der nächsten Taxizentrale verbinden?« Sie schaute Clarence an, legte den Hörer auf und sagte: »Sie haben eine Direktverbindung. Das Taxi wird in wenigen Minuten hier sein.« Sie wühlte in ihrer riesigen Tasche und holte ihre Brieftasche hervor. »Hier, nehmen Sie. Holen Sie eine Flasche Brandy. Einen Photoapparat. Ein paar Bogen Pauspapier. Zwiebeln. Fällt Ihnen sonst noch etwas ein?«

»Ja, die Polizei. Sie müssen das melden oder wir werden beide bis zum Hals im Schlamassel stecken.«

»Das werden wir, das verspreche ich Ihnen. Aber jetzt noch nicht. Was brauchen wir noch?«

»Ein Lineal. Wir brauchen was zum Messen.«

Das Taxi fuhr vor und Harriet sagte: »Vergessen Sie den Brandy nicht, Clare.«

Die Hand schon auf der Türklinke, sagte er anklagend: »Verdammt, ich hab nicht die geringste Ahnung von Photoapparaten.«

»Sie halten drauf und machen klick.« Weil er so hilflos aussah, fügte sie hinzu: »Sagen Sie einfach, Sie seien gerade Vater geworden und wollten ein paar Fotos von dem Baby machen. Die werden Ihnen schon irgendwas empfehlen.«

Als sie allein war, versuchte sie sich vorzustellen, wie die letzten Augenblicke in Marcies Leben gewesen sein mochten. Wer war zur Tür hereingekommen und über diesen Teppich gegangen? Wer hatte die Abdrücke rings um das Bett hinterlassen? Hatte Marcie den Schlag erwartet? Hatte sie Angst gehabt? War sie völlig überrascht gewesen?

Jemand ging am Fenster vorbei. Harriet hatte die Vorhänge zuziehen wollen, war jedoch durch den Manschettenknopf abgelenkt worden. Als sie jetzt um das Bett herumging, um sie zuzuziehen, blieb ihr Blick an etwas silbrig Schimmerndem hängen, das sich in dem violetten Teppich verfangen hatte. Vorsichtig nestelte sie es los. Eine Haarsträhne. Weiß wie Mondlicht und fast dreißig Zentimeter lang. Marcies Haar, so strahlend wie Marcie selbst gewesen sein mußte.

Ein Luftzug. Harriet blickte über die Schulter und war darauf gefaßt, jemanden hinter sich stehen zu sehen — wartend, beobachtend. »Du bildest dir was ein«, sagte sie in ihrer Gerichtsstimme — einer Stimme, die bis in die letzte Reihe eines überfüllten Gerichtssaal vordrang. Der Klang hallte durch den Raum und verstärkte noch den eisigen Schauer, statt ihn zu verscheuchen. Der Raum begann, sie zu erdrücken. Sie legte die Haarsträhne auf die Kommode, zog die Vorhänge zu und stellte die Klimaanlage ab. Clare hatte recht. Sie konnte nicht in diesem Zimmer bleiben. Nicht über Nacht. Schon am hellichten Tag war es schlimm genug.

Sie steckte den Schlüssel ein, trat vor die Tür und schaute sich um. Das Motel lag an einer ehemaligen Hauptverbindungsstraße. Es lag ein Stück zurück, von der Straße durch ein wild wucherndes Gestrüpp getrennt, und war von außen ebenso schäbig wie innen. Ein seltsamer Ort zum Übernachten für jemanden wie Marcie Denton. Warum hier? Eine weitere Frage mußte auf die Liste gesetzt werden. Aber wo, wenn nicht hier, sollte sie Antworten für einige dieser Fragen suchen? Und wer wäre besser zu befragen, als die Frau, die die Gäste empfing und die Schlüssel aushändigte?

Das Büro war leer, aber das Quietschen der Tür rief jemanden aus dem hinteren Raum herbei. »Mrs. Peak, Amanda Peak. Meine Freunde nennen mich Mandy. Ist alles in Ordnung, Mrs. Croft?«

»Ich möchte Ihnen ein paar Fragen stellen, wenn es Ihnen nichts ausmacht.«

Die geschäftsmäßig gute Laune verwandelte sich in Vorsicht. »Wegen des Zimmers. Die arme Frau.« Alle, die anriefen, fragten nach Zimmer Drei. Die Hälfte der Zimmer stand leer, aber Nummer Drei war ständig belegt, seitdem das Siegel entfernt wurde. Und es gab Reservierungen für Wochen im voraus. Leichenfledderer. Und alle, die kamen, wollten sämtliche blutrünstigen Details wissen. »Es tut mir leid, aber ich darf darüber nicht sprechen.«

»Sind Sie eine der Zeuginnen?« Verdammt. Ihre Papiere waren in ihrer Brieftasche, und ihre Brieftasche hatte Clarence. »Ich bin Harriet Croft. Mr. Dentons Anwältin. Ich bin wegen der Anhörung heute morgen gekommen. Ich habe auch mit Mr. Frost, dem Staatsanwalt, gesprochen.« Ein wenig irreführend, aber im Prinzip stimmte jedes Wort.

Beruhigt ließ Mandy sich auf ihren Stuhl sinken und meinte: »Ich habe nicht viel gesehen. Ich habe dem gutaussehenden jungen Burschen von der Polizei alles erzählt, was ich wußte. Sie kam am Freitag abend an. Und ist nicht mehr ausgegangen; jedenfalls nicht, daß ich wüßte. Sie hat ein paarmal telefoniert. Samstag kam diese Frau vom Fernsehen vorbei. Sonntagmorgen ist meine Putzfrau mit ihrem Schlüssel reingegangen, und da lag sie, das arme Ding. So was ist hier noch nie passiert.«

»Wie lange ist Miss Taylor geblieben?«

»Das weiß ich nicht. Ich hab im Fernsehen Baseball geguckt. Da hinten im Zimmer. Das Telefon hat geklingelt, und ich bin hier nach vorne gekommen und sah sie vorfahren und aussteigen. Aber es hatte sich bloß jemand verwählt, und ich bin gleich wieder nach hinten gegangen. Ich kann nicht sagen, wie lange sie hier war.«

»Was war mit Mrs. Denton? War sie aufgeregt? Nervös?«

»Nicht, daß ich wüßte. Sie hat nicht viel gesagt. Schien es eilig zu haben, in ihr Zimmer zu kommen. Ich hab sie eingetragen, und sie gab mir das Geld, und das war das letzte, was ich von ihr gesehen hab. Es kam mir komisch vor. Nicht viele Leute zahlen heutzutage in bar. Die meisten mit Schecks oder Kreditkarten.«

»Es sieht aus, als ob Sie im Badezimmer etwas ausgebessert hätten.«

Amanda nickte zustimmend. »Es war ein faustgroßes Loch. Der Handtuchhalter war richtig aus der Wand gerissen.«

»Jetzt ist er ganz schön stabil. Wer immer das repariert hat, hat ganze Arbeit geleistet.«

»Mein Mann. Wenn er was macht, dann macht er es richtig.« Sie blickte sich entschuldigend um. »Das Problem ist, er hat keine Zeit für die größeren Arbeiten. Er ist Schichtarbeiter im Bergwerk. Er war auf dem Friedhof, als es passierte. Außer mir war niemand hier.«

»Schade, daß er den ersten nicht auch angebracht hat. Der Mörder hätte ihn dann nicht ...«

»Aber das hat er ja. Er hat sie vor ein paar Jahren alle ausgewechselt. Wir hatten so alte Plastikhalter, die angeklebt waren. Die sind immer wieder abgefallen. Eines Tages hat's ihm gereicht, und er hat gesagt, das hört ihm jetzt auf und ist losgegangen und hat zwölf neue gekauft. Die waren im Dutzend billiger. Zwei waren übrig. Jetzt nur noch einer.«

»Und niemand hat etwas gehört?«

»Nicht einen Ton. Außer dem Zimmer von Mrs. Denton waren nur noch zwei andere belegt. Nummer neun und zehn am unteren Ende. Aber die sind zu weit weg.«

Harriet wollte schon gehen, als ihr der Manschettenknopf einfiel. »Ich vermute, Sie machen die Zimmer jedesmal gründlich sauber, wenn ein Gast abreist?«

»Wir tun unser Bestes.«

»Haben Sie eine feste Putzordnung?«

»Sie wissen ja, wie das mit Putzhilfen ist. Es ist schwer, gute zu kriegen. Aber ich habe ein Auge darauf. Wenn ein Zimmer für ein paar Tage leer steht, putze ich einmal gründlich durch.«

»War Nummer drei belegt, bevor Mrs. Denton einzog?«

»Nein, vorher nicht. Aber seitdem ist es ununterbrochen bewohnt.« Sie rutschte unbehaglich auf ihrem Stuhl herum. »Warum? Stimmt etwas nicht?«

»Es ist alles in bester Ordnung. Sie haben bestimmt darauf geachtet, ob irgendwo Staub lag, als Sie es das letzte Mal kontrolliert haben.« Harriet fuhr mit ihrem Finger über den Tresen und inspizierte ihn. »Nicht ein Körnchen Staub. Das ist immer das erste, was ich tue, wenn ich ein paar Tage fortgewesen bin. Überall gründlich staubwischen. Die Fensterbänke sind am schlimmsten, finden Sie nicht auch?«

»Auf meinen Fensterbänken gibt es keinen Staub«, erwiderte Amanda. »Seit wir diese Klimaanlagen an den Fenstern haben, achte ich genau da drauf. Aber Sie müssen bedenken«, fügte sie hinzu, »Zimmer drei ist seitdem ununterbrochen belegt gewesen. Und ich habe ein neues Mädchen. Das alte hat gekündigt. Ich weiß also nicht, wie es jetzt aussieht, aber ich kann Ihnen sagen, wie es vorher war.«

Das werden Sie vielleicht müssen, Mrs. Peak. In Hochstimmung verließ Harriet das Büro. Draußen hielt sie kurz am Zeitungsständer, um eine Morgenausgabe mitzunehmen. Sie steckte den Kopf noch einmal zur Tür herein, um zu sagen, daß sie später bezahlen würde, aber Amanda war nirgends zu sehen.

Da sie unbedingt alles zu Papier bringen wollte, bevor Clarence zurückkam, eilte sie auf ihr Zimmer und begann unverzüglich zu schreiben. Als das Taxi vorfuhr, hatte sie den kompletten Bericht fertig, so wortgetreu, wie sie konnte. Bei Harriets Gedächtnis und ihrer Liebe zum Detail war es in der Tat ein beinahe wortwörtliches Protokoll.

»Da bin ich wieder.« Clarence war erhitzt, schlecht gelaunt und schwer beladen.

»Das sehe ich. Haben Sie an den Brandy gedacht?«

»Ja, ich habe an den Brandy gedacht«, äffte er sie nach. »Und an etwas Nahrhaftes für Sie, Verehrteste.« Es setzte seine Pakete auf der Kommode ab und hielt ihr eine Papiertüte hin. »Hier, nehmen Sie einen Kopenhagener.«

»Vorsicht, Clare.« Sie brachte die Haarsträhne in Sicherheit und wickelte sie in das Papiertaschentuch, in dem bereits der Manschettenknopf eingewickelt war.

»Das war eine verdammte Aktion. Das nächste Mal, wenn Sie einen Photoapparat brauchen, schicken Sie jemand anderen.« Er saß mit gekreuzten Beinen auf dem Boden, biß in seinen Kopenhagener und spülte den Bissen mit einem großen Schluck Cola hinunter. »Was war hier los? Sie sehen aus wie eine Katze, die eine ganze Voliere voller Vögel gefressen hat.«

»Was halten Sie davon, sich noch ein, zwei Tage hier umzusehen? Ich lade Sie ein.«

»Gar nichts.« Er blickte sich um und schauderte. »Dieser Ort ist mir nicht ganz geheuer.«

»Im Holiday Inn. Sie haben doch eine Schwäche für Holiday Inns, stimmt's?«

Keine Antwort. »Ich erhöhe um ein Abendessen.« Noch immer keine Antwort. »Das anderthalbfache Honorar.« Ein kaum wahrnehmbares Aufflackern von Interesse. »Doppeltes Honorar. Plus Spesen. Ein Dutzend Kopenhagener. Das ist mein letztes Angebot.«

»Unter einer Bedingung. Sie erzählen mir, was, zum Teufel, Sie eigentlich vorhaben.«

»Einverstanden. Ich werde die Verteidigung einer gewissen Leslie Taylor übernehmen und sie aus dem Schlamassel rausholen, in den sie sich hineinmanövriert hat, so wahr ich Harriet Fordham Croft heiße.«

Clarence starrte sie mit offenem Mund an, als ob sie nicht ganz bei Trost wäre. Schließlich platzte er heraus: »Sie heißen nicht Harriet Fordham Croft. Sie sind irgendeine hergelaufene übergeschnappte Irre.«

»Vorsicht. Sie sprechen von der Frau, die ich liebe.«

Ihr Engagement, das innere Feuer, das er so lange vermißt hatte, überzeugte ihn davon, daß es ihr ernst war. »Sie hat bereits einen Anwalt.«

»Der ist doch keinen Schuß Pulver wert.«

»Vielleicht nicht, aber Sie können doch nicht einfach hinmarschieren und den Fall übernehmen.«

»Ich nicht. Aber Sie. Es gibt nichts, was Sie daran hindern könnte, ihr einen freundschaftlichen Besuch abzustatten. Erzählen Sie ihr ... es ist mir egal, was Sie ihr erzählen. Sagen Sie, Sie hätten Marcie in Toronto kennengelernt. Sagen Sie was immer Sie sagen müssen, um an sie heranzukommen.«

»'Miss Taylor, Sie kennen mich nicht, aber ich habe eine Anwältin, die Ihren Fall übernehmen wird. Sagen Sie also Mr. Poulis, daß seine Dienste nicht länger vonnöten sind. Mrs. Croft wird Sie jetzt vertreten.' Sie wollen wohl auf Biegen und Brechen Ihre Zulassung verlieren, was?«

»Sie brauchen Poulis gar nicht zu erwähnen. Er hat bereits alles vermasselt, als er ihre Mutter in den Zeugenstand rief. Sie wird ihm auch ohne Ihre Hilfe den Laufpaß geben. Und wenn sie das tut, soll sie wissen, daß es eine mehr als bessere Alternative gibt.«

»Vergessen Sie's, Harriet. Sie haben gesehen, wie sie dichtgemacht hat, als sie anfingen, mit dem Brief herumzufuchteln. Sie weiß, was passieren wird, wenn sie es auf eine Gerichtsverhandlung ankommen läßt. Sie werden sie auseinandernehmen, und das wird sie nicht zulassen. Sie braucht keinen Anwalt, sie braucht einen Leichenbestatter.«

»Meinen Sie, wenn wir ein paar von diesen Lampen auf den Boden stellen, haben wir genug Licht, um die Abdrücke aufzunehmen?«

Das war ihre Art, die Diskussion für beendet und ihre Entscheidung für endgültig zu erklären. Clarence seufzte und langte nach der Schachtel mit dem Photoapparat. Wenn Harriet wollte, daß er ein paar Tage länger bliebe, würde er das tun. Wenn sie wollte, daß er Photos machte, auf Händen und Knien herumrutschte und Fußabdrücken nachspürte, sich Leslie Taylors Vertrauen erschlich — in Ordnung.

Er würde tun, was er konnte, um ihr zu helfen, aber wenn man ihn fragte, so verschwendeten sie beide nur ihre Zeit.

6

Haberdash fuhr zur Rückseite des Gebäudes, stellte den Motor ab und starrte zu der doppelten Reihe vergitterter Fenster hinauf. Was für eine Schande, auch nur eine Stunde dieses schönen Tages in einem dieser kleinen Kabäuschen verbringen zu müssen. Gestern hatte Leslie ihm gesagt, sie hätte ihre Meinung geändert und wollte lieber drinnen bleiben. Und er hatte sich ausgerechnet, daß er dann noch ein Weilchen Urlaub machen könnte. Die nächste Verhandlungsperiode begann erst in vier Wochen. Selbst wenn sie ganz oben auf der Liste stünden, könnte er noch ein paar Tage Fischen einschieben, bevor er sich an die Arbeit machen mußte.

Des einen Unglück ... Vielleicht, sagte er sich, hatte sie sich entschlossen, das Vernünftigste zu tun und sich schuldig zu bekennen. Deshalb wollte sie ihn wahrscheinlich sehen. Er hatte es geahnt, als sie vor Nystrom und den anderen einen Rückzieher gemacht hatte. Keineswegs überraschend. Er hatte schon viel abgebrühtere Leute unter dem Druck zusammenbrechen sehen. Wie auch immer, es war ohnehin an der

Zeit, ein paar Geldsachen zu regeln. Der Tag würde also nicht völlig verschwendet sein.

Auf seinem Weg an der Wache vorbei, den Flur hinunter und durch das Büro der Wärterin pfiff er vor sich hin. Seine gute Laune hielt an, bis seine Mandantin in Begleitung der allgegenwärtigen Mrs. Klyk eintrat. Leslie sah nicht erfreut aus. Auch nicht besonders gut. Die Schatten unter ihren Augen waren tiefer geworden, ihre Haut war bleich, ihr Haar stumpf.

»Mr. Poulis.« Sie setzte sich vorsichtig, griff nach der Tischkante, als müßte sie sich festhalten.

»Wie geht es Ihnen, Leslie?« Verdammt, was für eine idiotische Frage. Merkwürdig, ihr Gesicht verriet nichts, ihre Augen um so mehr. Wenn Blicke töten könnten ... »Ich war angenehm überrascht zu hören, daß Sie sich so ... so schnell nach ... nach gestern mit mir zusammensetzen wollen. Es hat keinen Sinn, bis zur letzten Minute zu warten.«

»Sie glauben, daß ich Marcie getötet habe, stimmt's?«

»Wenn Sie sagen, Sie haben es nicht getan, dann reicht mir das. Es spielt keine Rolle. Ich bin hier, um Ihnen zu helfen, so oder so.«

»Es spielt für Sie keine Rolle, ob ich es war oder nicht?«

»Nein.« Jetzt kommt's, Hab. Jetzt legt sie die Karten auf den Tisch. »Ich richte Leute nicht, Leslie. Mein Job ist es, ihnen so gut wie möglich zu helfen.«

»Warum glauben Sie, daß ich sie getötet habe?«

»Aber, aber. Ich habe nie gesagt, daß ich das glaube.« Verdammtes Weib. Sie konnte es einem wahrhaftig schwer machen. Es wäre besser, zur Sache zu kommen, bevor sie wieder einen Koller kriegte. »Was ich schon längst mit Ihnen besprechen wollte, Leslie –, mein übliches Honorar in einem Fall wie diesem beträgt fünfzigtausend. Die Spesen nicht eingeschlossen. Ich denke, wir sollten eine klare Zahlungsweise vereinbaren. Sagen wir, zehntausend jetzt, den Rest später. Das wird einen Teil der bisher entstandenen Kosten abdecken.«

»Ich möchte es wissen, Mr. Poulis. Warum glauben Sie, daß ich sie getötet habe?«

Wie ein Hund mit seinem Knochen. »Ich sagte es Ihnen bereits. Ich habe keine Meinung dazu.«

»Warum glauben *die* dann, daß ich Marcie getötet habe?«

Bring's hinter dich und sag's ihr, Haberdash. Seine innere Stimme, die stets gut beriet, ließ ihn die einzelnen Punkte der Reihe nach aufzählen. Die Augenzeugin, die gesehen hatte, wie sie beim Motel angekommen war. Der Liebesbrief. Das schäbige Motel. Die Waffe, ein Damenschuh – kaum etwas, was ein Mann benutzen würde. Ihr Ruf als Männerhasserin, der sich teils auf ihre sexuelle Vorliebe für Frauen gründete, teils auf die Einseitigkeit, mit der sie über geschlagene Frauen berichtet hatte. Und das Motiv. Marcie hatte sie eines Mannes wegen verlassen, ergo die Verunstaltung der Leiche und die symbolische Vergewaltigung.

»Vergewaltigung?« Nichts regte sich in dem hageren Gesicht, nur die glänzenden Augen funkelten. Nicht einmal Josies Nachrichtendienst hatte von diesem sexuellen Aspekt gewußt. »Was soll das heißen? Symbolische Vergewaltigung?«

»Die Handtuchstange«, erwiderte er schroff und ungeduldig. Als hätte er nicht noch was anderes zu tun.

In Leslie tobte ein Aufruhr, aber es gelang ihr, nach außen hin ruhig zu wirken. *Symbolische Vergewaltigung.* In dem kühlen Ton lag eine ironische Schärfe: »Ist das was anderes als eine richtige Vergewaltigung? Für mich als Frau ist es ein und dasselbe.«

»Genau das meine ich.« Hab zog die Mundwinkel herunter. »*Für Sie als Frau.* Sie müssen endlich aufhören, einen Unterschied zwischen Männern und Frauen zu machen. Das macht einen schlechten Eindruck. Letztendlich sind wir doch alle bloß Menschen. Ich habe hier ein paar Blankoschecks.«

Während er in seiner Brieftasche wühlte, addierte Leslie rasch ein paar Zahlen auf seinem Block. Erleichtert gratulierte er sich, das Thema zur richtigen Zeit angesprochen zu haben. Zehntausend hatte wie ein ganz schöner Brocken geklungen, als er es aussprach, aber im Vergleich zu dem, was einige dieser Anwälte in Toronto verlangten, war es ein Trinkgeld. »Hier, bitte.« Er reichte ihr ein Formular. »Wissen Sie Ihre Kontonummer auswendig?«

Sie füllte den Scheck aus und gab ihn zurück. Das Lächeln, mit dem er ihn in Empfang nahm, verwandelte sich in ein Stirnrunzeln, als er die Zahl las. »Das ist ein Scheck über eintausend Dollar. Möchten Sie, daß ich mich wegen der restlichen Summe an Ihre Familie wende?«

»Ich möchte nicht, daß Sie noch einmal auch nur in die Nähe meiner Familie kommen.« Sie schob den Block herum, so daß er ihre Berechnungen lesen konnte. »Ich weiß nicht, wie hoch Ihr Honorarsatz ist. Ich habe einhundert Dollar pro Stunde angesetzt. Drei Stunden. Plus die Zeit, die Sie für den Antrag gebraucht haben. Plus Ihre Zeit vor Gericht.«

»So funktioniert das nicht, Miss Taylor. Sie haben keinen Klempner bestellt. Es handelt sich hier um Ihr Leben.« Na, wenn schon. Wenn sie kein Geld locker machen wollte, ihr Vater würde es schon tun. Wenn man Adam Taylor sah, wußte man sofort, daß der Mann zu stolz war, um jemandem etwas schuldig zu bleiben. Er hatte gestern die ganze Anhörung über dagesessen wie ein Ölgötze, aber immerhin war er gekommen. Stolz — der Untergang des Mittelstandes.

»Sie sprachen davon, einen Weg zu finden, um es nicht zu einer Verhandlung kommen zu lassen. Was würde das kosten?«

Optimal. Was er sich von Anfang an erhofft hatte. Die hatten sie fest in der Hand, und eine Verhandlung würde nicht das Geringste bringen. Und statt für Wochen, vielleicht für Monate, bis über beide Ohren in diesem Fall zu stecken, kamen jetzt höchstens ein paar Stunden Arbeit auf ihn zu. »Dann würde sich der Preis um etwa die Hälfte verringern.«

»Fünfundzwanzigtausend? Meine Pechsträhne scheint zu Ende zu sein. Ich spare nicht jeden Tag eine derartige Summe Geld, Mr. Poulis.«

Hab riß das oberste Blatt von seinem Notizblock und

knüllte es zusammen. »Ich werde heute nachmittag die nötigen Vorbereitungen treffen.«

»Nicht nötig. Ich werde es selbst tun. Wenn ich sowieso im Gefängnis lande, werde ich den Teufel tun, und auch noch jemanden dafür zu bezahlen.«

»So lange ich Sie vertrete, Miss Taylor ...«

»Sie vertreten mich nicht länger, Mr. Poulis. Ich möchte Sie nicht mehr sehen.«

»Sie machen einen Fehler.« Er dachte an das saubere Hemd in seiner Aktentasche. Wenn es je nötig gewesen war, sich schnellstens umzuziehen, dann jetzt. »Es ist viel komplizierter, als Sie denken. Sie können nicht einfach hereinspazieren und sagen, ich bin schuldig. Sie müssen verhandeln. Die Anklage herunterkriegen. Sie brauchen jemanden, der draußen für Sie arbeitet, während sie drin sind.«

Er sprach ins Leere. Leslie, gefolgt von Mrs. Klyk, war schon auf dem Weg durch das angrenzende Büro und den Flur hinunter. Er steckte den Scheck in seine Brieftasche und knallte seine Aktentasche zu. Dann lief er im Dauerlauf zurück zu seinem Wagen, weil er bei den Taylors sein wollte, bevor Leslie Gelegenheit hatte zu telefonieren.

Fünfzigtausend wären schön gewesen. Fünfundzwanzigtausend, nicht schlecht. Zehntausend? Na ja, besser als nichts.

Josie hockte auf dem einen Ende des Tisches und erläuterte ein paar Tricks ihres Gewerbes. *Was Sie schon immer über Ladendiebstahl wissen wollten, aber bisher nicht zu fragen wagten.*

»Du nimmst einen Schuhkarton, wickelst ihn in Packpapier und verschnürst ihn. So, daß es aussieht, als ob du ihn gerade gekauft hättest. Und dann gehste einfach los und packst ein, was immer reingeht.«

»Wie kannst du was reintun, wenn er eingewickelt ist?«

»Er ist nicht richtig eingewickelt. Das sieht nur so aus.« Josie malte ein Rechteck in die Luft. »Dieses Ende kannst du rausziehen. Es ist an einem Gummizug befestigt, siehst du? Du ziehst ihn auf, er schnappt zu. Du hast ihn einfach so unterm Arm und keiner merkt auch nur das geringste.«

Leslie setzte sich ans Ende der Bank und fühlte sich zum ersten Mal heimisch in dieser Gruppe. Sie kam sich nicht länger als Außenseiterin vor. Nicht zugehörig. Für Gott weiß wie lange würde dieser Ort oder ein ähnlicher ihr Zuhause sein. Zuhause. Ihr Vater hatte sich geweigert, einen Fuß in das Haus zu setzen, daß sie als ihr Heim betrachtete. Würde er sich auch weigern, es zu verkaufen? Es hatte keinen Sinn, es zu behalten, keinen Sinn, überhaupt irgend etwas zu behalten. Sie könnten eine Versteigerung ansetzen, ihre Bücher und Platten, ihre neuen Möbel verkaufen. Ihre Eltern mochten genauso gut versuchen, so viel wie möglich dafür zu bekommen. Als Ausgleich für all das, was sie über die Jahre für sie ausgegeben hatten. Ihre persönlichen Sachen waren nicht viel wert, aber das Haus würde genug bringen, um sie dafür zu entschädigen, daß sie sich um Duchess kümmerten.

Bei dem Gedanken an Duchess spürte sie einen Kloß im Hals, und ihre Augen begannen zu brennen. Marcie war tot. Alles zerbrach, und sie machte sich Sorgen um einen Hund. Vielleicht stimmte wirklich etwas nicht mit ihr. Vielleicht hatte ihr Vater recht, wenn er sagte, sie wäre unfähig, zwischenmenschliche Beziehungen einzugehen.

Nein, sagte sie sich. Es stimmte nicht, daß ihr niemand etwas bedeutete. Im Gegenteil. Könnte sie nur ein wenig gleichgültiger sein. Es war furchtbar, wenn einem jemand etwas bedeutete und man trotzdem nichts ändern konnte. Duchess war völlig abhängig von ihr; sie hatte Angst vor ihrem eigenen Schatten. Sie würde es schwer genug bei ihrer Mutter haben, die die Güte in Person war. Bei Fremden würde sie sterben.

»Les.« Josie hatte ihren Unterricht für diesen Tag beendet und ging zu Leslie am anderen Ende des Tisches. »Willst du reden?« Sie deutete mit dem Kopf zur Reihe der Zellen hinüber.

»Laß uns ruhig hierbleiben.« Besser, sie gewöhnte sich gleich daran, wie in einem Aquarium zu leben. »Ich bin Poulis gerade losgeworden.«

»Gut.«

»Was muß man tun, wenn man mit dem Staatsanwalt sprechen will? Schreibt man ihm einen Brief, kann man ihn anrufen? Gibt es irgendeine offizielle Vorgehensweise?«

»Du besorgst dir einen neuen Anwalt und läßt den das machen.«

»Ich werde nicht noch mehr Geld verschwenden.«

»Vielleicht kannst du Armenrecht kriegen.« Baby versuchte, hilfreich zu sein.

»Das ist nichts für Leute mit Geld«, meinte Josie abschätzig. »Dazu mußt du pleite sein. Bist du das?«

»Pleite? Fast. Aber ich habe ein Haus und ein Auto. Ich glaube kaum, daß ich Anspruch hätte.« Sie schüttelte ihren Kopf. »Ist ja auch egal. Ich will keinen Anwalt. Ich möchte das alles nur so schnell wie möglich hinter mich bringen.«

Josie zuckte zusammen. Ihr ging plötzlich ein Licht auf. »Ich weiß, was du denkst, und es ist dumm. Ziemlich dumm für jemand, die so clever ist wie du.«

»Du bist in diesen Dingen viel gewitzter als ich, Josie. Was soll ich tun? Spricht man mit dem Richter oder mit dem Staatsanwalt?«

»Mit keinem, wenn du mich fragst. Ich will damit nichts zu tun haben.«

Josie zog sich an das ferne Ende des Tisches zurück, und die Aufmerksamkeit der anderen Frauen folgte ihr. Leslie dachte einen Moment lang nach. Dann stand sie auf und rief nach Mrs. Klyk. Als sie erschien, sagte sie ihr, sie wolle ihre Mutter und ihren Vater sehen. Ob sie telefonieren könnte? Und noch etwas: würde Mrs. Klyk sich bitte mit Detective Sergeant Moore in Verbindung setzen? Ihm sagen, daß Leslie Taylor ihn so bald wie möglich sprechen wollte?

»Ich möchte denjenigen sprechen, der für den Mordfall Denton zuständig ist.« Der diensttuende Beamte warf einen Blick auf die große, elegant gekleidete Dame und sagte: »Ja, gnädige Frau. Wen soll ich melden?«

»Mrs. Croft. Harriet Fordham Croft. Ich glaube, er weiß, wer ich bin.«

Inspektor Yarrow wußte in der Tat, wer sie war. Er sei entzückt, sie zu sehen, gestand er ihr. Zu schade, daß gestern alles so schnell vorbeigewesen wäre; noch bevor sie Gelegenheit gehabt hätte, das Wort zu ergreifen. Er freue sich darauf, sie zu erleben. Weibliche Anwälte gingen immer ganz anders vor als männliche, ob sie nicht auch dieser Meinung sei?

Sie war nicht in der Stimmung für Smalltalk. »Ich bin da über eine Sache gestolpert, von der Sie wissen sollten. Mein Partner hat im Dalton Motel übernachtet, in dem Zimmer, das Marcie Denton bewohnt hat. Wir haben ein paar Fußabdrücke unter dem Bett gefunden.«

Das Lächeln auf Yarrows Gesicht gefror. »Wieso hat sich Ihr Freund ausgerechnet in diesem Zimmer einquartiert, Mrs. Croft?«

»Er blieb über Nacht hier im Ort und brauchte eine Unterkunft. Gibt es irgend einen Grund dafür, daß er nicht dort hätte wohnen sollen, Inspektor?«

»Natürlich nicht.« Das Lächeln verschwand, als sich seine Gesichtszüge entspannten. »Sie arbeiten für Mr. Denton, soweit ich weiß?«

»Ich habe für Mr. Denton gearbeitet. Im Moment allerdings nicht. Ich bin als besorgte Bürgerin zu Ihnen gekommen. Wir haben darauf geachtet, alles so zu lassen, wie wir es vorgefunden haben. Ich weiß, wie peinlich es sein kann, wenn man Beweismaterial übersieht.«

»Was immer Sie gefunden haben, Mrs. Croft, es hat mit dem Mord an Mrs. Denton nichts zu tun. Meine Männer sind sehr gründlich.« Er zog einen Ordner aus dem Stapel auf seinem Schreibtisch, schlug ihn auf und blätterte die Photographien durch, die darin abgeheftet waren. Schwarzweiße Hochglanzphotos vom Ort des Geschehens, wie sie ihn vorgefunden hatten. Er studierte die Photos, schloß den Ordner und sagte mit selbstgefälliger Zufriedenheit: »Nicht einmal genug Platz für einen Liliputaner. Das Bett berührt praktisch den Boden.«

»Entschuldigen Sie, Inspektor, ich hätte nicht *Fußabdrücke* sagen sollen, nicht wahr? Ich habe einfach vorausgesetzt, daß Sie wissen, was ich meine. Zehenabdrücke natürlich. Sie sind immer noch da. Sie können sich selbst davon überzeugen.« Sie hielt an der Türschwelle inne, eine dynamische Gestalt in elfenbeinfarbenem Leinen und beiger Seide. »Übrigens, sie stammen von einem Mann. Sie brauchen sie sich nur anzusehen.«

Joe wartete draußen vor der Tür. Sie stieg in das Taxi und sagte: »Zur Imbißbude gegenüber dem Dalton.«

»Die ist zu. Schon seit Jahren. Wenn Sie Hunger haben, weiß ich 'ne Menge guter Orte, wo Sie essen können.«

»Fahren Sie einfach, Joe. Ich sage Ihnen, was sie tun sollen, wenn wir dort sind.«

Ebenso wie das Grundstück des Dalton Motels wuchs der Platz um die Imbißbude mit rasch wucherndem Unkraut zu. Harriet deutete auf einen Haselnußstrauch und sagte: »Fahren Sie dahinter. Sie können den Motor abstellen, aber lassen Sie den Taxameter laufen.«

Er stellte beides ab. »Sind Sie hier mit jemandem verabredet?«

»Nein. Es wird nicht lange dauern. Ich möchte nur etwas beobachten.«

Joe stieg aus und steckte sich eine Zigarette an. Er fing an, diese herrische Frau aus Toronto zu mögen, obwohl ihm einige ihrer Unternehmungen doch reichlich komisch vorkamen.

Die Zigarette war bis auf wenige Züge aufgeraucht, als ein Auto die Straße herunterkam und auf den Parkplatz des Motels einbog. Es war kein Streifenwagen, und die Männer, die darin saßen, trugen keine Uniform, aber er wußte, daß es ein Polizeiwagen war und daß es sich bei den Männern um Zivilbeamte handelte.

Sein Fahrgast steckte den Kopf aus dem Fenster und sagte: »Wir können jetzt fahren. Mein Freund wird auf Sie warten, damit Sie ihn zum Gefängnis bringen können.«

Clarence wartete in der Motellobby. Er sah den Wagen kommen und stieg an der einen Seite ein, als Harriet aus der anderen ausstieg. »Viel Glück«, sagte Harriet, als sich das Taxi in Bewegung setzte. »Und kommen Sie gleich anschließend zurück. Ich bin gespannt, was Sie zu berichten haben.«

Ruhelos wanderte sie im Zimmer umher, während sie in Gedanken Clarence folgte. Das Taxi näherte sich dem Gefängnis. Clarence ging die Stufen hinauf. Er nahm Platz, wartete darauf, daß Leslie hereingebracht würde. Ihr Kopf wurde leer. Sie versuchte es wieder, und wieder konnte sie sich Leslie und Clarence nicht zusammen vorstellen; konnte sich nicht vorstellen, was sie sagen mochten.

Gereizt ging sie ins Badezimmer und ließ sich ein Bad einlaufen. Als das Telefon klingelte, döste sie in der Badewanne. »Ich bin's«, sagte Clarence. »Ich bin auf dem Weg.«

Bevor sie Zeit hatte, ihn zu fragen, wie es gelaufen war, hatte er schon aufgelegt. Sie trocknete sich ab, schlüpfte rasch in ihre Kleider und goß sich einen Brandy ein. Erst als sie das Glas an die Lippen hob, merkte sie, daß ihre Hände zitterten und ihr Herz doppelt so schnell schlug wie sonst.

Die Tankstelle war eine Straße vom Haus der Taylors entfernt. Hab verlangte für zwei Dollar Benzin und stürzte auf die Toilette, um sein Hemd zu wechseln. Als er wieder herauskam, fühlte er sich erleichtert, obwohl er immer noch etwas feucht unter den Achseln war.

Es war früh am Tag. Mr. Taylor würde vermutlich bei der Arbeit sein. Hab hätte es vorgezogen, sich direkt an das Familienoberhaupt zu wenden, aber die Zeit spielte eine entscheidende Rolle. Wenn Leslie vor ihm mit ihren Eltern sprach, hatte er nicht mehr die geringste Chance, sein Geld zu kriegen.

Mrs. Taylor öffnete die Tür und bat ihn herein. Nein, ihr Mann sei nicht zu Hause, normalerweise käme er gegen fünf heim. Ob sie ihm eine Tasse Tee oder ein Glas Saft anbieten könne?

Ein Glas Wasser wäre gut, erwiderte Hab, nahm auf dem Sofa Platz und überlegte, wie er das Thema am besten anschneiden könnte. Mrs. Taylor löste das Problem, indem sie mit einer Frage begann: »Haben Sie meine Tochter heute gesehen?«

»Ja, wir hatten eine recht lange Unterredung.«

»Wie geht es ihr? Was ist gestern passiert? Mein Mann hatte einen Scheck dabei. Wir dachten, sie würde mit uns nach Hause kommen können. Stimmte irgend etwas nicht mit den Papieren? Waren sie nicht in Ordnung?«

»Mit dem Antrag war alles in Ordnung, Mrs. Taylor. Leslie hat ihre Meinung geändert.«

»Ihre Meinung geändert? Warum? Warum sollte sie das getan haben?«

»Ich bin sicher, sie wird es Ihnen erzählen, wenn Sie sie besuchen. Ich vermute, ein Grund dafür ist das Geld. In einem Fall wie diesem kann einiges zusammenkommen. Sie schuldet mir zehntausend Dollar, und alles, was sie hatte, waren eintausend. Das sind neuntausend zu wenig, Mrs. Taylor.« Er ließ seinen Blick abschätzend über die komfortable Wohnzimmereinrichtung schweifen. »Ich bin sicher, Sie sind bereit, die Differenz auszugleichen.«

»Ja, natürlich. Wir werden Ihnen gleich morgen früh einen Scheck schicken.«

»Wenn Sie Ihren Mann im Büro anrufen würden, könnte ich vorbeifahren, und mir den Scheck gleich abholen.«

»Er haßt es, wenn man ihn bei der Arbeit stört, Mr. Poulis. Ein Tag später wird doch sicher nichts ausmachen.«

»Ihre Tochter befindet sich in ernsthaften Schwierigkeiten. Sie wird eine Menge Hilfe brauchen.« Wenn Hab während seiner Jahre vor Gericht irgendwas gelernt hatte, dann, wie er die Gedanken eines widerborstigen Zeugen oder eines aufsässigen Mandanten manipulieren konnte. Leslie Taylor war ausgesprochen halsstarrig. Ihre Mutter jedoch — ein Windstoß würde sie umpusten.

»Meine Tochter hat Marcie Denton nicht ein einziges Haar

gekrümmt, Mr. Poulis. Sie sind ihr Anwalt. Sie müßten das wissen.«

»Das mag sein, wie es will. Aber es ist sehr gut möglich, daß sie einen Großteil ihres Lebens hinter Gittern verbringen muß. Ich bin sicher, Sie wollen alles tun, um das zu verhindern.«

»Vielleicht können Sie um fünf noch einmal vorbeikommen. Ich weiß, daß mein Mann tun wird, was Sie für nötig halten. Ich will ihn nur nicht stören, wenn er im Büro ist.«

»Ich habe heute nachmittag eine Menge zu tun. Ich glaube nicht, daß ich es einrichten kann, später noch einmal herzukommen. Sie haben nicht zufällig ein gemeinsames Konto?«

Mrs. Taylors Gesicht hellte sich auf. Sie hatte tatsächlich eine Bankvollmacht. Da sie sie noch nie in Anspruch genommen hatte, war ihr diese Möglichkeit gar nicht in den Sinn gekommen. Adam hatte gesagt, daß sie in einem Notfall, falls ihm einmal etwas passieren sollte, Zugang zum Konto haben müßte. Nun, ihm war niemals etwas zugestoßen, aber was Leslie anging, so war dies sicherlich ein Notfall. Sie fand das unbenutzte Scheckbuch in ihrer Kommode und füllte einen der Vordrucke aus.

Hab sah ihr in Hochstimmung zu. Wenn er sich beeilte, schaffte er es noch, zur Bank zu kommen.

»Was die Kaution anbetrifft«, sagte Mrs. Taylor, »Sie werden sich weiterhin darum kümmern, nicht wahr?«

Die Frau hatte immer noch nicht kapiert. Es war erstaunlich, wie wenig Leute wie diese Taylors davon verstanden, wie das Rechtssystem funktionierte. Am besten machte er es ihr jetzt klar, so daß es keine weiteren Mißverständnisse gab. »Sie hat sich entschieden, in Haft zu bleiben, bis die Verhandlung beginnt. Und, Mrs. Taylor, sie ist entschlossen, ein Schuldbekenntnis abzulegen. Sie hat mich entlassen und gesagt, daß sie die Sache selbst in die Hand nehmen würde. Ein entsetzlicher Fehler. Ich schlage vor, Sie sprechen einmal mit ihr. Ich bin bereit zu tun, was immer ich kann. Sie ist eine etwas dickköpfige junge Dame und will nicht auf mich hören. Sie sind ihre Mutter. Vielleicht können Sie sie zur Vernunft bringen.«

Er ließ sie mitten im Wohnzimmer stehen, wo seine Worte sie wie eine Faust in den Magen getroffen haben mußten. Sie würde Leslie drängen, sich noch einmal zu überlegen, ob sie es wirklich im Alleingang versuchen wollte, dessen war er sich sicher.

Lächelnd befühlte er den Scheck in seiner Tasche und sagte sich, daß noch nicht alles verloren sei. Der wirkliche Papierkram begann, wenn das Urteil verkündet war. Eidesstattliche Erklärungen, Schriftsätze, Protokolle von Zeugenaussagen. Es konnte sich über Jahre hinziehen. Im Auftrag der Taylors zu handeln, statt in Leslies, würde seine Vorteile haben. Sie waren diejenigen, die das Geld hatten.

Die ursprünglich anvisierten Fünfzigtausend lagen schließlich doch nicht in so weiter Ferne.

»Mein Gott, Clare, hören Sie auf, um den heißen Brei herumzureden und erzählen Sie mir, was sie gesagt hat. Wie geht es ihr?«

»Tja, einen Persönlichkeitswettbewerb wird sie nicht gewinnen, das ist so sicher wie das Amen in der Kirche.« Er öffnete seine Cola und trank direkt aus der Dose.

»Was hatten Sie erwartet? Eitel Sonnenschein? Die Frau ist im Gefängnis, Clare. Wie sieht sie aus?«

»Schrecklich. Sie sieht schrecklich aus. Sie hört sich schrecklich an. Sie fühlt sich schrecklich. Sind Sie zufrieden?«

»Hat sie überhaupt etwas gesagt? Hat sie sich ein wenig geöffnet?«

»Ungefähr so viel.« Er hob die Hand. Sein Daumen und sein Zeigefinger berührten sich praktisch. »Und auch erst, nachdem ich ihr gesagt hatte, daß ich Ihretwegen gekommen wäre.«

»Clare, das können Sie nicht gesagt haben! Poulis wird mich ans Kreuz nageln.«

»Vergessen Sie Poulis. Sie hatten recht. Sie hat ihn abserviert. Soviel hab ich aus ihr rausgekriegt, bevor ich Sie erwähnt habe. Sie wären stolz auf mich gewesen. Ich habe angefangen, indem ich sagte, daß ich bei der Anhörung gewesen wäre. Sie könne sich glücklich schätzen, einen Verteidiger wie Poulis zu haben. Ich hätte einige Erfahrung mit solchen Fällen. Für die Verteidigung herumzubuddeln etc. Ob sie etwas dagegen hätte, wenn ich mich mit Poulis in Verbindung setzen würde. Habe sozusagen meine Dienste angeboten.«

»Sie haben ihr gesagt, sie könne sich glücklich schätzen, ihn zu haben? Was wäre passiert, wenn sie Ihnen geglaubt hätte?«

»Keine Chance. Sie erstarrte augenblicklich, als ich seinen Namen nannte. Erst dann habe ich Sie erwähnt. Es war'n Schlag ins Wasser.«

»Was hat sie gesagt?«

Er hob seine Coladose in Augenhöhe. »Daß sie bis hierhin genug hat von Anwälten. Daß sie keinen Anwalt braucht.« Die leere Coladose flog in hohem Bogen durch die Luft und landete im Papierkorb. »Übrigens, sie erinnerte sich an Sie. Sie stehen bei ihr nicht gerade oben auf der Liste der Leute, die man kennenlernen sollte, Harriet. Ich würde sagen, sie hat Sie etwa drei Plätze unter Poulis eingestuft.«

»Dafür, daß sie nicht viel gesagt hat, hat sie Ihnen aber eine ganze Menge zu verstehen gegeben«, meinte Harriet trocken. »Will sie mich nun sehen oder nicht?«

»Ja, will sie. Zumindest hat sie nicht gesagt, daß sie es nicht will. Aber es wird nicht viel Sinn haben, Harriet. Sie wirft Sie mit Frost und Yarrow und den anderen in einen Topf. Der Einzige, dem sie zu vertrauen scheint, ist Moore.«

»Oh, mein Gott, Clare. Ausgerechnet Moore.«

Clarence stand auf und reckte sich. »Ich weiß nicht, wie es mit Ihnen steht, aber ich fahre jetzt zurück. Diese Stadt macht mich langsam fertig.«

»Es gibt einen Flug um sechs. Ich habe Ihnen einen Platz reservieren lassen.«

»Mir? Und was ist mit Ihnen?«

»Ich werde noch hierbleiben. Ich habe eine Liste von Dingen gemacht, die Sie erledigen sollen.«

Der Briefbogen des Motels war gespickt voll mit Anweisungen, jede mit einem fetten Punkt markiert:

- ○ Donna anrufen und sagen, daß ich später komme
- ○ Liste von Leuten erstellen, mit denen Leslie und Marcie verkehrten, als sie zusammenlebten
- ○ Namen der Paare herausfinden, mit denen Charles und Marcie befreundet waren
- ○ wer war Marcies Arzt?
- ○ wo kauft Charles seine Hemden?

Die Liste schien endlos. Und sprach für sich.

»Das ist ein größerer Brocken, als Sie verdauen können, Harriet.«

»Sagt Chrysler General Motors, was zu tun ist? Sie kümmern sich um ihren Teil und ich mich um meinen.«

Clarence klopfte sich auf den Hintern, blickte anzüglich auf Harriets und witzelte: »Auf diesem Gebiet werden Sie leichtes Spiel haben. Ich wünschte nur, Ihr Kopf wäre in einem ebenso guten Zustand wie der Rest von Ihnen.«

»Meinem Kopf ging es nie besser, Clare. Ich weiß genau, was ich tue.«

Es hatte keinen Sinn zu diskutieren. Keinen Sinn, ihr zu sagen, daß eine Stadt wie diese Hackfleisch aus ihr machen konnte. Harriet war eine ausgezeichnete Anwältin, aber sie wußte nicht, wie man auf der Straße kämpfte. Ihre Stärke lag in ihrer hieb- und stichfesten Argumentation vor einem ordentlichen, disziplinierten Gericht. Die Gangstermethoden eines Yarrow, die mangelhaft wirre Verhandlungsführung eines Nystrom — damit würde sie nicht umgehen können.

»Ich weiß, was Sie denken, Clare. Es wird sich alles zum Besten wenden.«

Ihre Augen trafen sich — in ihren lebhaften grünen Augen tanzten unzählige winzige Lichter. Sie war ganz in Sonnenlicht getaucht. Die Sonne ließ kupferne Funken in ihrem glatten, rotgoldenen Haar aufblitzen; ihre Haut war ein wenig heller als das Beige ihrer Bluse, aber dunkler als das Elfenbein ihres Kostüms. Sie sprühte vor Energie; ein elektrischer

Strom, der die Luft zwischen ihnen in Schwingungen versetzte.

»Ich habe Ihnen ein Geschenk gekauft. Etwas, was sie auf dem Flug gebrauchen können.« Sie deutete mit dem Kopf auf eine Papiertüte, die auf dem Sideboard lag. »Zwei Cola. Sechs Kopenhagener. Das müßte reichen, bis Sie nach Hause kommen.«

Gerührt murmelte Clarence ein Dankeschön. Harriet war geradezu übertrieben großzügig, allerdings in Form von Geld, normalerweise unterstützte sie keine Gewohnheiten, die sie mißbilligte.

Als er in seinem Zimmer war und packte, fragte er sich, welche ihm lieber wäre: die lustlose, gelangweilte, gleichgültige Harriet, die sie eine Woche zuvor gewesen war, oder diese vor Leben sprühende Harriet, die bereit war, den Kampf mit der ganzen Welt aufzunehmen.

So wie jetzt war sie ihm lieber. Aber er wollte, daß sie so bliebe, statt einen Moment himmelhochjauchzend, im nächsten zu Tode betrübt zu sein. Voller dunkler Vorahnungen nahm er seinen Koffer und die Tüte mit der Cola und dem Kuchen und ging hinaus, um auf Joe zu warten.

Sie wußte nicht, wie lange sie herumgefahren oder wo sie gewesen war. Sie wußte nicht, wie lange sie im Haus geblieben war, nachdem der Mann, der ihrer Tochter helfen sollte, in sein Auto gestiegen und davongefahren war. Sie wußte nur eines: Leslie würde nicht heimkommen. Sie war in einer ihrer dickköpfigen Phasen; entschlossen, ihren Kopf durchzusetzen und sich von niemandem helfen zu lassen.

Als sie merkte, wie spät es war — Adam würde in ein verlassenes Haus heimkehren, und das Essen würde nicht fertig sein —, befand sie sich auf einem ungepflasterten Weg, der zu dem Park führte, in dem sie gepicknickt hatten, als Leslie noch ganz klein gewesen war. Kies stiebte unter ihren Reifen weg, als sie zur Autobahn zurückkehrte. Mit gerade noch zulässiger Geschwindigkeit fuhr sie durch die Stadt.

Adams Wagen stand nicht in der Einfahrt. Sie stieß einen Seufzer der Erleichterung aus, eilte in die Küche und stellte den Backofen an. Adam liebte Hausmannskost. Wäre er wie andere Ehemänner, könnte sie sich ein Fertiggericht bringen lassen. Pappzeug, hatte er geschnaubt, als sie es einmal vorgeschlagen hatte. Und damit war das Thema vom Tisch gewesen.

Als sie im Gemüsefach nach Kartoffeln stöberte, die klein genug waren, um schnell zu backen, hatte sie das Gefühl, daß irgend etwas fehlte. Das Haus kam ihr so leer vor. Tot. Verstört sah sie sich überall um. Nichts schien verändert. Alles war in Ordnung. Ihr Blick fiel auf die Decke in der Ecke, und sie sah, daß sie leer war. Dann schaute sie auf die Uhr über dem Herd. Es war spät. Später als es sein sollte, selbst wenn Adam wie so oft länger blieb.

Mit klopfendem Herzen ging sie von einem Zimmer ins andere, sah in die Schränke und unter die Betten, um ganz sicher zu gehen. Keine Spur von Duchess. Nur die Decke wies darauf hin, daß sie je im Haus gewesen war. Es würde Leslie umbringen, wenn der Hündin etwas passiert wäre. Es war das einzige gewesen, worum sie sie gebeten hatte: sich um das Tier zu kümmern. Sie war so aufgelöst gewesen, als sie das Haus verließ, daß die Hündin entwischt sein mußte, ohne daß sie es gemerkt hatte. Sie konnte fortgelaufen, überfahren worden sein. Sie würden sie vielleicht nie wieder sehen.

Seit Tagen hatte sie mit den Tränen gekämpft. Jetzt strömten sie unaufhaltsam. Adam fand seine Frau am Küchentisch, den Kopf auf den Armen, weinte sie unkontrolliert. »Duchess ist weg«, schluchzte sie. »Ich bin weggegangen und als ich zurückkam, war sie nicht mehr da.«

Adam Taylor hatte mit dem Schlimmsten gerechnet. Jetzt entspannte er sich und stieß einen tiefen Seufzer der Erleichterung aus. »Ich dachte schon, es wäre etwas Schreckliches passiert. Duchess geht es gut. Ich habe sie zum Tierarzt gebracht. Er wird sich besser um sie kümmern, als wir es können.«

»Adam, das ist nicht wahr! Er wird sie in einen Käfig sperren.«

»Was macht das schon für einen Unterschied? Sie hat sowieso nur dort in der Ecke gelegen und sich kaum bewegt.«

»Sie wird sich vor Gram verzehren und sterben. Was willst du dann Leslie sagen?«

»Sag Leslie, was du willst. Sie trägt die Verantwortung für den Hund, nicht wir.«

»Und Leslie? Wer trägt die Verantwortung für sie, Adam? Willst du auch mit ihr nichts mehr zu tun haben?«

»Aber Mutter, das glaubst du nicht im Ernst. Das ist doch wohl nicht ganz dasselbe, oder?« Er küßte sie auf die Stirn. »Ich habe mir Arbeit mit nach Hause gebracht. Ist noch Zeit für eine Tasse Kaffee vor dem Essen? Ich werde im Arbeitszimmer sein.«

Immer das gleiche. Immer, wenn er sich Sorgen machte, vergrub er sich in seiner Arbeit. Jetzt war nicht der rechte Augenblick, ihm vom Besuch des Anwalts und den neuntausend Dollar zu erzählen; nicht der Augenblick, ihm zu erzählen, daß Leslie sich aus irgendeinem verrückten Grund entschlossen hatte, die Schuld an Marcies Tod auf sich zu nehmen. Sobald er hörte, daß Leslie vielleicht nicht herauskäme, würde er Duchess einschläfern lassen. Und das wäre Leslies Ende. Sie hatte die Hündin bekommen, kurz nachdem sie mit Marcie in die Stadt gezogen war. Marcie hatte sie gefunden und mit heimgenommen, aber es war Leslie gewesen, die sich um Duchess gekümmert hatte. Sie hatte sie nicht gebeten, sich um das Haus oder um das Auto oder irgendwas anderes zu kümmern. Nur um Duchess.

Sie machte ein Tablett zurecht und trug es ins Arbeitszimmer. Dann ging sie auf ihr Zimmer, schloß die Tür und weinte in ihr Kissen.

Im Zimmer am Ende des Flurs arbeitete Adam Taylor an den Verträgen, mit denen er im Büro nicht fertig geworden war. In der Küche verbrannten die Kartoffeln im Ofen.

7

Clarence hatte sie zwar gewarnt, es würde nicht einfach sein, aber er hatte ihr nicht gesagt, daß es so gut wie unmöglich wäre. Trotz ihres ausdruckslosen, beinahe maskenhaften Gesichtes war Leslie Taylors Feindseligkeit offensichtlich. Harriet fühlte sich wie bei ihrer ersten Begegnung im Gerichtssaal. Die dunklen Augen, die so seltsam lebendig in dem unbeweglichen Gesicht wirkten, nahmen sie gefangen. Die Zeit verstrich. Schwerelosigkeit. Ein Gefühl des Wiedererkennens, vage und nicht faßbar.

»Danke, daß Sie mich sehen wollten.« Sie hatte keine Antwort bekommen, als sie es das erste Mal gesagt hatte. Auch beim zweiten Mal klappte es nicht. »Warum waren Sie ... bereit, mich zu sehen?«

»Ich war neugierig.« Die dunklen Augen glühten. »Sie sind eine Freundin von Charles, nicht wahr?«

»Nein. Wir kennen uns. Wir sind nicht befreundet.«

»Er hat sie gebeten, hierherzukommen. Um dafür zu sorgen, daß sie mich nicht rauslassen.«

Der beißende Unterton konnte den vollen Klang ihrer Stimme nicht beeinträchtigen — einer Stimme, die zu der Farbe ihrer Augen paßte. Wundervoll im Zeugenstand. Harriet beugte sich nah an das Gitter und sagte leise: »Ich möchte mit Ihnen unter vier Augen sprechen. Ich weiß, Sie sind unschuldig.«

Leslie deutete mit dem Kopf auf Mrs. Klyk und gab sich keine Mühe, ebenfalls leise zu sprechen: »Sie gehört automatisch dazu. Die halten hier leider nicht viel von Privatgesprächen.«

»Sagen Sie ihr, ich bin Ihre Anwältin.«

»Das würde auch nichts ändern.«

Da sie nur die eine Hälfte des Gesprächs mitbekam, rückte Mrs. Klyk ihren Stuhl näher heran.

»Sagen Sie's ihr.« Harriets Flüstern war so gebieterisch wie ein lautes Kommando. »Wenn ich gehe, können Sie mich wieder feuern. Aber engagieren Sie mich jetzt.«

»Ich bin gerade einen Anwalt losgeworden. Ich will keinen neuen.«

»Sie müssen laut reden«, warnte Mrs. Klyk.

Die Unterbrechung kam im rechten Moment. Leslie hob herausfordernd den Kopf und warf der Aufseherin einen vernichtenden Blick zu. »Ich spreche mit meiner Anwältin, Mrs. Klyk.«

Harriet war aufgesprungen, noch ehe der Satz vollendet war. »Ich möchte mit meiner Mandantin unter vier Augen sprechen.«

Mrs. Klyk warf Harriet einen gehässigen Blick zu, bevor sie sich an Leslie wandte. »Wo ist Mr. Poulis?«

»Ich habe ihn gefeuert.«

»Und mich engagiert. Haben Sie einen Raum, den wir benutzen können?«

Widerwillig führte Mrs. Klyk sie in den Warteraum neben dem Büro und kehrte zurück, um Leslie zu holen. Sie wollte sich gerade auf ihrem angestammten Platz niederlassen, als Harriet barsch sagte: »Sie können uns jetzt allein lassen, Mrs. Klyk. Wenn wir fertig sind, lasse ich es Sie wissen.«

Mrs. Klyk wurde rot wie eine Tomate. »Es ist den Gefangenen nicht erlaubt, allein zu sein.« Mit finsterem Gesicht pflanzte sie sich hin.

»Ich hab's Ihnen ja gesagt.« Leslie schien eher amüsiert als verärgert.

»Sie ist nicht allein. Sie ist mit mir zusammen. Wir haben einiges zu besprechen, und dazu wollen wir allein sein.«

»So läuft das hier nicht.« Mrs. Klyks Lippen bildeten einen häßlichen Strich.

»Nun, so sollte es hier aber laufen. Sie haben kein Recht, ein Gespräch zwischen Anwältin und Mandantin zu belauschen.«

»Ich habe meine Anweisungen.« Sie klammerte sich an die Armlehnen ihres Stuhles, als ob sie damit rechnete, gewaltsam hinausgeworfen zu werden.

»Sie lauscht nie. Oder, Mrs. Klyk?«

Harriet kam der Verdacht, daß Leslie die Situation genoß. Eine Unterbrechung der langweiligen Routine. Eine kleine Abwechslung. »Ich möchte Ihr Telefon benutzen, Mrs. Klyk.« Harriet ging in das Büro. Die Aufseherin folgte ihr schnaubend. »Wo ist das Telefonbuch?«

»Am Ende der Eingangshalle ist ein öffentliches Telefon.«

»Das hier reicht mir«, sagte Harriet liebenswürdig. Sie nahm den Hörer auf und wählte die Vermittlung. »Ich hätte gern die Nummer des Gerichts.« Die Hand über der Muschel, fragte sie: »Mrs. Klyk, wo hat Mr. Frost sein Büro?«

Mit kalkweißem Gesicht langte Mrs. Klyk über den Schreibtisch und unterbrach die Verbindung. »Sie können ihn nicht einfach so belästigen.«

»Wen schlagen Sie dann vor?«

Es bedurfte einer halben Stunde, fünf Telefongesprächen und einer scharfen Auseinandersetzung mit dem Gefängnisleiter, um die Entfernung von Mrs. Klyk zu bewirken. Mit hartem Blick wandte Harriet sich an Leslie: »Ich hoffe, wir müssen das nicht noch mal durchmachen.« Ihr Gesicht wurde weicher. »Sie haben Marcie nicht getötet, nicht wahr?«

»Nein, aber das scheint egal zu sein.« Die Antwort klang sachlich, gefühllos.

»Mir nicht.« Harriets Professionalität gewann die Oberhand. Sie verdrängte ihr Mitgefühl und sagte: »Ich kann Sie hier rausholen.«

»Das glaube ich nicht. Ich hatte einen Anwalt. Sie haben ihn neulich bei Gericht gesehen. Er meinte, es wäre das Beste zu sagen, ich hätte es getan. Er hat gesagt, sie hätten so viel, was gegen mich spricht, daß es sowieso nicht anders ausgehen würde. Er würde das für fünfundzwanzigtausend erledigen. Was nehmen Sie, Mrs. Croft?

Sie rief sich in Erinnerung, daß Leslie allen Grund hatte, verbittert zu sein und sagte: »Viel mehr, Miss Taylor. Sehr viel mehr.«

Sie wühlte in ihrer Tasche nach ihrem Notizbuch. »Ich

möchte, daß Sie mir alles erzählen, was Sie an dem Wochenende gemacht haben.«

»Reden Sie doch mit der Polizei. Sagen Sie ihnen, daß Charles sie geschickt hat.«

Ärger stieg in Harriet hoch. »Vergessen Sie Charles. Ich mag Charles Denton ebenso wenig wie Sie. Sie kommen besser von Ihrem hohen Roß herunter und spielen mit. Wenn ich an Ihrer Stelle wäre, würde ich, verdammt nochmal, nicht rumsitzen und die Leute mit mir machen lassen, was sie wollen.«

»Sie sind nicht an meiner Stelle.«

Der goldene Kugelschreiber schlug Purzelbäume. Harriet schwirrte der Kopf. Was war mit ihr los? Diese Frau war wegen Mordes angeklagt, und sie, Harriet Fordham Croft, sie, die alles locker im Griff haben sollte, war völlig durcheinander.

»Ich habe Sie nicht gebeten, hierher zu kommen, Mrs. Croft. Das war Ihre Idee.«

Störrisch wie ein Maulesel, dachte Harriet. Die einzige Möglichkeit, ihr zu helfen, lag darin, die Schale zu knacken und zum Kern vorzudringen. »Ich weiß, daß Marcie Ihre Geliebte war.« Die ausdrucksvolle Croft-Stimme war kühl und gelassen.

Ein Muskel zuckte in Leslies Gesicht. »Das geht Sie nichts an.«

»Es geht alle etwas an.« Harriet fühlte sich wie eine Chirurgin, die ohne Anästhesie operierte. »Falls Sie glauben, die Leute werden das nicht herausfinden, wenn es nicht zu einer Verhandlung kommt, irren Sie sich gewaltig.« Sie sah, wie sich die schlanken Hände ballten, wie sich die dunklen Augen verschleierten. Es kostete Anstrengung, nicht die Hand auszustrecken und sie zu berühren. Brüsk und sachlich fuhr sie fort: »Sie sind lesbisch. Das wissen eine Menge Leute. Sie können sie nicht am Reden hindern.«

Die Maske bekam Risse. »Die Leute vermuten es.«

»Was ist mit Ihrer Familie? Wissen sie es?«

»Nein.« Das totenstarre Gesicht war schließlich zum Leben erwacht. »Sie wissen es nicht. Ebensowenig wie Sie.«

»Doch, ich weiß es, Leslie, und es spielt keine Rolle. Mein Gott, Sie sind nicht die einzige Homosexuelle auf der Welt. Nicht mal die einzige in Spruce Falls. Fragen Sie Doug Moore. Er wird es Ihnen bestätigen.«

»Er hat auch Angst.«

»Angst«, sagte Harriet kalt. »Das einzige, wovor der Angst hat, ist, daß er nicht genug Verhaftungen für sich verbuchen kann.« Schnell, ohne die Verachtung zu verbergen, die sie für den Sergeant und seine Methoden empfand, erzählte sie Leslie von seinen Verhaftungen und von den Leben, die er ruiniert hatte.

»Ich kann es nicht glauben. Er war so nett zu mir.«

»Das kann ich mir vorstellen. Beherzigen Sie meinen Rat. Halten Sie sich von ihm fern. Er ist schlimmer als dieser Neandertal-Inspektor.« Den Stift gezückt, fuhr sie fort: »Ich möchte jetzt alles von Ihnen hören. Aus erster Hand.«

»Es tut mir leid, Mrs. Croft, aber ich habe entschieden, was ich tun werde. Ich brauche keine Hilfe.« Ihr Gesicht war jetzt sehr ausdrucksvoll. Sie wirkte nachdenklich. »Es gibt etwas, das Sie für mich tun können.«

Harriet hielt den Atem an. Sie erwartete einen Sinneswandel.

»Es gibt hier eine Frau. Sie macht sich Sorgen um ihre Kinder. Vielleicht können Sie etwas für sie tun.«

Ihr selbst drohte lebenslänglich, und sie sorgte sich um jemand anderen? Harriet war der Verzweiflung nahe. Sie erklärte, Familienrecht sei nicht ihr Gebiet, und sie sei nicht auf der Suche nach Klienten. Und überhaupt, sie könne die Frau nicht einfach ansprechen; die Frau müsse sie anrufen. Sie sei nur vorübergehend in Spruce Falls, nur ihretwegen, Leslie Taylors wegen, und es gebe massenhaft Anwälte in der Stadt, die sich der Sache ebenso gut annehmen könnten wie sie.

»Sie hat kein Geld.«

Harriet schwankte zwischen Wut und Lachen. »Sie sind unmöglich.« Sie begann zu lachen und sah verwundert, daß Leslie tatsächlich lächelte. Die Verwandlung war bemerkenswert.

Ohne ihre Maske, ohne ihre Reserviertheit, war sie erstaunlich attraktiv. »Sagen sie ihr, ich wohne im Holiday Inn.«

»Ich habe ein bißchen Geld. Ich werde das erledigen.« Düster fügte sie hinzu: »Ich werde in der nächsten Zeit keins brauchen.«

Mit der guten Laune war es vorbei, aber mit der Feindseligkeit ebenfalls. Harriet spürte, daß sie gerade getestet worden war und bestanden hatte. Würde sie das nächste Mal ebenso erfolgreich sein? Und das übernächste Mal? Etwas in dem ernsten Gesicht ihr gegenüber deutete an, welche hohen Ansprüche sie an diejenigen stellte, die ihr näher kommen durften. »Sie vermissen sie, nicht wahr?«

»Ja«, bestätigte sie knapp und unbewegt. Dann akzeptierte sie das Mitgefühl, das Harriet nicht länger zu verbergen suchte: »Ich vermisse es zu wissen, daß sie irgendwo ist. Wir haben uns seit ihrer Heirat nicht oft gesehen, aber immer wenn ich an sie dachte, konnte ich mir ausmalen, was sie gerade tut. Das geht nicht, wenn jemand tot ist. Der Platz ist einfach leer.«

»Haben Sie mit jemandem darüber reden können?«

»Beinahe.« Ein geringschätziges Lächeln. »Mit Doug Moore.«

»Sie können mit mir reden, Leslie.«

»Ja, klar, einige ihrer besten Freundinnen ...?« Eine sarkastische Frage.

»Das ist mir völlig egal. Lieber Himmel, Leslie, Sie sind nicht die erste lesbische Frau, der ich begegne. Sie schlafen also mit Frauen, statt mit Männern. Das ist kein Grund, sich in einem Loch zu verkriechen und für immer zu begraben. Sie können hier als freie Frau herausgehen, mit erhobenem Kopf, und den Rest ihres Lebens tun, was Sie wollen. Wenn es Ihnen schon egal ist, was aus Ihnen wird, dann denken Sie an Ihre Eltern. Ihre Tochter, eine Mörderin. Wie werden sie sich fühlen? Ist Ihnen das völlig egal?«

»Natürlich nicht.« Ihr Gesicht wurde hart. »Eben weil ich an sie denke, will ich mich nicht zur Schau stellen lassen wie ein Monster auf dem Jahrmarkt. Sie würden es nicht überleben.«

»Sie trauen Ihrer Familie wohl nicht viel zu, was? Oder sich selbst. Wenn Sie sich so verdammt schämen, warum, zum Teufel, vergessen Sie es dann nicht einfach? Heiraten Sie doch! Führen Sie ein ganz normales Leben!«

»Was ich bin, ist normal. Für mich jedenfalls.« Röte schoß in ihr blasses Gesicht, als sie merkte, was sie getan hatte. Sie waren um den heißen Brei herumgeschlichen, hatten auf das Thema angespielt, und nun, mit einem kleinen Versprecher, hatte sie es zugegeben. Im Bruchteil einer Sekunde war aus dem Gerücht eine Tatsache geworden.

»Sie sind unfair. Ihre Mutter und Ihr Vater haben ein Recht darauf, die Wahrheit zu erfahren. Es sollte deren Entscheidung sein, Leslie, nicht Ihre. Wenn Sie es ihnen nicht sagen, tue ich es.« Harriet sah, wie alle Farbe aus den schmalen Gesicht wich; sah, wie sich die Augen vor Angst, Ärger und Hilflosigkeit verdunkelten. Sie hatte nicht die Absicht, Leslies Eltern etwas zu sagen. Das konnte nur Leslie tun. Aber bevor sie es nicht gesagt hatte, gab es keine Möglichkeit, ihr zu helfen.

Sie ließ Stift und Block in ihre Tasche fallen und sagte: »Sagen Sie Ihrer Freundin, wenn sie mich erreichen will, soll sie sich besser beeilen. Ich weiß nicht, wie lange ich noch hier bin.« Sie war auf den Beinen und schon fast an der Tür, als Leslie sie zurückrief.

»Ich schäme mich nicht für das, was ich bin.«

»Erzählen Sie das Ihren Eltern, nicht mir.« Harriet drehte sich nicht um. Sie wollte nicht zeigen, wie berührt sie war. Was Leslie Taylor am dringendsten brauchte, war Willensstärke, kein nutzloses Mitgefühl. »Rufen Sie mich an, falls Sie Ihre Meinung ändern. Ich werde bis morgen abend hier sein.«

Mrs. Klyk lungerte draußen vor der Tür herum und fiel Harriet fast in die Arme, als sie die Tür aufriß. »Sie können Miss Taylor zurückbringen. Wir sind fertig.«

Für den Moment zumindest. Sie wußte nicht, ob Leslie anrufen würde oder nicht. Sie wußte nicht, ob sie — sollten alle Stricke reißen — den Taylors das Geheimnis erzählen würde, das ihre Tochter so mühsam gehütet hatte. Vielleicht wußten sie bereits Bescheid. Und wenn nicht? Wenn es sie völlig unvorbereitet traf? Wenn sie Leslie lieber im Gefängnis sahen, waren sie keinen Pfifferling wert.

Prinzipien und Notwendigkeiten lagen dicht beieinander. Harriet überschritt die Grenze normalerweise nicht. Aber war ein Menschenleben nicht ein zu hoher Preis für ihre Prinzipien? Das würde sie entscheiden, wenn die Zeit gekommen sein würde — falls sie käme.

»Zwischen den Beinen! Sie hatte den Fernseher zwischen den Beinen und ging einfach aus dem Laden, und niemand merkte was davon.«

»Josie, hast du eine Minute Zeit?«

Josie verkündete eine Pause und folgte Leslie in ihre Zelle. »Was ist los, Leslie? Du hast wieder dieses Poulis-Gesicht. Ich dachte, du wärst diesen Kerl los?«

»Es war nicht Poulis. Aber es war jemand, die dir vielleicht wegen deiner Kinder helfen kann.«

»Was heißt das, jemand?«

»Eine Anwältin. Ich glaube, sie ist ziemlich gut.«

»Eine Anwältin? Niemals.«

»Was ist los mit dir? Hast du was gegen Frauen?«

»Blödsinn! Ich mag Frauen ebenso sehr wie du, Leslie.« Sie grinste wissend, und Leslie spürte, wie sich alles in ihr zusammenzog.

»Sie mögen mich nicht, das ist es! Ich habe mal mit einer geredet. Sie ging weg und kam nie wieder, und später hab ich gehört, daß sie nicht glaubt, daß ich eine anständige Mutter bin und daß die Kinder ohne mich besser dran wären. Weil ich gesagt hab, ich würde sie lieber bei Fremden als bei ihrem leiblichen Vater sehen. Sie meinte, wenn ich das so sähe, wären sie mir wohl völlig egal.«

Ihr Gesicht umwölkte sich, wie immer, wenn sie von ihren Kindern sprach. Leslie tätschelte ihren Arm. »Diese Frau würde das nicht tun. Sie hat gesagt, du könntest sie anrufen.

Es kann doch nicht schaden, mit ihr zu reden. Erzähl ihr von deinem Mann und hör dir an, was sie sagt. Vielleicht schafft sie es sogar, daß er dich nicht mehr belästigt.«

»Mensch, das wär was! Wie heißt sie?«

»Croft. Mrs. Croft. Harriet, glaube ich. Du mußt sie heute oder morgen anrufen, Josie. Bevor sie nach Toronto zurückfährt.«

»Nach Toronto?« Alle Hoffnung schwand. »Sie will bestimmt nichts mit mir zu schaffen haben. Und überhaupt, ich könnte mir das gar nicht leisten.«

»Ruf an und warte ab, was sie sagt. Sie ist im Holiday Inn.« Leslie dachte kurz nach und fragte dann: »Bist du schon mal in Kingston gewesen?« Kingston war das uralte Zuchthaus, in dem sowohl Frauen als auch Männer einsaßen. Allein den Namen auszusprechen versetzte sie in Angst und Schrecken.

»Ey, so'n großes Ding hab ich nie gedreht. Da kommen die ganz schweren Jungs hin.« Plötzlich fiel ihr Leslies Situation ein und sie sagte schnell: »Oh, Les, es tut mir leid. Ich kannte mal eine, die da hingekommen ist.«

»Wie ist es?«

»Schlimm. Aber nicht mehr so schlimm wie früher«, fügte sie rasch hinzu. »Es ist jetzt mehr so wie wenn man zur Untermiete wohnt, und man kann auch ein paar Sachen behalten. Bücher und sowas. Stell dir vor, die Frau, die ich kannte, hatte einen Teddy! Ist echt übel, da zu brummen, und die schläft mit einem Teddybär. Ich konnt' mich gar nicht wieder einkriegen.«

»Erzähl mir, wie es dort wirklich ist, Josie.«

Josie trat von einem Fuß auf den anderen und betrachtete den Fußboden und dann die Decke und platzte schließlich damit heraus: »Ein paar Frauen versuchen, sich umzubringen. Ein paar versuchen, sich gegenseitig umzubringen. Du mußt dich aus dem ganzen Scheiß raushalten, aber das kannste nicht, denn was andres gibt's da nicht. Die Frauen machen Zoff, die Wärterinnen machen Zoff und im ganzen Bau gibt's nix als Zoff, von oben bis unten. Wenn du da drin bist, Les — dann führt kein Weg wieder raus.«

Leslie lag auf ihrer Liege und stellte sich Drachen und Verliese vor. Sie sah ihre Eltern, wie sie durch steinerne Tore trotteten, um sie zu besuchen. Als Josie zurückkam, lag sie immer noch da, den einen Arm über ihren Augen, den anderen steif an der Seite.

»Ich habe eine Nachricht hinterlassen. Sie sagten, sie richten es ihr sofort aus, wenn sie zurückkommt.«

Lieber Gott im Himmel, betete Leslie, bitte laß sie nicht bei meiner Mutter sein und es ihr erzählen! Als sie an ihre Besucherin dachte — schön, unnahbar, mit ihrem Smaragdring und ihren Smaragdaugen und ihrem souveränen Auftreten — fühlte sie langsam eine brennende Wut in sich aufsteigen. »Wenn Sie sich dessen so schämen«, hatte sie gesagt. Was wußte sie schon davon? Sie mit ihrem Ehemann, der sie zu Hause erwartete, um sie zu verwöhnen? Erstens schämte sie sich gar nicht, verdammt nochmal! Ihren Eltern nicht weh tun zu wollen, hieß noch lange nicht, daß sie sich schämte, oder? Sie hatte Marcie geliebt. Marcie hatte sie geliebt. Was sie gemacht hatten, ging niemanden etwas an, wie sie dieser arroganten Croft schon gesagt hatte.

»Les, bist du o.k.?« Besorgt beugte Josie sich über sie und schüttelte sie.

Leslie öffnete die Augen und sah das grobe Gesicht, jünger als ihr eigenes, aber ein ganzes Leben älter an Erfahrung, und sie hörte die anspornende Stimme in ihrem Kopf: *sag es, wenn du dich wirklich nicht schämst, sag es. Ihr seid beide hier drin. Was kann sie dir schon tun? Wenn du es jemals tun willst, dann tu es jetzt.* Sie setzte sich auf, holte tief Luft und sagte, bevor sie Zeit hatte, es sich anders zu überlegen: »Ich bin lesbisch.« Das Wort hallte von den Zellenwänden wider, und wenn sie es mit den Händen hätte einfangen und in ihren Mund zurückstopfen können, hätte sie es getan. Es war das erste Mal — das allererste Mal —, daß sie es tatsächlich ausgesprochen hatte.

Als sie sich traute, Josie anzublicken — sie erwartete, Schokkiertheit, Abscheu, Gott weiß was zu sehen —, sah sie nur das vertraute runde Gesicht. »Sagst du gar nichts dazu?«

»Was willst du denn hören?« Ihr Gesicht zeigte nur freundliche Aufmerksamkeit.

»Weißt du überhaupt, wovon ich rede?« Leslie war verdutzt. Was macht man, wenn man eine Bombe wirft und sie explodiert nicht?

»Klar weiß ich, wovon du redest. Ich wußte es vorher schon.«

»Wieso?«

»Wir wußten das schon, bevor du hergekommen bist. Klyk wußte es. Irgend jemand in der Stadt muß es verbreitet haben. Ich hätte auf jeden Fall Bescheid gewußt. Warum hättest du sonst dieser Freundin von dir eins überbraten sollen?«

»Fournier, Besuch für Sie!« Ein giftiger Ruf von Mrs. Klyk.

Fournier. Das war Josie. »Du gehst besser«, meinte Leslie. »Es muß Mrs. Croft sein. Das merkt man an Klyks Laune. Die beiden sind aneinandergeraten, und Klyk hat verloren.«

»Au weia! Sie hat sicher vor Wut gekocht.« Josie fuhr sich über das Haar und strich das formlose Baumwollkleid glatt. »Wünsch' mir Glück, Les. Wenn du willst, reden wir nachher weiter, wenn ich zurückkomme.«

Viele Gedanken schwirrten ihr durch den Kopf. Ungläubigkeit. Hatte sie tatsächlich so beiläufig gesagt: *Ich bin lesbisch*? Erstaunen über die Reaktion — vielmehr die mangelnde Reaktion — von Josie. Verwunderung, daß alle es längst wußten und niemand etwas gesagt hatte. Und dann ein unglaubliches, berauschendes Gefühl von Freiheit. Sie war fünfunddreißig Jahre alt, und sie war frei! Der Teil ihres Selbst, der verborgen gewesen war — der sich ängstlich zurückgezogen hatte, wenn es hieß, jemand sei schwul oder lesbisch oder wenn die Worte *Tunte* oder *Schwuler* oder *Lesbe* fielen —, dieser Teil hatte sich befreit und eingefügt, und sie fühlte sich jetzt wunderbar lebendig und ganz.

Sie ging locker und aufrecht, genoß den Ablauf ihrer Bewegungen, einen Fuß vor den anderen zu setzen und leicht mit den Armen zu schwingen. Sie trat vor die Gruppe der Frauen und sagte mit lauter klarer Stimme: »Ich habe Marcie Denton nicht getötet. Wer immer es auch war, ich war es nicht.«

Mit klopfendem Herzen saß Mrs. Taylor auf dem harten Stuhl in dem kleinen trostlosen Besucherraum und versuchte, ihrer Tochter in die Augen zu sehen. Sie hatte schreckliche Angst vor diesem Treffen gehabt; Angst vor der unvermeidlichen Frage: »Wie geht es Duchess?« Als Leslie angerufen und gesagt hatte, sie wollte ihre Mutter, und auch ihren Vater, sehen, und es wäre dringend, war Mrs. Taylors erster Gedanke gewesen, Leslie hätte irgendwie erfahren, daß sie den Hund ins Pflegeheim abgeschoben hatten.

»Wo ist Vater?«

»Du kennst ja deinen Vater. Er hat so viel zu tun, daß wir uns kaum sehen, selbst wenn er zu Hause ist.«

»Ich wollte mit euch beiden reden, Mutter.«

»Ach, laß mal, Liebes. Ich werde ihm alles erzählen, wenn ich nach Hause komme.« Man sollte meinen, nach Jahren der Übung fiele es einem leichter, in der Familie den Puffer zu spielen. Statt dessen wurde es schwerer. Rom brennt, Nero fiedelt, dachte sie bitter.

Mrs. Klyk, wieder einmal von Harriet fortgeschickt, die sich mit Josie zurückgezogen hatte, überwachte den Raum mit boshafter Befriedigung. Hier zumindest konnte sie nicht hinausgeworfen werden. Sie rückte ihren Stuhl näher heran, entschlossen, sich kein Wort und nicht die kleinste Geste entgehen zu lassen — auch wenn das Gitter jeden Körperkontakt verhinderte und die unscheinbare Mrs. Taylor kaum der Typ war, eine Säge einzuschmuggeln.

Leslie hatte sich vorgenommen, ihren Eltern zu sagen, sie wäre lesbisch. Sie schaute ihre Mutter an und wußte, dies war nicht der richtige Zeitpunkt. Und nicht der richtige Ort. Ihre Mutter verdiente zumindest eine Rückzugsmöglichkeit, Schutz vor neugierigen Augen, eine Umgebung, in der sie nicht vor einer Fremden bloßgestellt würde. Und wo ihr, das war ebenso wichtig, ihr Ehemann zur Seite stand. Aber eine solche Zeit und einen solchen Ort würde es nie geben. Nicht so lange sie in Haft war.

»Du siehst etwas besser aus. Hast du mit Mr. Poulis gesprochen?« Sie spürte eine unterschwellige Veränderung; eine Lebendigkeit, die bei den früheren Besuchen nicht dagewesen war. Wahrscheinlich, weil der Anwalt sein Geld gekriegt hatte. Mrs. Taylor beschloß zu lügen, wenn Leslie nach Duchess fragen sollte, und vorzugeben, der Hund sei zu Hause gut aufgehoben. Ihr die Wahrheit zu sagen, würde sie gleich wieder zurückwerfen.

»Mit Poulis bin ich fertig. Laß dich bloß nicht mit ihm ein.«

»Oh, Leslie. Ich hab ihm neuntausend Dollar gegeben, damit er sich um dich kümmert.«

»Das kann doch nicht wahr sein, Mutter! Weiß Vater das?«

»Noch nicht.«

»Du mußt das Konto sperren. Sofort.«

»Das kann ich doch nicht machen. Was soll aus dir werden? Du kannst doch nicht hier drinsitzen, ohne daß ein Anwalt versucht, dich rauszuholen.«

Ohne weiter darüber nachzudenken, als ob der Gedanke schon in ihrem Kopf gewesen wäre und nur darauf gewartet hätte, herauszukommen, sagte Leslie: »Ich habe eine Anwältin, Mutter. Sie heißt Mrs. Croft. Ich werde sie bitten, heute abend mit euch zu sprechen. Sieh zu, daß Vater zu Hause ist. Sie muß euch etwas sagen, aber ihr müßt beide da sein.«

»Wer ist das? Wo kommt sie her?«

»Sie wird euch alles erklären. Laß du nur inzwischen den Scheck sperren.« Leslie lächelte ihre Mutter an und lächelte auch Mrs. Klyk an, als sie sagte: »Würden Sie Mrs. Croft sagen, ich möchte sie sprechen, bevor sie geht?«

Vor sich hin summend folgte sie der Wärterin zurück in den Zellentrakt. Josie war nicht da. Das hieß, Mrs. Croft war noch nicht gegangen.

Leslie betrachtete die Frauen am Tisch. Sie betrachtete das schmutzige Fenster oben in der Wand und wunderte sich, wie die Sonne durch ein so düsteres Loch scheinen konnte. Merkwürdig, sie hatte das bisher nicht bemerkt.

Mrs. Taylor stellte das Tablett vor Harriet auf den Tisch und nahm ihr gegenüber Platz. Anwälte gab es offenbar in allen Größen und Farben. Zwischen dieser Frau und Mr. Poulis war ein Unterschied wie Tag und Nacht. Sie war selbstsicher. Das war gut. Leslie brauchte jemanden, die keine Angst hatte, sich für das, was recht war, einzusetzen. Aber sie sah nach wesentlich mehr als neuntausend Dollar aus.

»Leslie hat mir von dem Scheck erzählt, den Sie Mr. Poulis gegeben haben.«

Überrascht, weil Harriet offensichtlich ihre Gedanken gelesen hatte, sagte Mrs. Taylor: »Ich habe die Bank angerufen. Er war schon eingelöst.«

»Machen Sie sich keine Sorgen darum. Ich habe mit Mr. Poulis gesprochen. Wir haben uns darauf geeinigt, daß es ein Mißverständnis war. Er hat versprochen, das Geld morgen zurückzugeben.«

Harriet verschwieg, daß sich das 'Mißverständnis' erst aufklärte, als sie gedroht hatte, Beschwerde bei der Anwaltskammer einzulegen. Erst Mrs. Klyk. Dann Hab Poulis. Sie konnte Leute zwar beeinflussen, aber sie machte sich mit Sicherheit keine Freunde.

Keine Spur von Mr. Taylor. Auf diesem Punkt hatte Leslie ausdrücklich beharrt. »Sie sollen es ihnen sagen, aber sie müssen beide dabei sein.« Sie hatte auch von einer Hündin gesprochen. Duchess. Das Tier war ihr offensichtlich wichtig. »Leslie hat mir gesagt, ich soll Duchess guten Tag sagen.«

»Sie ist im Moment nicht hier.«

Akzeptabel. Wären da nicht Mrs. Taylors nervös flatternde Hände gewesen, hätte sie vermutet, die Hündin sei draußen im Garten. Anscheinend ging Mr. Taylor mit ihr spazieren, das erklärte die Abwesenheit von beiden. »Gut. Ich werde sie noch sehen, bevor ich gehe. Ihre Tochter scheint sich um sie mehr Sorgen zu machen als um sich selbst.«

»Sie ist sehr scheu. Deshalb macht Leslie sich solche Sorgen.« Obwohl sie den Tränen nahe war, konnte sie sich nicht von dem durchdringenden Blick dieser grünen Augen losreißen und sagte: »Mein Mann hat den Tierarzt gebeten, sich um sie zu kümmern.«

»Leslie glaubt, sie ist hier bei Ihnen.« Trotz des langsam aufkommenden Ärgers sprach sie mit sanfter Stimme. Es war klar, daß Mrs. Taylor nichts damit zu tun hatte. »Bei meiner Mutter ist sie gut aufgehoben«, hatte Leslie gesagt. »Sie ist der einzige Mensch, vor dem Duchess keine Angst hat.« Leider hatte sie die Rechnung ohne ihren Vater gemacht.

»Mr. Taylor meinte, es wäre besser für sie.« Unsicher fügte sie hinzu: »Ich werde sie zurückholen. Wir haben noch nicht darüber gesprochen.«

»Wo ist Ihr Mann, Mrs. Taylor?«

»Er ist hier. Er arbeitet. Er hat sehr viel zu tun, Mrs. Croft. Er hat gesagt, wir sollten ohne ihn reden.«

»Ich fürchte, das ist unmöglich. Ich werde nicht viel von seiner Zeit in Anspruch nehmen.«

»Man darf ihn nicht stören. Erst recht nicht, wenn er es ausdrücklich gesagt hat.«

»Dieses eine Mal wird er sich stören lassen müssen. Bei diesem Gespräch geht es um seine Tochter. Ist ihm das klar? Macht er sich keine Sorgen, was mit ihr geschieht?«

»Er macht sich viel zu viele Sorgen. Es regt ihn furchtbar auf, wenn er daran denkt.«

Harriet platzte fast vor Wut. Langsam trank sie ihren Kaffee und wartete, bis ihr Zorn sich legte. Als die Tasse leer war, stellte sie sie vorsichtig hin. Mit einem freundlichen Lächeln sagte sie — und es war mehr eine Feststellung, als eine Frage: »Sie sind sicher, daß er nicht zu uns kommen wird?«

»Ja.« So ein nettes Lächeln. Schade, daß sie nicht öfter lächelt, dachte Mrs. Taylor.

»Wenn das so ist, gehen wir eben zu ihm.«

Erregt versperrte Mrs. Taylor Harriet den Weg. »Ich rede mit ihm. Vielleicht ändert er seine Meinung.«

Harriet hörte Stimmen — eine sanft und beharrlich, die andere mißmutig und scharf. Schritte. Ein großer, leicht gebeugter Mann mit einem löwenartigen Kopf und einem kantigen, scharf geschnittenen Gesicht kam herein. »Sie wollten mich sprechen?« Leslies Vater zeigte eine verdrießliche, wie-können-Sie-es-wagen-mich-zu-stören-Haltung, die in merkwürdigem Kontrast zu seinem energischen Kinn und dem entschlossenen Mund stand.

»Ich wollte mit Ihnen beiden sprechen.« Sie wartete, bis sie sich gesetzt hatten. »Sie wissen, daß Ihre Tochter sich entschlossen hat, nicht vor ein Schwurgericht zu gehen?«

»Das höre ich zum ersten Mal.« Stirnrunzelnd sagte Adam: »Hast du das gewußt, Mutter?«

»Mr. Poulis erwähnte es, als er hier war.«

»Du hast mir gar nicht gesagt, daß er hier war.«

»Ich habe dich kaum gesehen, mein Lieber. Er kam hierher, nachdem Leslie ihn gefeuert hatte. Mrs. Croft hat jetzt die Sache übernommen.«

Das Stirnrunzeln vertiefte sich. »Natürlich kommt sie vor ein Schwurgericht. Das ist immer so.«

»Nicht, wenn man sich schuldig bekennt.« Aufmerksam beobachtete Harriet die Wirkung ihrer Worte.

»Das kann sie doch nicht machen.« Mrs. Taylor war den Tränen nahe.

»Meine Tochter hat dem Mädchen nicht ein Haar gekrümmt.« Adam Taylors tiefe Stimme klang nicht überzeugt.

»Das weiß ich.« Eine Pause. »Sie liebt Sie beide sehr.«

»Wir lieben sie auch«, sagten beide wie aus einem Mund.

»Weil sie Sie liebt, will sie nicht vor Gericht gehen.«

Adam legte den Arm um seine Frau, die hemmungslos weinte. »Was ist das für ein wirres Zeug? Ich werde mit dem Mädchen reden. Ihr Vernunft beibringen.«

»Ihre Tochter ist homosexuell, Mr. Taylor. Sie und Marcie waren ein Liebespaar. Sie fürchtet die Folgen, die es für Sie haben wird, wenn es vor Gericht an die Öffentlichkeit kommt.«

Mit tränenüberströmtem Gesicht wandte sich Mrs. Taylor an ihren Mann, der wie erstarrt neben ihr saß. »Adam, es ist meine Schuld. Ich wußte es. Ich habe es schon lange gewußt. Wenn ich mit ihr darüber geredet hätte, wäre das nie passiert.«

Adam stand auf und verließ das Zimmer ohne ein Wort, ohne einen Blick zurück. »Ich denke, Sie sollten lieber zu ihm gehen«, sagte Harriet zu seiner Frau.

Sie hatte getan, worum Leslie sie gebeten hatte, und nun war sie ratlos. Vielleicht hätte sie es langsamer angehen, die beiden besser vorbereiten sollen. Statt der geplanten vernünftigen Diskussion hatte Leslies Vater sich verkrochen, und ihre Mutter war in Tränen aufgelöst.

»Er will alleine sein.« Mrs. Taylor trocknete ihre Tränen und sah Harriet in die Augen. Ein stolzer Blick. »Bitte sagen Sie Leslie, sie soll sich um uns keine Sorgen machen. Sagen Sie ihr, es macht uns nichts aus.« Ein Gedanke schoß ihr durch den Kopf und ihr Blick fiel auf Harriets linke Hand. »Sind Sie auch eine?«

Das war eine Frage, die ihr nie zuvor jemand gestellt hatte. Mit einer solchen Frage rechnete man nicht. »Nein ... Ihr Kaffee ist ausgezeichnet, Mrs. Taylor! Könnte ich noch eine Tasse bekommen?« Sie folgte ihrer Gastgeberin in die Küche, setzte sich an den Tisch und sagte: »Ich heiße Harriet. Würde es was ausmachen?«

»Ich bin Emily. Nein, würde es nicht. Mir jedenfalls nicht. Nur für Leslie wäre es vielleicht leichter. Leichter zu reden, meine ich.«

»Wie lange wußten Sie es schon?«

»Ich *wußte* es nicht richtig. Aber ich hatte das Gefühl, seit sie in der Grundschule war. Sie war immer mit Mädchen zusammen, machte sich nie was aus Jungen. Nur als Freunde. Dann, als sie mit Marcie wegging, habe ich es eigentlich gewußt. Ein paar Mal hätte ich sie beinahe gefragt. Ich glaube, ich hatte Angst; Angst, sie würde sagen, daß es wahr ist.«

»Angst wovor?«

»Vor allem möglichen. Ich hatte Angst, sie würde ein Doppelleben führen, krank werden, ihre Stelle verlieren, keine anständige Wohnung finden. Und vor den Leuten, mit denen sie zusammen sein würde.«

»Diese Leute sind genau wie alle anderen. Einige gut, einige schlecht. Und viele von ihnen sind glücklicher und erfolgreicher als die meisten Leute, die man ansonsten trifft.«

»Es ist nicht nur das. Man hat Kinder und erwartet, daß die auch Kinder haben, und daß es so weitergeht. Es ist hart, wenn man merkt, daß das nicht passieren wird. Für meinen Mann ist es noch schlimmer als für mich.«

»Es hat Leslie ziemlich viel Mut gekostet, mich zu bitten, heute abend hierher zu kommen. Sie beide sollten sie morgen besuchen. Bevor sie Sie nicht sieht, wird sie das reinste Nervenbündel sein. Bevor Sie ihr nicht sagen, daß Sie sie lieben und zu ihr stehen und daß sie unter keinen Umständen die Schuld an Marcies Tod auf sich nehmen darf.«

»Alle scheinen von ihrer Schuld überzeugt zu sein. Vielleicht sogar ihr eigener Vater. Hat sie überhaupt eine Chance?«

»Jede Chance. Vorausgesetzt, sie ändert nicht wieder ihre Meinung, was die Gerichtsverhandlung angeht. Und das hängt wiederum von Ihnen ab. So, was machen wir jetzt mit der Hündin?«

In weniger als einer Stunde waren aus Fremden Bekannte und schließlich Freundinnen und Verbündete geworden. Emily kochte noch eine Kanne Kaffee und sagte: »Ich habe eine wunderbare Idee. Können Sie gut mit Tieren umgehen?«

»Hoffnungslos. Ich hatte bisher nicht mal auch nur einen Goldfisch. Wenn sie überhaupt irgendwohin gehört, dann hierher.«

»Sie gehört in Leslies Haus. Hier ist es nicht gut für sie. Mein Mann ist nicht böse, aber sie merkt, daß er sie nicht hier haben will. Sie zittert die ganze Zeit, wenn er da ist. Also, ich habe mir folgendes überlegt.«

Sie erzählte ihre Idee, ergänzte sie um ein paar überzeugende Argumente, und am Ende klang es wie die beste Lösung. »Morgen«, sagte sie, als sie Harriet den Schlüssel zu Leslies Haus gab, »morgen hole ich Duchess ab und bringe sie selbst vorbei. Es wird viel bequemer sein, als in diesem Hotel zu wohnen.«

Ein Haus. Ein Hund. Eine Frau ohne Geld, die Angst vor ihrem Ehemann hatte und sich Sorgen um ihre Kinder machte. Eine lesbische Mandantin. Ein Polizeirevier, das Hetzschriften gegen Lesben und Schwule verteilte. Nicht gerade ihre übliche Routine.

Es war Zeit, Donna anzurufen. Sie brauchte ein paar Sachen zum Anziehen. Zeit, bei Clarence nachzuhaken, um zu hören, wie er vorankam. Und beide sollten sich darauf einstellen, zu ihr nach Spruce Falls zu kommen. Wenn der heutige Tag ein Vorzeichen war, dann hatte sie eine arbeitsreiche Zeit und einen harten Weg vor sich liegen.

8

Obwohl Harriet erst seit drei Wochen in Leslies Haus wohnte, fühlte sie sich wie daheim. Das Häuschen, nur wenig größer als ein Cottage auf dem Land, war hell und sonnig. Die Einrichtung war so nachlässig zusammengewürfelt, daß man hätte nervös werden müssen, aber statt dessen wirkte es gemütlich und harmonisch.

Es war Sonntagmorgen, und sie hatte sich versprochen, diesen Tag ganz nach Lust und Laune zu verbringen. Emily hatte sie zum Abendessen eingeladen; sie hatte die Einladung höflich ausgeschlagen. Clarence und Donna, die sich widerstrebend bereit erklärt hatten, vorübergehend umzusiedeln — ins Exil gehen, nannten sie es —, waren für das Wochenende nach Toronto entflohen. Josies Kinder wurden von der Jugendfürsorge betreut, und ihrem Ehemann hatten sie eine Verfügung auf den Tisch geknallt, die ihm befahl, sich von seiner Familie, einschließlich seiner Frau, fernzuhalten. Leslie und ihre Eltern sprachen miteinander, obwohl es, was ihren Vater anging, wenig mehr als Hallo und Auf Wiedersehen war.

Während sie auf der Veranda frühstückte, die Leslie an der Rückseite des Hauses angebaut hatte, sah Harriet Duchess hinten im Garten an einem Knochen nagen. Die Veränderung der Hündin war bemerkenswert. Während der ersten Tage hatte sie sich hinter dem Sofa verkrochen und sich geweigert, hervorzukommen. Jetzt setzte sie wieder Fleisch an, wedelte mit dem Schwanz und machte zögernde Spielversuche. Harriet hatte nie zuvor das geringste Interesse an irgendwelchen Vierbeinern gehabt und war erstaunt, welch ein Vergnügen sie empfand, als Duchess allmählich aus ihrem Kokon schlüpfte.

Direkt über Duchess bemerkte sie plötzlich einen orangefarbenen Schimmer in einem Baum mit tief herabhängenden Zweigen, der vor wenigen Augenblicken noch grün gewesen war. Jetzt waren die Zweige mit Schmetterlingen bedeckt, deren Flügel im Sonnenlicht leuchteten. Monarchfalter. Kein Wunder, daß sie in Gedanken das Wort Kokon benutzt hatte. Früher, vor langer Zeit, hatte eine Freundin sie ihr gezeigt. Wunderschön, hatte Harriet gesagt. So wunderschön und zart und so herzzerreißend zerbrechlich. Wie schade, daß sie nur einen Tag leben. Graue Monarchen nicht, hatte ihre Freundin gesagt, und ihr erklärt, Monarchen zögen genau wie Gänse, Enten und Rotkehlchen im Winter nach Süden. Trotz ihrer Zerbrechlichkeit ließen sie sich vom Wind in ein wärmeres und einladenderes Klima tragen.

Fasziniert beobachtete Harriet das Farbenspiel — aufsteigend und niedersinkend, auftauchend und verschwindend. Es flog keiner davon, und dennoch kamen und gingen die Farben.

Mit einer Scheibe Toast in der einen und einer Tasse Kaffee in der anderen Hand ging Harriet auf den Baum zu, um das Schauspiel aus der Nähe zu betrachten. Duchess ließ ihren Knochen fallen und sprang ihr entgegen. Harriet teilte das Brot mit ihr und wandte sich dann dem Baum zu. Die Schmetterlinge saßen dicht an dicht auf den Zweigen; ihre zusammengefalteten Flügel zeigten einen dunklen Grauton statt des leuchtenden, feuerroten Orange, das man sah, wenn sie flogen. Fasziniert streckte Harriet ihre Hand aus, und der geschmückte Baum explodierte in einem Flammenmeer, als die Flügel sich öffneten und Hunderte juwelengeschmückter Körper sich anschickten aufzusteigen.

Von Duchess begleitet, kehrte Harriet auf die Veranda zurück. Der Graue Monarch war wunderschön, aber nur wenn er seine Flügel entfaltete, um zu fliegen. Mit geschlossenen Flügeln war er — vielleicht ein Schutz gegen Feinde — grau und unscheinbar.

Leute waren genauso, dachte sie. Als Duchess ihre Hände beschnupperte, merkte sie, daß sie gar nicht an Leute dachte. Sie dachte an Leslie Taylor. Als sich an jenem unseligen Morgen mit dem fehlgeschlagenen Kautionsantrag ihre Augen für einen Moment getroffen hatten, hatte sie gewußt, daß es noch eine zweite Leslie Taylor gab, die tief vergraben war. Eine, die eingesperrt war. Eine, die sich über alle erheben würde, sobald sie befreit wäre.

Schon jetzt, nach dem allerersten Schritt, war eine Veränderung eingetreten: eine neue Vertrautheit mit ihrer Mutter, eine allmählich nachlassende Zurückhaltung ihrem Vater gegenüber, eine Offenheit in ihren Gesprächen, die manchmal verunsicherte. Zum Beispiel, als sie über Heterosexualität geredet hatte; *Zwangsheterosexualität*, hatte sie es genannt. »Eine Falle. Frauen werden gezwungen, Rollen zu spielen, die andere ihnen vorschreiben. Sie heiraten, ohne überhaupt darüber nachzudenken. Vermutlich haben Sie das auch getan.« Verunsichernd. Denn genau das hatte sie getan, gestand sich Harriet später ein. Sie war die perfekte Verbindung eingegangen: weil ihre Familie es von ihr erwartet hatte.

»Wenn sie sich bloß überwinden könnte, vor der ganzen Welt dafür einzustehen«, sagte Harriet zu Duchess, die mit ihrem ganzen Hinterteil zustimmend wedelte. Harriets kluge Augen verengten sich und ihr schmales Gesicht nahm einen konzentrierten Ausdruck an. Für den folgenden Tag war ihr Termin mit dem Staatsanwalt angesetzt. Sie würde den Stand der Ermittlungen erfahren und das Beweismaterial zu sehen bekommen. Und morgen wollte sie Frost ihr Vorhaben mitteilen, den Verhandlungsort zu wechseln. »Egal wo, aber nicht hier«, hatte Leslie sie angewiesen. Und sie, Harriet, hatte an den wichtigtuerischen Nystrom gedacht, an die Kleinstadtmentalität, auf die sie bei den meisten Leuten hier gestoßen war, und sie hatte zugeben müssen, daß es klüger wäre, den Fall vor einem größeren, weltoffeneren Gericht zu verhandeln. Nie zuvor hatte sie in einem wichtigen Fall so lange gezögert, die Darlegung des Beweismaterials zu verlangen. Je näher der Termin an der Verhandlung lag, desto weniger Zeit hätte der Staatsanwalt, die Schwachstellen in seiner Strategie abzustützen und desto geringer waren seine Chancen, aus den von ihr vorgeladenen Zeuginnen und Zeugen auf ihre Strategie zu schließen. Harriet fragte sich, ob ihr scheinbar vernünftiges Zögern nicht einem unbewußten Gefühl entsprang, es stünde mehr auf dem Spiel als der bloße Wunsch, ihre Karten nicht zu früh aufzudecken. Ein Freispruch in Toronto würde Leslie physisch befreien; ein Freispruch in Spruce Falls würde sie ganz und für immer befreien.

Das würde natürlich von Leslie abhängen.

Es war noch nicht Mittag, ein bißchen zu früh für einen Besuch im Gefängnis. Zeit genug, mit Duchess zum Ende der Straße zu gehen und sie am Ufer des Baches herumtollen zu lassen. Auf eines konnte man sich verlassen, wenn man mit einem Hund lebte: man hatte keine Zeit, sich zu langweilen. Und man fühlte sich nie allein. Sie wühlte in Leslies Kleiderschrank und holte ein Paar abgetragene Arbeitshosen hervor. Als sie das letzte Mal mit dem Hund spazierengegangen war, war sie völlig schlammbespritzt zurückgekommen.

»Deine Herrin hält wohl nichts davon, irgendwas wegzuwerfen, was, Duchess?« Es waren dieselben Hosen, die Leslie auf dem Photo auf ihrer Kommode anhatte. Ein bewußt unverfängliches Photo, das sie unter einem großen Baum mit einem Backsteingebäude im Hintergrund zeigte. Leslie stand neben Marcie, beide blickten starr in die Kamera. Sie berührten sich nicht. Leslie trug ein T-Shirt und die Hosen, die Harriet gerade anzog. Ein Haufen Blätter zu ihren Füßen: der Schnappschuß war offensichtlich spät im Herbst gemacht worden. Marcie lächelte. Leslie, mit einem Weidenkorb in der rechten, einer Harke in der linken Hand, hatte den gleichen strengen Gesichtsausdruck wie der Farmer mit der Heugabel auf Grant Woods berühmtem Gemälde American Gothic. Sie trug einen Ring auf dem Verlobungsfinger — er war zu klein, um ihn deutlich zu erkennen —, und auf ihrem T-Shirt stand: Popeye ißt Spinat. Ob sie das auch aufgehoben hatte? Was hatte sie noch alles im Kleiderschrank?

Neugierig durchstöberte Harriet den Schrank. Die Kleidung vermittelte ihr einen Eindruck, wie sich ihre Mandantin in der Arbeitswelt darstellte. Hosen, T-Shirts, Blusen und Röcke. Ein paar Kleider. Hosenanzüge — leichte für den Sommer, andere für den Winter. Teuer, aber nicht extravagant. Das Schwarz und die Braun- und Grautöne brachten Leslies natürliche Farben nicht vorteilhaft zur Geltung, und das würde vor Gericht von Nachteil sein. Kirschrot wäre besser, oder vielleicht ein dramatisches Orange, ein oder zwei Töne heller als Umbra; jedenfalls irgend etwas, das dem blassen Gesicht Farbe gab und den kräftigen Ton der dunklen Augen und des dunklen Haares unterstrich. Harriet beugte sich zu Duchess hinunter und hakte die Leine in das Halsband ein. *Tief ist des Waldes dunkles Wehn. Doch ich muß meinen Schwur versehn.* Sie öffnete die Tür und trat auf die Veranda. Hier hatten an einem ähnlichen und inzwischen so weit zurückliegenden Morgen Moore und Yarrow gestanden.

Duchess wollte die Straße hinunter und zog an der Leine. »Es wird nur ein kurzer Gang«, warnte Harriet und begann zu singen: *Doch ich muß meinen Schwur versehn. Muß weit noch, eh ich einschlaf, gehn. Muß weit noch, eh ich einschlaf, gehn.* »Das«, fügte sie hinzu, als sie an Clare und seine regelmäßigen Anfälle von Pedanterie dachte, »ist von Frost. Robert Frost. Einem berühmten amerikanischen Dichter.«

Duchess wedelte mit dem Schwanz und tollte voraus. Harriet ging schneller, um sie nicht aus den Augen zu verlieren.

»Donnerwetter! So sehen Sie also an Ihrem freien Tag aus?«

Leslie zog eine Augenbraue hoch und grinste, und Harriet, die nie weiter an ihre Kleidung dachte, nachdem sie sie einmal angezogen hatte, wurde schüchtern und befangen. »Neue Vorschrift? Gibt's jetzt 'ne Kleiderordnung?« fragte sie. Von Jeans bis hin zum Nadelstreifenanzug hatte sie alles mögliche auf dem Flur vorbeiziehen sehen.

»Auch noch bissig!«

»Wenn Sie es genau wissen wollen, ich war mit Ihrem Hund spazieren.« Kurzangebunden und ärgerlich. Und unter den gegebenen Umständen eine gemeine Bemerkung. Leslie sollte draußen sein und mit ihrem Hund spazieren gehen, und nicht irgendeine Fremde.

»Aber nicht so, hoffe ich. Sie sehen mehr nach Jet Set, als nach Spruce Falls aus.« Leslie warf einen bedauernden Blick auf ihr ausgeblichenes Baumwollkleid, das um ihre Knie schlotterte, und sagte: »Entschuldigen Sie, Harriet. Ich wollte Sie nicht ärgern. Es ist bloß ... Sie sehen einfach umwerfend aus. Ich wollte immer ein Paar von diesen Garbo-Hosen haben.«

Harriets schlechte Laune verschwand. Sie hatte hin und her überlegt, ob es sich schickte, bei einem beruflichen Besuch etwas anderes als ihre übliche berufliche Kleidung zu tragen. Am Ende hatte sie sich für die klassisch geschnittenen Hosen entschieden. Mit einer ihrer maßgeschneiderten Seidenblusen, elfenbeinfarben wie die Hose, und einer scharlachroten Kaschmir-Strickjacke, war sie eher leger gekleidet. Aber das war durchaus beabsichtigt, nicht zufällig. Erstens war es Sonntag, und sicherlich hatte jeder Mensch das Recht, sich am Wochenende ein wenig gehen zu lassen, zumindest, was die Kleidung anbetraf, wenn schon nicht die Verpflichtungen. Und zweitens wollte sie ein etwas ungezwungeneres Verhältnis zwischen ihnen schaffen. Sie würde ihre ganze Kraft brauchen, Leslie zu überzeugen, welche Vorteile eine Gerichtsverhandlung in ihrer Heimatstadt haben würde. Die Beziehung Anwältin—Mandantin war dafür zu begrenzt. Heute kam sie ebenso sehr als Freundin wie als juristischer Beistand. »Wie läuft es mit Ihren Eltern?«

»Besser. Mein Vater tut, als hätte sich nichts geändert. Meine Mutter ... sie ist einfach wundervoll. Sie können sich gar nicht vorstellen wie es ist, wenn man nicht mehr in Rätseln sprechen muß. Danke, daß Sie es ihnen gesagt haben. Und auch dafür, daß Sie Josie geholfen haben. Bisher hat sie die ganze Zeit von ihren Ladendiebstählen erzählt. Jetzt spricht sie nur noch von Ihnen. Sie haben ganz schön Eindruck gemacht.«

»Ich mußte nur ein paarmal telefonieren.«

»Ganz so einfach kann das ja wohl auch nicht gewesen sein. Sie hat seit Jahren versucht, jemanden zu finden, der ihr hilft. Sind Sie wirklich mit Duchess spazierengegangen?«

Der plötzliche Themenwechsel war typisch. Jetzt, wo Leslie sie mehr akzeptierte, war sie gesprächiger; sie sprang von einem Thema zum nächsten. »Ja, wieso? Hätte ich das nicht tun sollen?«

»Ich bin bloß überrascht, daß sie mitgegangen ist. Vor Leuten, die sie nicht kennt, verkriecht sie sich gewöhnlich in einer Ecke. Meinen Vater hat sie schon so oft gesehen, und sie hat immer noch Angst vor ihm.«

Wie du, dachte Harriet. Hatte sie nicht irgendwo gelesen, daß Tiere die Gefühle ihrer Besitzer spürten und deren Ängste und Vorurteile widerspiegelten? »Im Moment hat sie jedenfalls keine Angst vor ihm«, bemerkte Harriet trocken. »Wir sind gestern dagewesen, und sie hat sich ganz wohlgefühlt.« Leslie glaubte ihr nicht. Das sah man an ihrem Gesichtsausdruck. Vermutlich dachte Leslie, sie täte des Guten ein wenig zuviel, um sie zu beruhigen. Wie dem auch sei, sie war hier, um über Leslie zu sprechen und nicht über ihren Hund. »Leslie, als ich Ihren Fall übernahm, waren Sie einverstanden zu tun, was ich für das Beste halte.«

Das Lächeln verschwand. »Ich kann mich nicht erinnern, das gesagt zu haben.«

»Vielleicht habe ich Sie nicht ausdrücklich darauf hingewiesen, aber es versteht sich eigentlich von selbst. Wenn man sich einen Anwalt nimmt, engagiert man eigentlich dessen Sachkenntnis.«

Haberdashery Poulis tauchte flüchtig auf. Leslie verzog die Mundwinkel. »Nicht ich habe Sie engagiert, Sie haben sich selbst engagiert«, sagte sie grob.

»Kommen Sie mir bloß nicht damit. Ich bin nicht in der Stimmung, Sie aus Ihrem Schmollwinkel hervorzulocken. Ich dachte, diese Phase hätten Sie hinter sich.«

Der finstere Ausdruck verschwand von Leslies Gesicht. Eine minimale Verbesserung.

»Was ist es diesmal? Das letzte Mal sollte ich meinen Eltern sagen, daß ihre Tochter lesbisch ist.«

»Und — war das falsch?«

»Nein«, gab sie widerstrebend zu. Die Spannung ließ ein wenig nach. »Nein, Harriet, Sie hatten recht. Ich hätte das gleich tun sollen, als ich Marcie kennenlernte. Als sie mir nachlief und bei uns zu Hause auftauchte. Sie müssen sich damals gewundert haben, was da eigentlich los war. Sie war so hartnäckig. Ich konnte sie nicht loswerden.«

Harriet wurde hellhörig. Sie betraten neuen Boden. Das einzige, worüber Leslie sich geweigert hatte zu sprechen, war der Beginn ihrer Beziehung mit Marcie gewesen. Sie hatte angenommen, Leslie hätte Marcie umworben — sie war die Ältere. Wenn es umgekehrt gewesen war, erschienen die zum Mord führenden Ereignisse in einem für sie vorteilhafteren Licht. »Marcie hat die Beziehung begonnen?«

»Ja. Ich war übrigens nicht die Erste.«

»Sie ging noch zur Schule, oder?«

»Sie ging noch zur Schule und war mit Mädchen zusammen, seit sie dreizehn war. Ich hab das erst viel später erfahren. Wir sind nach Toronto gezogen, weil die Leute über uns geklatscht haben, und ich machte mir ihretwegen genauso viel Sorgen wie meinetwegen. Ihre Familie war sehr streng. Lutheraner. Stellen Sie sich vor, sie wollten, daß Marcie Gemeindeschwester wird! Ich fühlte mich schuldig, weil ich sie mit nach Toronto genommen hatte und überredete sie schließlich zurückzugehen. Sie schrieb und kam am Wochenende immer zu mir. Ich vermißte sie, wenn sie nicht da war.« Leslie warf einen Blick auf den Ring mit dem quadratisch geschliffenen Smaragd, den Harriet sich von ihrem ersten selbstverdienten Geld gekauft hatte. »Sie hat mir einen Ring zum Geburtstag geschickt. Nicht so einen wertvollen wie Ihren. Ich habe ihn meiner Mutter zum Aufbewahren gegeben.«

»Den Ring, den Sie auf dem Photo tragen? Auf dem Photo in Ihrem Schlafzimmer — Sie und Marcie beim Laubharken?«

Leslie nickte. »Das wurde aufgenommen, als sie endgültig zu mir zurückkam. Ich bin schuld an ihrem Tod. Es wäre nie passiert, wenn sie hiergeblieben wäre. Wenn sie Charles nicht getroffen und geheiratet hätte.«

»Sie glauben, er war es, oder?«

»Ich weiß, daß er es war.« Ihr Körper bebte vor heißer, ohnmächtiger Wut. »Warum haben sie ihn nicht verhaftet?«

»Er war in Toronto, Leslie. Er kann über jede einzelne Minute Rechenschaft ablegen. Er hat sie geheiratet, Sie haben sie verloren. Sie hatten mehr Grund als er, sie zu töten.«

»Das ist nicht wahr, Harriet.« Leslies Blick war offen und fest. »Sie wollte ihn verlassen. Ich glaube, er hat sie nur aus einem einzigen Grund geheiratet: er wußte, daß sie lesbisch war, und das empfand er als Herausforderung. Die alte Leier vom männlichen Ego. Als sie anfing, mich anzurufen, fing er an, sie zu verprügeln. Das war mein zweiter Fehler: sie wollte zurückkommen, und ich habe es nicht zugelassen.«

»Sie sind ihr nicht nachgelaufen?«

»Ich bin ihr nie nachgelaufen, Harriet. Zu Beginn nicht und später, als sie verheiratet war, schon gar nicht. Wir haben uns ein paar Mal getroffen, aber das war alles. Ich hatte Angst, Charles könnte ihr etwas antun. Und mir auch. Vielleicht hat er sie nicht selbst getötet, sondern sich jemand anders dafür besorgt.«

Charles, der herumlief und sich nach einem Killer umsah? Unwahrscheinlich. Selbst wenn er wußte, wie man einen Auftragsmörder ausfindig machte — er würde sich ebensowenig der Gefahr einer Erpressung ausliefern wie der Gefahr, wegen Anstiftung zum Mord angeklagt zu werden. Nur eines stand fest: Marcie war tot. Sie war ermordet worden, und wer immer es auch getan hatte, Leslie Taylor jedenfalls nicht. »Sie werden herausfinden, wer es getan hat. Wenn sie erst einmal kapiert haben, daß Sie es nicht waren, müssen sie weitersuchen.« Harriet hoffte, Leslie würde diese Zusicherung für bare Münze nehmen. Wenn es nach Yarrow ginge, liefen sämtliche Gangster frei herum und der Rest der Welt säße hinter Schloß und Riegel. Sie lenkte das Gespräch zum Ausgangspunkt zurück, indem sie sagte: »Ich habe morgen einen Termin mit der Staatsanwaltschaft.«

»Morgen werden die Sie dann also von meiner Schuld überzeugen.« So war es schließlich bei Poulis gewesen.

»Morgen werde ich ihnen sagen, daß wir den frühestmöglichen Termin wollen, den wir kriegen können. Ich werde keinen anderen Verhandlungsort beantragen, Leslie. Und ich möchte auch nicht auf einen Richter des obersten Gerichtshofes warten.«

Leslie fiel aus allen Wolken. »Meinen Sie nicht, wir sollten das vorher diskutieren?«

»Das tun wir gerade.«

»Gesagt zu kriegen, was ich tun soll, entspricht nicht gerade dem, was ich mir unter einer Diskussion vorstelle.«

»Also gut. Reden wir darüber.«

»Wir haben hier keine Chance. In dieser Stadt hassen sie Schwule.«

»Benutzen Sie das Wort nie wieder. Wir sprechen von Homosexuellen. Sie sind lesbisch, nicht schwul. Mord ist gegen das Gesetz, Homosexualität nicht.«

»Erzählen Sie das mal Inspektor Yarrow.«

»Das werde ich, wenn es nötig sein sollte. Sie können vor ihm nicht davonlaufen, Leslie. Er wird dabei sein. Er würde selbst dann dabei sein, wenn wir nach Timbuktu gingen.«

»Es darf nicht hier sein, Harriet. Ich muß hier leben, wenn alles vorbei ist. Falls es je vorbei sein sollte.«

Sie zitterte. Harriet zog ihre Strickjacke aus. »Hier. Ziehen Sie das an.« Es war sinnlos, ihr zu sagen, sie sei stärker als Spruce Falls und das Leben halte mehr für sie bereit, als eine Stadt wie diese ihr bieten konnte. Ebenso sinnlos, ihr zu sagen, daß sie weder vor sich selbst und dem Wissen der Leute davonlaufen, noch daß sie für immer über die Wenn und Aber jammern und den verpaßten Chancen in ihrem Leben nachtrauern konnte.

»Meine Eltern ...«

»Um die haben Sie sich schon mal umsonst Sorgen gemacht. Sie sind stärker, als Sie denken.«

»Aber dies ist jetzt was ganz anderes. Ihre Freunde würden es wissen. Die Nachbarn. Die Leute, mit denen Dad zusammen arbeitet. Es wäre schrecklich für sie.«

»Und wenn ihnen das alles nichts ausmacht? Wäre es dann einfacher?«

»Vielleicht. Ich muß darüber nachdenken.«

»Soll ich bei ihnen vorfühlen?«

Leslie explodierte: »Nein. Das mache ich selbst!« Und fuhr gleich zerknirscht fort: »Es tut mir leid. Ich weiß, Sie wollen nur mein Bestes. Aber Sie verlangen eine Menge, Harriet.« Sie rieb ihre Wange an dem weichen Kaschmir. »Mir wird kalt. Ich rede mit ihnen, wenn Sie darauf bestehen. Bis wann müssen Sie es wissen?«

»Bis morgen. Vor elf. Ich denke, Sie werden es telefonisch besprechen müssen.« Harriet nahm die Jacke zurück und zog sie an. Sie war noch warm von Leslies Körper. Das Gefühl hielt sich noch lange, nachdem sie das Gebäude verlassen hatte.

Das Telefon klingelte, als sie kurz vor der Haustür angelangt war. Es klingelte, während sie nach ihren Schlüsseln wühlte. Es klingelte noch immer, als sie hereinstürzte und atemlos nach dem Hörer griff.

»Harriet, wo sind Sie bloß gewesen? Ich bin's, Clarence. Ich hab dauernd versucht, Sie zu erreichen. Ich wollte Sie schon abschreiben. Was ist los? Bin ich froh, Sie erwischt zu haben.«

»Nun mal langsam, Clare. Was ist los?«

»Nichts. Ich hoffe es jedenfalls. Gestern abend ist mir Ihr Freund über den Weg gelaufen. Er weiß, wo Sie sind. Er weiß, was Sie vorhaben. Er ist total ausgeflippt. Meinte, er würde zur Anwaltskammer gehen und Ihnen den Fall wegnehmen lassen. Sie würden für ihn arbeiten und hätten kein Recht, sich mit der Taylor einzulassen.«

»Ist das alles?« Charles war ihre geringste Sorge.

»Er ist im Dreieck gesprungen. Ich hab noch nie jemanden so sauer gesehen.«

»Er wird sich schon wieder beruhigen. Ich habe ihm seinen Scheck zurückgeschickt. Er kann überhaupt nichts machen.«

»Ich möchte ein paar Tage hierbleiben. Ich bin da an einer Sache dran, die wichtig sein könnte.«

»Ja, gut. Hier können Sie im Moment sowieso nicht viel tun.«

»Ich möchte Sie nicht allein lassen. Harriet, ich sage Ihnen, dieser Scheißkerl ist echt auf'm Kriegspfad. Ich würde ihm keine Sekunde über'n Weg trauen.«

»Aber, Clare, Sie sehen Gespenster! Hier ist alles in Butter. Und überhaupt, ich werde nicht lange allein sein. Donna kommt doch heute abend zurück, oder?«

»Donna!« Seine Besorgnis verwandelte sich in Hohn. »In der Stimmung, in der Charles ist, was kann Ihnen Donna da nützen? Sie beide macht er doch im Handumdrehen fertig.«

»Sie vergessen Duchess. Was gibt es für einen besseren Schutz als einen Wachhund?«

»Wachhund?« Der Witz blieb ihm im Halse stecken. »Oh, Gott! Ich komme lieber zurück.«

»Clare«, Harriets Stimme war scharf genug, die Telefonleitung zu kappen, »wir brauchen Sie hier nicht!«

Pause. »Sind Sie sicher?« Erneute Pause. »Ich habe eine Spur aufgetan, auf der ich bleiben sollte. Es geht um Marcie. Wie es scheint, war Leslie nicht die einzige Frau in ihrem Leben.«

Harriet umklammerte den Telefonhörer und hielt den Atem an. Als sie wieder reden konnte, sagte sie ruhig und mit unheilverkündendem Ton: »Wenn das stimmt, möchte ich sie sprechen. So bald wie möglich. Und, Clare, wenn sie Ihnen entwischt, ziehe ich Ihnen bei lebendigem Leib das Fell über die Ohren.«

Eine andere Frau. Vielleicht mehr als eine andere Frau. Harriet öffnete den Schrank über der Spüle und holte die Flasche Brandy heraus. Sie stand dort schon seit drei Wochen und war immer noch mehr als halb voll.

Was sie für Leslie wollte, war mehr als ein Freispruch. Sie wollte diesen ganzen Kleingeistern in dieser Stadt beweisen, daß Leslie Taylor unschuldig war. Und Unschuld zu beweisen hieß, Schuld zu beweisen. Die Schuld eines anderen Menschen.

Sie trank langsam ihren Brandy. Keine Frau würde an einer anderen Frau so ein Verbrechen verüben, dachte sie wieder. Aber andererseits, konnte man das wissen? Die Leute taten sich gegenseitig die entsetzlichsten Dinge an. Und nicht nur einander — sie warf einen Blick auf den Monarchenbaum —, sondern sogar sich selbst.

Alle lächelten. Frost. Yarrow. Moore. Harriet. Das Treffen begann mit einem Schwall höflicher Floskeln.

Frost hatte das Thema des Verhandlungsortes gemieden. Sie würden nicht oft von einem Anwalt aus der Großstadt beehrt. Er sei überrascht gewesen zu hören, sie wolle Leslie Taylor vertreten. Spruce Falls sei doch etwas ganz anderes als Toronto. Sie würde sicher mächtiges Heimweh bekommen, bevor sie zurückgehen könne. Er glaube allerdings nicht, daß die Verhandlung lange dauern würde.

Das Lächeln war auf den Gesichtern erschienen, als Harriet die nicht gestellten Fragen beantwortet hatte: Sie fühle sich hier ganz wie zu Hause und habe nicht das geringste Heimweh. Falls Sie wissen wollten, ob sie einen anderen Gerichtsstand beantragen werde, die Antwort sei nein. Miss Taylor sei der Ansicht, sie könne hier eine ebenso faire Verhandlung bekommen wie anderswo. Frost hatte Yarrow angesehen, Yarrow hatte Moore angesehen, und alle hatten begonnen zu lächeln.

»Ich hatte gedacht, Ihr Gebiet sei Wirtschaftsrecht. Geschäftsübernahmen. Fusionen. Rechtsstreitigkeiten.«

»Hat Mr. Denton Ihnen das erzählt?«

»Äh ... ja, in der Tat, Mr. Denton. Haben Sie überhaupt schon mit Strafverfahren zu tun gehabt, Mrs. Croft?«

»Ja, ein wenig Prozeßerfahrung habe ich schon.«

»Das ist gut. Sie haben es hier nämlich mit einem ganz schönen Brocken zu tun, fürchte ich. Der Inspektor hat ganze Arbeit geleistet. Hat nicht die geringste Kleinigkeit übersehen, nicht wahr, Inspektor?«

Yarrow wuchs sichtlich. »Sie denken vielleicht, wir sind bloß kleine Dorfpolizisten, aber wir wissen, wie wir unseren Job zu tun haben, stimmt's, Sergeant Moore?«

»Das ist sehr beruhigend, Inspektor. Haben Sie es geschafft, die Fußabdrücke rings unter dem Bett aufzunehmen?«

Frost warf einen verwirrten Blick auf die beiden Polizeibeamten. »Was für Fußabdrücke? Unter welchem Bett?«

»Im Dalton«, sagte Harriet. »Der Mörder hat Fußabdrücke auf dem Teppich hinterlassen. Ich habe es dem Inspektor schon vor etlichen Wochen mitgeteilt.«

»Wir haben das überprüft. Mrs. Croft hat sich das eingebildet. Da war nichts. Nichts außer den ganz normalen Abnutzungserscheinungen. Es sind eine Menge Leute in dem Raum gewesen, seit unsere Leute von der Spurensicherung ihn untersucht haben.«

»Sie haben diese Abdrücke gefunden, nachdem unsere Männer mit dem Raum fertig waren?« Frost lehnte sich in seinem tiefen lederbezogenen Clubsessel zurück. »Das erklärt doch alles. Wenn damals Fußspuren dagewesen wären, wüßten wir davon.« Licht funkelte auf seinen Brillengläsern. »Die Beweislast gegen Miss Taylor ist überwältigend. Durch eine Verhandlung wird sie nichts erreichen. Die Staatsanwaltschaft ist durchaus bereit, über ein Schuldbekenntnis zu diskutieren;

sie ist bereit, Zugeständnisse zu machen. Es würde Steuergelder sparen.«

»Sie würden die Anklage reduzieren?«

»Wir würden es uns überlegen, Mrs. Croft.«

»Auf was? Auf fahrlässige Tötung?«

»Aber, aber, Mrs. Croft, Sie wissen doch ...« Jovial fuhr er fort: »Was würden Sie für fair halten, Inspektor?«

»Totschlag. Mit Befürwortung einer vorzeitigen Bewährung.«

Das hatten sie vorher abgesprochen. Der Ball flog zu schnell hin und her, wurde zu geschickt aufgefangen. Alle drei hatten erwartet, daß sie unterwürfig an sie herantreten und um einen Handel betteln würde. Sie sollten ihr blaues Wunder erleben. »Ich schlage vor, Sie zeigen mir zunächst, was Sie gegen Leslie Taylor in der Hand haben!«

Die Beweisstücke, mit kleinen beschrifteten Anhängern versehen, lagen nebenan auf dem Tisch. Der Schuh, mit dem der tödliche Schlag ausgeführt worden war — ein hochhackiger Slingpumps. Der Handtuchhalter — der gleiche wie der, der jetzt an seiner Stelle hing. Eine Plastiktüte mit platinblondem Haar und eine kleinere Tüte mit Schamhaaren. Eine Armbanduhr mit zerschmettertem Zifferblatt. Eine Kassette — die Kassette aus Leslies Anrufbeantworter mit der Nachricht von Marcie. Und — der Brief.

Sie nahm den Brief, überflog ihn rasch und hielt ihn Frost hin. »Es ist kein Datum drauf.«

Er warf Yarrow ein beinahe anzügliches Lächeln zu. »Es spielt keine Rolle, wann er geschrieben wurde, Mrs. Croft. Allein die Tatsache, daß er geschrieben wurde, spricht für sich.«

»Aha.« Sie las ihn noch einmal und speicherte ihn diesmal in ihrem Gedächtnis. »Dies ist bloß eine Kopie. Dürfte ich das Original sehen?«

»Es gibt kein Original. Das ist alles, was wir haben.«

»Das ist der Brief, den Mr. Denton im Koffer seiner Frau gefunden hat?«

»Genau.«

»Ist es nicht merkwürdig, daß sie eine Photokopie statt des Originals aufbewahrt haben sollte?«

»Dafür könnte es die verschiedensten Erklärungen geben. Das Original kann überall sein. Zufällig ist dies das einzige Exemplar, das aufgetaucht ist. Machen Sie sich keine Gedanken, der Brief ist echt. Wir haben ihn von einem Graphologen prüfen lassen.«

»Dieser Brief ist das einzige von ihren Beweisstücken, das in einem direkten Zusammenhang mit meiner Mandantin steht. Und er kann wirklich nicht als Beweismittel betrachtet werden, da er in keinerlei Zusammenhang mit dem Verbrechen steht.«

»Er weist auf den Geisteszustand hin, Mrs. Croft.«

»Natürlich.« Mit einem rätselhaften Lächeln betrachtete sie noch einmal den Brief und legte ihn dann zurück auf den Tisch, neben ein kleines Stück Papier — eine Quittung aus einem Juweliergeschäft. »Sie haben nicht einmal genug Beweismaterial, um Anklage zu erheben, geschweige denn, die Hauptverhandlung zu eröffnen.«

Die drei Männer beobachteten sie. Zuversichtlich. Selbstsicher. Raubtierartig. »Harriet — ich darf Sie doch Harriet nennen? —, ich wollte Ihnen zeigen, was wir haben, damit Sie wissen, worauf Sie sich gefaßt machen müssen. Wir können jedes einzelne dieser Beweisstücke mit ihrer Mandantin in Verbindung bringen. Zeuge A wird ihre Anwesenheit am Tatort bestätigen.« Harriet machte sich in Gedanken eine Notiz: Mrs. Peak. »Zeuge B wird zum Brief aussagen. Und zu dem Haar.« Charles, wer sonst? »Zeuge C ist eine Autorität auf dem Gebiet ... ich glaube, der Terminus lautet alternative Lebensweisen?«

Ein Psychologe. Ein Graphologe. Der Pathologe. Die Spurensicherung. Alphabetisch aufgelistet, aber durch ihre Berufsbezeichnungen zu identifizieren, wenn ihr die Namen nichts sagten. »Sie haben Ihre Hausaufgaben gemacht, Inspektor.« Zu Frost sagte sie: »Das alles sind lediglich Indizien.«

Sie wußten beide, daß Indizienbeweise ebenso überzeugend sein konnten wie direkte Beweise. Manchmal sogar überzeugender. Direkte Beweise — vorausgesetzt, sie wurden als wahr akzeptiert — bewiesen einen Tatbestand unmittelbar. Indizienbeweise ließen eine Schlußfolgerung auf den zu beweisenden Tatbestand zu. Geschworene machten nur selten einen Unterschied zwischen beiden.

»Wir würden Totschlag in Erwägung ziehen, Harriet.«

In diesem Fall könnte Leslie nach zehn Jahren auf Bewährung freikommen. Aber wenn der Richter anders entschied, mußte sie immer noch mit fünfundzwanzig Jahren rechnen. Aber das spielte nicht die geringste Rolle. Sie hatte ohnehin nicht die Absicht, Leslies beste Jahre durch ein Schuldbekenntnis zu verspielen. »Ich werde mit meiner Klientin sprechen, Jeremy.«

Sie würde Leslie von dem Angebot erzählen. Das war ihre Pflicht. Sie würde es erwähnen. Sie würden es vielleicht besprechen, aber in Erwägung ziehen? Kaum.

Die Lichter des Clubs waren auf die Tanzfläche gerichtet. Die Tische standen an den Wänden und lagen tief im Schatten. Dennoch hatte Harriet das Gefühl, aufzufallen.

»Na, fühlen Sie sich wie ein Fisch auf dem Trockenen?« zog Clarence sie auf. Sie trug Designer-Jeans — das erste Mal, daß er sie in Jeans sah — und einen grobgestrickten Norwegerpullover. Im großen und ganzen paßte sie ziemlich gut hierher.

»Ja. Ihretwegen. Sie fallen auf wie ein weißer Rabe.«

»Ich bin nicht der einzige Mann hier, falls Sie das meinen.«

»Sie sind der einzige im Anzug mit Hemd und Krawatte.« Die beiden Männer, die zusammen tanzten, trugen Jeans und Polohemden; der einzige weitere Mann, der bei einer Gruppe von Frauen saß, trug einen Baumwollanorak über einem selbstgestrickten Pulli mit V-Ausschnitt.

»Das nächste Mal, wenn wir die Stadt aufmischen, plündere ich vorher Ihren Schrank. Wo haben Sie denn diese Jeans her? Sie sehen aus, als hätte man Sie reingegossen. Ich kann von

Glück sagen, wenn ich Sie heil hier rauskriege. Da drüben sitzt 'ne Puppe, die Sie unentwegt anstarrt, seit wir hier reingekommen sind.«

»Glotzen Sie doch nicht so, Clare. Warum machen Sie sich nicht nützlich und holen uns einen Drink?«

Die Bar war hinten in einem anderen Raum — einem großen Raum mit Billardtisch, Spielautomaten, weiteren Tischen, falls vorne alles voll sein sollte, und einer Schlange von ungeduldig drängelnden Gästen, die darauf warteten, bedient zu werden. »Kommt nicht in Frage. Diesmal haben Sie die Ehre, Mrs. Croft. Ich würde mich um nichts in der Welt in dieser Schlange anstellen.«

Er fühlt sich in der Minderheit, dachte Harriet. Sie hatte oft einzelne Männer in einer Gruppe von Frauen erlebt — einen Lektor vor einem Frauenverein, einen Pastor bei einer kirchlichen Kaffeerunde, einen Politiker im Wahlkampf um Frauenstimmen. Normalerweise waren sie nicht im mindesten eingeschüchtert, sondern blühten auf und sonnten sich im Mittelpunkt der allgemeinen Aufmerksamkeit. Hier genossen die Männer keinen besonderen Status. Plötzlich dämmerte es ihr: In ihrem ganzen Leben, wo immer sie auch gewesen war und was immer sie getan hatte, stets war sie auf die stillschweigende Übereinkunft gestoßen, die Männlichen der Spezies seien irgendwie was Besonderes. Warum sonst betonten verheiratete Feministinnen, daß ihre Männer ihnen im Haushalt halfen? Warum sonst sollten erfolgreiche Karrierefrauen, Frauen, die durch Verstand, Durchsetzungsvermögen, Kompetenz und unzählige Überstunden an die Spitze gekommen waren, warum sollten solche verdienstvollen Frauen sich privilegiert fühlen, wenn sie in die höchsten Ränge aufgenommen wurden? Umgeben von Frauen, die sich selbst als eigenständige Persönlichkeiten sahen, statt als Anhängsel, war es verständlich, daß Clarence sich merkwürdig vorkam.

An der Bar bediente eine große, brünette Frau mit schulterlangem Haar und einem strahlenden Lächeln. Forsch und flott schlug sie Scotch anstelle von Brandy vor, und Pepsi, da die Coca Cola alle war. — »Kennen Sie Leslie Taylor?« fragte Harriet und war sich der Körper, die von hinten drängelten, bewußt.

»Tut mir leid«, antwortete die Frau und blickte an Harriet vorbei zur nächsten in der Schlange. »Vielleicht eine von den anderen. Frag' einfach rum.«

Harriet kehrte zum Tisch zurück. Clarence saß wie auf glühenden Kohlen. »Ich hab die Frau hinter der Bar nach Leslie gefragt. Fehlanzeige.«

»Ihre heimliche Bewunderin hat gerade nach Ihnen gefragt.« Er deutete auf eine Frau in Drillichhosen und einem Männerunterhemd, die gerade davonging. »Ich dachte, sie sei nicht so ganz Ihr Typ, und darum hab ich ihr gesagt, daß Sie vergeben sind.«

»Sie sollten nach Elsie Soundso Ausschau halten, statt mit den Gästen herumzuschäkern. Sind Sie sicher, daß sie kommen wird?«

»Hat sie zumindest gesagt. Jeden Samstagabend. Im Cameo Club. Nicht einen Samstag verpaßt, seit es ihn gibt. Ihre eigenen Worte.«

»Es sind so viele Leute hier. Wie sieht sie aus?«

»Mittelgroß. Rotblondes Haar. Haselnußbraune Augen.«

»Das kann fast jede sein.«

»Bißchen jungenhaft. Läuft mit den Händen in den Hosentaschen rum. Ihr Nachname ist Mak. Elsie Mak.«

Harriet tippte der Frau am Nebentisch auf die Schulter.

»Sie haben nicht zufällig Elsie Mak gesehen, oder?«

Überrascht drehte sich die Frau um. »Wer will denn das wissen?«

Als sie Harriet genauer betrachtete, machte die Feindseligkeit aufkommendem Interesse Platz. »Ich hab sie nicht gesehen. Frag' am Eingang. Die wissen das. Du bist neu hier?«

»Ja.«

»Ich geh und frag sie, wenn du willst. Die kennen mich hier. Komm schon seit Jahren her.«

Clarence wartete, bis sie außer Hörweite war. »Es gefällt

mir nicht, wie sie Sie ansieht. Erwarten Sie keine Hilfe von mir, wenn Sie nachher in der Patsche sitzen.«

»Sie ist noch nicht da, aber ich hab' ihnen gesagt, sie sollen ihr sagen, daß du hier bist. Möchtest du tanzen?«

»Sie kann nicht tanzen«, sagte Clarence. Mit einer der Verzweiflung entsprungenen Eingebung fügte er hinzu: »Sie hat schlimme Füße.«

»Schlimme Füße?« Die Frau guckte erstaunt.

»Deformation des Metatarsus. Ist sehr schmerzhaft.«

»Im Moment merke ich überhaupt nichts«, sagte Harriet kühl. »Ich würde liebend gern tanzen.«

Von der Tanzfläche aus beobachtete sie durch das Gedränge herumwirbelnder Körper, wie der junge Mann im Anorak an Clarence herantrat, sich in einem kurzen Wortwechsel über ihn beugte, aufrichtete — abgeblitzt — und davonging. Ein Paar, das sich in schlangenartigen Tanzschritten bewegte, versperrte ihr die Sicht. Als sie das nächste Mal einen Blick auf ihren Tisch erhaschte, war Clarence aufgestanden und winkte einer rotblonden jungen Frau zu, die ihre Daumen in die Hosentaschen gehakt hatte. Elsie Mak war gekommen. Harriet entschuldigte sich und eilte auf sie zu.

Ja, sie habe Marcie Denton gekannt. Schon bevor sie geheiratet hatte und auch später noch. Leslie Taylor? Nein. Oh, ja, sie hatte sie ein paar Mal gesehen. Im Club. Immer mit Marcie. Sie waren meistens unter sich geblieben. Sie kamen, nahmen ein paar Drinks, tanzten ein paarmal und gingen dann wieder. Nur wenn Marcie alleine gekommen war, hatte sie mit ihr gesprochen; sie kennengelernt.

»Hat sie das oft gemacht? Alleine zu kommen?«

»Nicht regelmäßig, nur ab und zu. Meistens freitags abends. Ihre Mitbewohnerin — so hat sie die Taylor genannt — also ihre Mitbewohnerin arbeitete dann immer noch und Marcie langweilte sich.«

»Hat sie ...«

»Rumgeflirtet? Nicht, das ich wüßte. Sie stand nur auf Taylor. Alles, was sie wollte, war ein bißchen Gesellschaft. Erst nachdem ... nachdem sie geheiratet hatte, ging sie mit jeder nach Hause. Sie sah immer so verloren aus.«

»Hattest du näher mit ihr zu tun?«

»Ich hab ein paarmal mit ihr geschlafen. Nichts Ernsthaftes. Sie war in Ordnung. Es tut mir echt leid, was mit ihr passiert ist. Hoffentlich schnappen sie den, der das getan hat.«

»Hat sie je davon gesprochen, ihren Mann zu verlassen?«

»Ständig. Anfangs wollte sie die beiden Kinder mitnehmen. Das hat sie zweimal gemacht, aber er hat sie gefunden und zurückgeholt. Dann hat er eine Haushälterin besorgt, die ihr immer nachspioniert hat. Hat die Kinder wie ein Habicht bewacht. Deshalb waren sie wohl auch nicht bei ihr.«

Die Musik dröhnte. Der Raum pulsierte im schlagenden Rhythmus der tanzenden Füße. Harriets Herz klopfte in einem eigenen wilden Rhythmus. »Sie war weggelaufen?«

»Ja. Er muß es rausgekriegt haben. Sie wollte mich überreden, mitzukommen. Ich glaube, sie dachte, es wäre sicherer, jemanden bei sich zu haben, statt allein zu sein. Vielleicht wäre es tatsächlich sicherer gewesen. Sie wollte doch bloß weg von ihm und verschwinden.«

»Warum ist sie dann nach Spruce Falls gegangen? Dort würde er sie doch als allerserstes suchen.«

»Es wußte eigentlich niemand, daß sie dort war. Sie hat sich wohl gedacht, sie versucht noch ein letztes Mal, wieder mit Taylor zusammenzukommen.« Nachdenklich meinte sie: »Ich vermisse sie. Sie hätte einem ihr letztes Hemd gegeben. Dies hier hat sie mir geschenkt ... weil ich 'ne Freundin wäre, hat sie gesagt.«

Elsie streckte die Hand aus und zeigte ihr einen Ring. Eine einzelne Perle, weißglühend wie eine vor Wut vergossene Träne. Ausdruckslos starrte Harriet auf den Ring. »Du hast mir sehr geholfen, Elsie. Clarence, ich bin sicher, Elsie hat was Besseres zu tun, als mit uns hier herumzusitzen. Sind Sie fertig?«

Der Satz klang in ihren Ohren nach, als sie sich auf den Weg zurück zum Auto machten. *Weil sie eine Freundin wäre.* Eine wie gute Freundin? Gut genug, um für Marcie auszusagen, nachdem sie tot war? Diese Geschichte vor Gericht zu wiederholen, damit der wirkliche Mörder gefaßt werden konnte? Das war Clarences Sache. Er würde sie entweder überzeugen oder sie zwingen müssen, vor Gericht zu erscheinen.

Außer Atem kletterte Clarence ins Auto und murrte: »Wozu diese Hektik? Ich dachte, Sie amüsieren sich da drin?«

»Wir haben gekriegt, was wir wollten, Clare.« Ihr Gesicht war ausdruckslos, ihre Stimme fest. Ihre Hände lagen ruhig auf dem Lenkrad. Man sah ihr nicht an, wie ihr das Adrenalin durch die Adern schoß; es durchjagte sie wie eine elektrische Ladung. »Ich weiß, wer Marcie getötet hat. Ich weiß nicht, wie, aber ich weiß, wer. Wir müssen es nur noch beweisen.«

9

Donna tippte eine letzte Liste mit Instruktionen für Clarence. Clarence sichtete die Berge von Informationen, die sie für Harriet zusammengetragen hatten. Harriet lief auf und ab. Sie sprühte vor Energie.

Donna dachte: Ich dreh durch. Ich bin reif für die Klapse, bevor das hier vorbei ist. Clarence dachte: Sie ist wie' n Rennpferd kurz vor dem Start. Sogar der Hund weiß, daß er ihr nicht in den Weg kommen darf. Harriet dachte: So muß man sich vor einer Premiere fühlen. Entweder du bringst es oder das Dach bricht dir über'm Kopf zusammen.

Ihr war kalt. Klamm. Die rote Strickjacke lag über der Sofalehne. Sie zog sie an. Das Frösteln ließ nach. Morgen würde Nystrom auf dem Richterstuhl Platz nehmen, mit dem Hammer auf den Tisch klopfen, die Maschinerie würde sich in Bewegung setzen und die Verhandlung in Sachen Krone gegen Taylor wäre eröffnet. Eine schwerwiegende Angelegenheit: die Entscheidung über Schuld oder Unschuld. Die Wahl der Jury konnte bis zu einer Woche dauern. Vorher würde Nystrom zu der Gruppe potentieller Geschworener sprechen.

Nachdem zwölf Geschworene ausgewählt worden waren, würde er seine Anweisungen erteilen. Dann wäre Frost an der Reihe. Es würde Tage dauern, bis der erste Zeuge aufgerufen und die wirkliche Verhandlung beginnen würde; Tage, an denen Leslie den Blicken der Öffentlichkeit ausgesetzt sein würde — ein Objekt der Neugier, des Tratsches, der Anzüglichkeiten.

Hatte sie wirklich richtig gehandelt? Vielleicht war es ein Fehler gewesen, darauf zu bestehen, in Spruce Falls zu bleiben. Nystrom als vorsitzenden Richter zu akzeptieren. Vielleicht hätte sie sich darauf konzentrieren sollen, den Aspekt der Homosexualität herunterzuspielen, statt ihn ins Zentrum zu rücken. Vielleicht hätte sie Leslie, Clarence, Donna ins Vertrauen ziehen, ihre Verdachtsmomente mit ihnen teilen sollen, statt sie im Dunkeln tappen zu lassen. Vielleicht war ihre ganze Strategie falsch.

Nach dem vergangenen Nachmittag zu urteilen, war Leslie besser für die Verhandlung in Form als sie selbst. Sie hatten fast den ganzen Tag zusammen verbracht. Unter den erbitterten Augen von Mrs. Klyk — die sagte, eine Friseuse sei schließlich keine Anwältin und, bei allen Heiligen, von so einer würde sie sich nicht von ihrem rechtmäßigen Platz vertreiben lassen — hatte Leslie ihr Haar waschen, schneiden und frisieren lassen. Anschließend hatte sie ihre neuen Kleider anprobiert, die Harriet besorgt, aber von Leslies Geld bezahlt hatte. Das enganliegende Wollkleid, geschmeidig wie Seide und leuchtend wie Feuer, bewirkte nicht nur eine wundersame Wandlung in Leslies Stimmung, sondern auch in ihrer Erscheinung.

»Ich habe noch nie etwas derartiges getragen«, hatte sie gesagt. »Es ist hinreißend.«

»So wie Sie.« Es war spontan rausgerutscht — als ihr bewußt wurde, was sie sagen würde, war es schon gesagt. Hastig hatte sie sich über die anderen Schachteln gebeugt. Ein weiches, erikafarbenes Tweedkostüm mit enggeschnittenem Rock und Blazer sowie ein klassisches Hemdblusenkleid in einem zarten Karamelton. — »Und da ist noch etwas, was ich Sie bitten möchte, zu tragen«, hatte Harriet gesagt und ihr einen Umschlag gegeben.

Leslies Ring. Der Ring, den Marcie ihr geschenkt hatte. Sie hatte ihn in der Hand gehalten, schweigend betrachtet, traurig, und ihn dann schnell, als verursache er ihr Schmerzen, zurück in den Umschlag gesteckt und ihn Harriet hingehalten. »Ich habe mich daran gewöhnt, ihn nicht zu tragen«, hatte sie gesagt. Und Harriet hatte erwidert: »Ich möchte, daß Sie ihn jetzt tragen. Später können Sie es halten, wie Sie wollen. Aber solange ich nichts Gegenteiliges sage, sollen Sie ihn tragen.«

Leslie war guter Dinge gewesen; so begierig wie Harriet, daß die Verhandlung beginnen möge. Machte sie jetzt auch letzte Minuten der Angst durch, bevor es losging? Josie war wieder draußen — sie war zwei Wochen zuvor entlassen worden — und Leslie hatte niemanden, der sie sich anvertrauen konnte. Allein. Eingesperrt. Es würde für sie viel schwerer sein, nicht den Mut zu verlieren.

»Clare.« Die aufgestaute nervöse Energie brach sich Bahn. »Sind Sie sicher, daß Elsie Mak auftauchen wird?« Ja. Sie hätte eine Vorladung. Sie würde kommen. »Die Leute, die damals im Dalton gewohnt haben?« Ja, Harriet. Vier Tage hatten zwischen der Entfernung des Siegels von Zimmer Drei und jenem Sonntag, an dem Clarence eingezogen war, gelegen. Die Gäste vor ihm waren alle aus der Umgebung. Sie standen alle zur Verfügung und waren bereit, das wenige, was sie wußten, auszusagen.

Sie gingen die Liste der Zeugen durch, einen nach dem anderen, die Laien und die Experten. Clarence hatte ganze Arbeit geleistet, hatte mit unzähligen Leuten gesprochen, auch mit denen, die nur ganz entfernt mit diesem Fall zu tun hatten. Von Marcies Schulfreundinnen bis hin zu Fiona Black, Charles' Sekretärin, die die Frau ihres Arbeitgebers gekannt und gemocht hatte, hatte Clarence mit dem Fleiß eines Nüsse sammelnden Eichhörnchens, das seinen Wintervorrat anlegt, alle noch so verstreuten Informationen zusammengetragen. Einiges davon würde nutzlos sein, einiges würde helfen, einiges, so fürchtete er, würde geradezu gefährlich sein. Dieses homosexuelle Zeug, beispielsweise. Er war zu einer Schwulen- und Lesben-Initiative gegangen, wie Harriet es ihm aufgetragen hatte. Er hatte mit einer gewissen Christine Donald gesprochen, die ihn mit Literatur und Tips versorgt und ihm versichert hatte, es wäre völlig in Ordnung, homosexuell zu sein und würde keinesfalls zu pathologischen Störungen führen. Das mochte zwar alles gut und schön sein für Leute, die von einer aktiven Schwulen- und Lesbengemeinde unterstützt wurden, aber was Orte wie Spruce Falls anging, da redete man doch in den Wind.

Er hatte es schon öfter versucht — ohne Erfolg. Jetzt, da es fast zu spät für eine Änderung ihrer Strategie war, versuchte er es ein letztes Mal. »Dies ist ein Mordprozeß, Harriet. Sie brauchen nicht all diese Leute, die über Homosexualität sprechen sollen. Das steht hier nicht zur Verhandlung. Ihre Prioritäten sind völlig durcheinander geraten.«

»Sie meinen, ich sehe den Wald vor lauter Bäumen nicht, stimmt's?« Normalerweise wäre sie explodiert. Statt dessen huschte ein rätselhaftes Lächeln über ihr Gesicht.

»Ich glaube ...«, eine kurze Pause, bevor er es wagte, »Sie sind gefühlsmäßig zu sehr in diesen Fall verwickelt.« Er kannte sie so gut, er kannte Charlie so gut — den Typ, nicht die Person. Ob sie gewann oder verlor, Charles Denton würde alles daransetzten, sie zu vernichten. Als versteckte Warnung zitierte er: »*Meine Kerze brennt an beiden Enden. Sie wird die Nacht nicht überdauern.*«

»Sie haben den Schluß vergessen, Clare.« Das Lächeln war so boshaft, wie ein Croft-Lächeln überhaupt sein konnte. »*Aber oh, meine Feinde und ah, meine Freunde, sie gibt ein wunderbares Licht.*« Diese Verse, von der schwermütigen Edna St. Vincent Millay für eine frühere Generation verfaßt, nahmen für Harriet eine neue Bedeutung an. Sie erschienen ihr nicht länger als ein paar banale Zeilen, aneinandergereiht, weil sie sich zufällig reimten. Sie klangen wie eine stolze, rebellische Herausforderung. Eine Herausforderung und ein Zukunftsentwurf.

Als sie sich wieder gefangen hatte, stellte sie einen Scheck aus und reichte ihn Clare. »Wir kommen ein paar Tage ohne Sie zurecht. Ich möchte, daß Sie morgen früh nach Toronto fliegen, ein Auto mieten und damit hierher zurückfahren.« Seine Augen weiteten sich protestierend, als sie ihm erklärte, was er tun sollte. »Ach, und noch etwas«, ein schnelles Ablenkungsmanöver, um Einwände im Keim zu ersticken, »sehen Sie zu, ob Sie das hier konservieren lassen können. Am besten vielleicht unter Glas.«

Das leblose Ding, das sie in der Hand hielt — sie hatte es so vom Baum in Leslies Garten gepflückt — war leicht wie Luft und zart wie Spinnweben. Zwei große Flügel. Zwei kleinere Flügel. Ein nadeldünner Körper. Ein Exemplar, das im Tod fast so perfekt war wie zuvor im Leben. »Sagen Sie ihnen, es ist ein *Danaus plexippus*. Ein Geschenk für eine ganz besondere Person.«

Ein Schmetterling, dachte Clarence, ein ganz gewöhnlicher Schmetterling. Wenn man ihn fragte, war Harriet Fordham Croft, Rechtsanwältin, kurz davor, völlig durchzudrehen.

Kampfbereit wartete Harriet darauf, daß Leslie hereingeführt würde. Keine Handschellen, hatte sie gewarnt, und Yarrow hatte selbstgefällig erwidert: »Solange sie in unserem Gewahrsam ist, sind wir für sie verantwortlich.« Aus dieser hingeworfenen Antwort hatte Harriet auf seine Absicht geschlossen, Leslie tatsächlich in Handschellen und unter schwerer Bewachung vorzuführen. Es gab keine bessere Möglichkeit, den Eindruck zu erwecken, diese schlanke junge Frau neige zur Gewalttätigkeit; sie sei eine Schwerverbrecherin, die sich jetzt sicher in den Händen des Gesetzes befand. Mit einer Ruhe, die sie durchaus nicht empfand, hatte Harriet ihm gesagt: »Wenn ich irgend etwas sehe, was meiner Mandantin schadet, irgend etwas, das auf Voreingenommenheit seitens des Gerichts oder

der Polizei hindeutet, werde ich Widerspruch wegen Verfahrensmängeln einlegen.« Der Inspektor hatte nicht reagiert, nichts gesagt. Wem der Sieg in diesem Eröffnungsgefecht zukam, würde sie erst wissen, wenn Leslie tatsächlich erschien — mit oder ohne Handschellen und Geleit.

Der Gerichtssaal war bereits bis auf den letzten Platz besetzt, wie damals, als Leslie sich plötzlich entschieden hatte, den Kautionsantrag zurückzuziehen. Es waren genauso viele Leute, aber es waren einige andere Gesichter dabei. Charles war nicht da. Clarence hatte von Fiona erfahren, daß er die ersten beiden Tage auslassen würde, weil er einen Entwurf für ein umfassendes Landerschließungsprojekt fertig machen wollte. Auch die Taylors fehlten. Harriet hatte ihnen vorgeschlagen, sich den langwierigen Prozeß der Geschworenenwahl zu ersparen. Aber die Bergstroms waren anwesend, eine deutliche Erinnerung daran, um was es in diesem Prozeß ging. Und Josie, fremd in ihrer normalen Kleidung. Und Haberdash Poulis, der es sich nicht hatte nehmen lassen, zum Tisch der Verteidigung hinüberzuschlendern und ihr Glück zu wünschen. Die Abneigung, die im Blick seiner schwarzen Augen lag, machte ihr klar, daß sie bei diesem Fall weit mehr als nur Glück brauchen würde.

Frost saß rechts von ihr an einem Tisch mit Yarrow und Moore und sortierte seine Papiere geschäftig zu ordentlichen Stapeln. Er nahm ein Blatt, warf einen flüchtigen Blick darauf und schlenderte zu Harriet hinüber. »Unsere Zeugen, Harriet.«

Sie überflog die Namen. Sie wußte, er wartete. »Danke, Jeremy.« Er blieb stehen. »Danke«, wiederholte sie, um ihn loszuwerden.

»Was ist mit Ihren? Sie wollen doch Zeugen aufrufen, oder?« Er hatte gehört, sie wäre hervorragend in Kreuzverhören. Wollte sie sich vielleicht einzig und allein auf ihre Sachkenntnis verlassen und auf das Ammenmärchen, daß jemand unschuldig war, bis die Schuld ohne den Schatten eines Zweifels bewiesen war? Ah, wie die Mächtigen dazu neigten, sich selbst zu Fall zu bringen.

»Wir haben eine ganze Reihe von Zeugen.«

»Kann ich bitte die Liste haben?«

»Nein.«

Was für eine Nervensäge diese Frau war! Hartnäckig blieb er mit ausgestreckter Hand stehen. Mit eisiger Freundlichkeit sagte er: »Es ist üblich, daß die Verteidigung diese Informationen zugänglich macht, Mrs. Croft.«

»Üblich, Mr. Frost. Nicht obligatorisch.«

Bevor er Zeit hatte, etwas zu erwidern, lief eine Spannung durch den Saal, die aufgeladene Stille, die dem Eintritt eines Angeklagten vorausging. Frost zog sich zurück. Harriet blieb wie angenagelt stehen. Sie beobachtete die Tür, durch die Leslie eintreten würde.

Die Türklinke wurde heruntergedrückt. Der Spalt weitete sich. Leslie trat in den Raum. Die Zuschauer hielten den Atem an. Harriet empfand einen jähen Triumph, gemischt mit Erleichterung: Leslie war nicht in Handschellen, sie war nicht unter schwerer Bewachung.

Mit einem Polizisten an der einen und Mrs. Klyk an der anderen Seite stand die schlanke Frau in der Tür. Ihre Augen suchten Harriet. In ihrem roten Kleid, mit glänzendem Haar und einem Hauch Make-up, das ihre Blässe milderte, sah sie wunderbar lebendig und strahlend schön aus. Ihre Augen trafen Harriets. Sie lächelte. Harriet lächelte zurück und dachte, ich muß daran denken, ihr zu sagen, daß sie nicht lächeln, nicht den Eindruck erwecken soll, sie nehme diese Sache leicht.

»Das haben Sie mir aber nicht erzählt«, sagte Donna. Harriet hatte völlig vergessen, daß Donna neben ihr stand — die Hüterin sämtlicher Informationen, die Clarence ausgegraben hatte. Sie sah Leslie unverwandt an und meinte: »Was? Was habe ich Ihnen nicht erzählt, Donna?«

»Daß sie so ... so attraktiv ist. Sie könnte jeden haben, den sie wollte. Ich glaube, sie ist überhaupt nicht lesbisch.«

Harriet warf Donna einen kurzen Blick zu und dachte, wo hast du bloß all die Jahre gelebt? Sie sagte nüchtern: »Oh, ist sie aber. Das ist eine Sache, die wir definitiv klarstellen werden.«

Leslie hatte sich vor der Tür zum Gerichtssaal innerlich darauf vorbereitet, ins Rampenlicht zu treten — zur Schau gestellt zu werden, wie die armen Unglücklichen, die auf dem Rummelplatz vorgeführt wurden. Aber die Tür öffnete sich, und sie trat ein und da war Harriet, deren Lächeln alle neugierigen Blicke und alles Geflüster wie ein reflektierendes Schutzschild abblockte.

Sie sah Donna sprechen; sah, wie Harriet sich mit einem amüsierten Blick zu ihr umdrehte; sah, wie das Lächeln verschwand und die feinen Gesichtszüge den Ausdruck eiserner Entschlossenheit annahmen. Und sie wußte, was immer auch vor ihr liegen mochte, sie würde es nicht allein durchstehen müssen.

Schließlich war die Jury vollzählig. Dank des Profils des idealen Geschworenen, das ein von Christine Donald empfohlener Psychologe entworfen hatte, war es Harriet geglückt, die weniger wünschenswerten Schöffen auszusieben.

Frost hatte das Recht, vier Kandidaten abzulehnen, aber er hatte es nur zweimal genutzt — bei einem männlichen Friseur und einer älteren Bibliothekarin, die gesagt hatte, sie hätte nicht geheiratet, weil sie nie jemanden kennengelernt hätte, der es wert gewesen wäre. Das begleitende Naserümpfen hatte ihr Schicksal besiegelt. Harriet, der zwölf Einwände gestattet waren, hatte ihr Quantum voll ausgeschöpft. Arbeiterinnen und Arbeiter kamen nicht in Frage, obwohl einige dabei gewesen waren, die sie durchaus akzeptiert hätte, wenn nicht so viel auf dem Spiel gestanden hätte. Ebenso lehnte sie eine Frau mittleren Alters ab, die auf die Frage, was sie von ehelicher Vergewaltigung hielt, antwortete, so etwas gäbe es nicht; und einen verheirateten Mann, der Leslies Dokumentarfilm über geschlagene Ehefrauen gesehen hatte und es als ‘schlimmsten Sensationsjournalismus’ bezeichnete; sowie einen jungen Mann, der so entschieden heterosexuell war, daß er Leslie allein wegen ihrer sexuellen Orientierung an den Galgen bringen würde.

Nehmen Sie beruflich qualifizierte Leute, Akademiker, hatte der Psychologe ihr geraten. Je mehr Bildung, desto besser. Lassen Sie die Finger von den traditionellen Familientypen, den Machos und den Hausmütterchen, die an der guten alten Zeit kleben. Und so hatte sie anhand dieser Kriterien Leute abgelehnt, die sie normalerweise akzeptiert hätte, und andere akzeptiert, die sie ansonsten abgelehnt haben würde: Eine Krankenschwester. Einen Buchhalter. Eine Gymnasiallehrerin. Und schließlich sogar einen Pfarrer. Sie merkte, wie Frost und Yarrow erst erstaunt, dann begeistert über ihre Verrücktheit waren. Sie hatte die Daumen gedrückt und gehofft, daß diese Donald keine Verrückte war, daß der Psychologe wußte, wovon er sprach und daß sie, Harriet Croft, nicht gerade dabei war, den wichtigsten Fall ihres Lebens von Anfang an völlig zu vermasseln.

Nystrom, sicher eingehüllt in seine Robe der Autorität, beendete die Belehrung der Jury, indem er ihnen die geplanten Sitzungszeiten nannte. Von zehn Uhr morgens bis nachmittags um halb fünf. Vormittags eine Pause gegen halb zwölf. Mittagspause um eins. Von halb drei bis halb fünf ohne Unterbrechung. »Ich erteile hiermit dem Anklagevertreter das Wort.«

Es war kurz nach elf. Würde Frost jetzt noch anfangen — um abbrechen zu müssen, wenn er gerade in Gang gekommen war? Nein, entschied Harriet. Er wird jetzt eine Unterbrechung beantragen. Innerhalb von Sekunden war der Staatsanwalt aufgestanden und bat darum, die heutige Pause vorzuziehen. Berechenbar. So berechenbar wie Nystroms liebenswürdige Zustimmung.

Aus dem Augenwinkel sah Harriet Mrs. Klyk auf sich und ihre Mandantin zusteuern. »Haben Sie heute nacht einigermaßen schlafen können?« Eine eilige Frage, die Leslie mit einem Nicken beantwortete, während sie bereits herausgeführt wurde.

»Was er der Jury gesagt hat«, ließ Donna sich über Nystrom aus, »hat er abgelesen.«

»Er hat nicht weit genug gelesen.« Harriets Stimme klang wie das Rascheln trockener Blätter. »Er hat versäumt, ihnen zu sagen, daß sie sich nicht von Entrüstung oder Vorurteilen leiten lassen dürfen. Machen Sie eine Notiz, um mich daran zu erinnern.«

Die Zuschauer, froh, einen Platz ergattert zu haben, blieben unbeirrt sitzen. Anders die Reporter, deren Plätze gesichert waren. Sie eilten hinaus auf den Gang, um zu diskutieren und zu rauchen und sich inspirieren zu lassen. Sie umschwärmten Harriet, als sie herauskam, und feuerten eine Salve von Fragen und Bemerkungen ab. Wollen Sie auf Unzurechnungsfähigkeit plädieren? Ist es wahr, daß Mrs. Denton und Miss Taylor mehr als nur Freundinnen waren? Werden Sie Ihre Mandantin als Zeugin aufrufen? Und, von einer Frau mit Mikrophon und tragbarem Aufnahmegerät, die hinterhältige Frage: »Hoffen Sie, dieses neue feminine Image wird die Gerüchte über ihre Mandantin aus der Welt schaffen, Mrs. Croft?«

»Kein Kommentar«, sagte Harriet freundlich und machte sich in Gedanken eine Notiz, die Frau mit dem Mikrophon im Auge zu behalten. Sie erinnerte sich, sie bei der Haftüberprüfung gesehen zu haben. Und die Frau erinnerte sich offensichtlich an die sture, finstere, aufsässige Leslie von vor wenigen Monaten. In Anbetracht des Kontrasts zwischen damals und heute war die Bemerkung verständlich.

Sie kehrte in den Gerichtssaal zurück. Sie wurden aufgefordert, sich zu erheben. Nystrom rauschte auf das Podium, und Frost erhob sich mit einem Stapel von postergroßen Blättern unter dem Arm. Er beeilte sich, um dem von Harriet erwarteten Einspruch zuvorzukommen, und hängte die Vergrößerungen von Marcies Leiche an der Wand neben der Geschworenenbank, im Blickfeld des ganzen Gerichtssaals, auf.

Leslie sah das Bild von Marcie auf dem Bett und begann zu weinen. Die Reporter drängten sich nach vorn. Die Zuschauer wichen entsetzt zurück. Sven Bergstrom stieß einen lauten Fluch aus, und Anna Bergstrom weinte hemmungslos. Harriet beschwerte sich nicht und wandte sich auch nicht ab.

Mit einer vor Gefühl triefenden Stimme erzählte Frost von Marcies Kindheit, wieviel sie ihrer Familie bedeutet hatte, und wie sie und ihre Familie ihre Zukunft geplant hatten. »Bis sie«, donnerte er, »die Angeklagte traf. Von diesem Zeitpunkt an war sie verloren.« Leslie Taylor, sagte er, lockte das jüngere Mädchen von ihrer Familie und ihren Freunden fort, verführte sie zu einem fremden und anomalen Lebensstil. Als Marcie schließlich durch ihre Eheschließung mit einem erfolgreichen und überaus respektablen Mitglied des Architektenstandes diesem Milieu entkam, schlug Leslie Taylor sie in einem Anfall von eifersüchtiger, ohnmächtiger Wut nieder, tötete sie, verunstaltete ihren Körper in einem Akt der Rache — sie benutzte die Frau, die Charles Denton geliebt hatte, um ihn ein letztes Mal unsäglich zu demütigen.

Er nannte die Zeugen, die er aufrufen würde; die Beweisstücke, die vorlagen, und verkündete, das Kernstück der Beweislast, das das Motiv unterstütze, sei ein Brief, der später vor Gericht verlesen werden würde. In einem Fall wie diesem, so erklärte er, seien Motiv und Gelegenheit die Schlüsselelemente. Beides sei hier gegeben.

Es war genau ein Uhr. Er hatte anderthalb Stunden ohne Unterbrechung gesprochen. Neunzig eloquent genutzte Minuten, in denen er viele Frauen zu Tränen gerührt und die meisten Männer in Wut gebracht hatte. Eine hervorragende Vorstellung, bis auf die Sekunde genau kalkuliert.

Harriet war sich Leslies an ihrer Seite bewußt. Sie merkte, daß sie innerlich aufgewühlt und ihre frühere Haltung zusammengebrochen war. Mit fester Stimme sagte sie: »Essen Sie etwas. Ruhen Sie sich aus. Und versuchen Sie, dies alles zu vergessen.«

Leslie starrte sie mit leerem Blick an. Essen. Den Mund aufmachen. Einen Bissen reinschieben, kauen, schlucken. Etwas, was man tut, wenn die Welt in Ordnung ist. Wie konnte jemand an Essen denken, angesichts dieser obszönen Poster, angesichts dieser Bilder, die das Auge, nicht aber der Verstand aufnehmen konnte?

Sie nahm Mrs. Klyks Hand auf ihrem Arm kaum wahr. Ihr Schmerz mischte sich mit einer tiefen, alles verschlingenden Scham. Sie hatte diese Verhandlung als eine Bloßstellung betrachtet, als Enthüllung eines verborgenen Teils ihres Selbst, den sie in Watte gepackt und jahrelang versteckt gehalten hatte. Sie hatte sich selbst als die Hauptfigur in einem erbärmlichen Drama gesehen. Ja, das Drama war erbärmlich, aber es war nicht ihr Drama. Und die Liebe, wenn Liebe die Ursache war, war entstellt und unnatürlich. Aber es war nicht ihre Liebe. Und nicht sie war die Hauptperson. Diese tragische Rolle kam Marcie zu.

Harriet stand auf. Ihr Benehmen war ungewöhnlich schroff. Sie konnte sich den Effekt dieser großformatigen Photos vorstellen, die Wirkung, die sie auf ihre Mandantin gehabt haben mußten — und weiterhin haben würden. »Wir gehen auch besser etwas essen. Wir haben einen harten Nachmittag vor uns.«

»Hätten Sie ihn nicht daran hindern können, diese Bilder zu zeigen?« fragte Donna, als sie die Straße auf dem Weg zum nächsten Restaurant überquerten. »Sie waren grauenhaft.«

»Hätte ich. Sie waren höchst demagogisch.«

Demagogisch? Das war untertrieben. Donna sah Harriet anklagend an. »Warum haben Sie es dann nicht getan?«

»Weil ich wollte, daß alle Leute sie sehen.«

»Auch Leslie Taylor?«

»Nein«, gab Harriet zu. »Aber das war unvermeidlich.«

»Es hat sie völlig umgehauen. Sie wird das alles nicht aushalten.«

»Sie wird es aushalten«, sagte Harriet. »Sie wird es müssen. Das ist erst der Anfang.«

Dr. Frederick Spellman sah genauso bleich und eingefallen aus wie die Toten auf den Seziertischen in seinem Leichenschauhaus. Er war der einzige Gerichtsmediziner in Spruce Falls und hatte an mehr Verhandlungen teilgenommen als die meisten Anwälte. Als erfahrener Zeuge war Spellman barsch und belehrend, und er war nicht gewohnt, seine Ansichten als solche behandelt zu sehen (was sie waren), statt als Fakten (was sie oft nicht waren). Marcie Denton, sagte er, erlitt eine sternförmige Fraktur oberhalb des rechten Ohres, einen Knochenbruch mit strahlenförmigen Ausläufern. Die daraus resultierende Gehirnverletzung und die anschließende Schwellung hätten ihren Tod verursacht.

Weiterhin hatte sie, so Spellman, schwere Verletzungen im Bereich der Vagina und innere Blutungen im Unterleib. Als er von Frost gebeten wurde, die näheren Einzelheiten zu erklären, berichtete er von einer Penetration mit einem stumpfen Gegenstand, von Verletzungen des Rektums und des Anus; der zerfetzte Darm habe zu Blutergüssen und blutendem Gewebe in der mittleren Bauchgegend geführt. Die Wände der Vagina waren durchstoßen, die Darmwände aufgerissen und das Gesäß und der After schwer mißhandelt.

Es war ein gelehrter und wissenschaftlicher Vortrag, eine mit trockener Stimme vorgetragene akademische Übung. Eine Geschworene bat, sie zu entschuldigen und wurde vor Übelkeit würgend aus dem Gerichtssaal geführt. Mrs. Bergstrom wurde ohnmächtig. Richter Nystrom bat um Ruhe und verkündete eine kurze Unterbrechung. Dr. Spellman schien von dem ganzen Wirbel verwirrt. Harriet goß ein Glas Wasser ein und reichte es Leslie zusammen mit einer weißen Tablette. »Phenobarbital. Nehmen Sie es. Es hilft.«

Leslie trank das Wasser, lehnte aber das Beruhigungsmittel ab. »Es geht gleich wieder.« Sie sah nicht so aus. Sie war weiß und brauchte beide Hände, um das Glas Wasser zu halten.

»Versuchen Sie, an etwas anderes zu denken. Hören Sie nicht hin. Das ist der schlimmste Teil. Wenn der erst vorbei ist, wird es nicht mehr so schlimm werden.«

Donna war fast so verstört wie Leslie. Harriet hatte zugelassen, daß die Photos gezeigt wurden, riesig vergrößert und in

Farbe. Sie hatte zugelassen, daß die Folgen der an Marcie verübten Gewalt in allen Einzelheiten geschildert wurden. Was würde sie noch alles hinnehmen, bevor sie eingriff? Wie lange würde dieser Leichenschänder noch im Zeugenstand sein?

Fünf Minuten vergingen. Zehn Minuten. Harriet beobachtete ungeduldig die Uhr. Der Kugelschreiber wirbelte zwischen ihren Fingern. Sie wollte ihr Kreuzverhör mit Spellman beginnen und ihn hinter sich haben. Leslie würde nicht mehr als einen solchen Tag ertragen können.

Die Sitzung wurde schließlich fortgesetzt. Der Zeuge kam von der Todesursache zum Todeszeitpunkt. Der Tod, so schätzte er, trat am Sonntag, den zwölften Juli, kurz nach drei Uhr nachmittags ein. Die Aussage traf Leslie mit der Wucht eines Hammerschlags. Ihre Finger umklammerten die Tischkante, und sie blickte hilflos zu Harriet. Es war drei Uhr gewesen, als sie an Marcies Tür geklopft und auf eine Antwort gewartet hatte, die nicht gekommen war.

»Es zeigten sich bereits erste Anzeichen einer Lösung der Totenstarre.« Spellmans Monolog war noch nicht ganz vorbei. »Und«, eine kurze Pause, um bei den Zuschauern den Eindruck zu erwecken, seine Schlußbemerkung, obschon nicht wissenschaftlich, sei nichtsdestotrotz relevant: »Mrs. Dentons Uhr war noch nicht stehen geblieben. Sie gab noch immer die Zeit an. Exakt.«

Frost überließ ihn Harriet, und sie stand auf und sagte leichthin: »Dürfen wir annehmen, Doktor, daß Sie abgesehen von Ihren anderen Fähigkeiten auch eine Autorität auf dem Gebiet des Uhrmachens sind?«

»Nein, Mrs. Croft. Es erfordert jedoch kaum Sachkenntnis, um festzustellen, ob ein Zeitmesser korrekt funktioniert.« Er hob die Augenbrauen ein wenig und warf den Geschworenen ein Lächeln zu, das sie pflichtschuldig erwiderten.

Harriet schenkte ihm den Punkt und stand da, als ob sie ihre Gedanken wieder auf die Sache zu konzentrieren versuchte. Groß, schlank, eindrucksvoll, aber leicht konfus. »Was genau ist Totenstarre, Dr.Spellman?«

Diese Frau war wirklich ein Einfaltspinsel. Er blickte in doppelter Hinsicht auf sie herab: aus der Höhe des Zeugenstandes und seines überlegenen Wissens. Er sprach betont langsam, mit kleinen Pausen zwischen den einzelnen Wörtern, so daß sie ihn auf jeden Fall verstehen würde. »Das ist die Erstarrung des Körpers nach dem Tod.«

»Aber was ist es genau? Warum passiert es?«

»Das Protein in den Muskeln gerinnt.« Und was brachte sie das weiter? Reichte es nicht, daß es so war? Als nächstes würde sie ihn fragen, was Protein war.

Sie wollte eine weitere Erklärung, ja. Aber nicht zu Protein. »Können Sie uns kurz erläutern, woraus eine Autopsie besteht? Die einzelnen Schritte, die Sie unternehmen?«

»Nun ...«, er würde es allgemeinverständlich formulieren, so einfach wie möglich halten müssen, »Man öffnet den Körper.« Seine Finger fuhren an seinem Leib hinunter. »Man entnimmt die Organe. Wiegt sie. Mißt sie. Nimmt Gewebeproben. Testet das Blut auf Alkohol oder Barbiturate.«

»Vor dem Einbalsamieren?«

»Natürlich.«

»Die Organe, die entnommen werden — falls es sich um Mord handelt, werden sie für weitere Untersuchungen aufbewahrt? Leber und Nieren? Magen und Darm?«

»In den meisten Fällen, ja.«

»Sie haben sich auf Ihrem Gebiet einen beachtlichen Ruf erworben. Ich vermute, Sie arbeiten mit den allerneusten Geräten. Die Gerichtsmedizin hat in den letzten Jahren doch erstaunliche Fortschritte gemacht, nicht wahr?«

Erzähl das mal der Stadtverwaltung. Vielleicht würde das die Etaterhöhung durchsetzten, die er haben wollte. Wie dem auch sei, er leistete lobenswerte Arbeit mit den Geräten, die er hatte. »Ja, wir sind vorangekommen.«

»Bei Bluttests — welche Geräte benutzen Sie da?« Gelobt sei Clarence, der ihr alles, was sie nie wissen wollte, über diese schaurige Angelegenheit erzählt hatte.

Spellman zögerte. Es wurde schwieriger, alles einfach abzuhandeln. »Ein Spektrometer. Das ist das Standardgerät, Mrs. Croft.«

»Keinen Gaschromatographen?«

Verdammte Frau. Sie hatte die grünsten, hypnotisierendsten Augen, die er je gesehen hatte. Die Genauigkeit des Spektrometers, bei dem ultraviolette Strahlen und Filterpapier benutzt wurden, um flüssiges Blut zu analysieren, hing von dem Geschick des Anwenders ab. Der Gaschromatograph maß das Gas, das vom erhitzten Blut abgegeben wurde und übertrug die Informationen direkt in ein Diagramm. Man hielt es für hundertprozentig genau. »Nein«, gab er zu, »wir haben kein GC-Gerät.« Was spielte das schon für eine Rolle? Die Todesursache war ein Schlag auf den Kopf, nicht irgendwas im Blut gewesen.

»Haben Sie ein Elektronenmikroskop? Sind Sie mit elektromagnetischen Linsen ausgestattet oder benutzen sie immer noch die alten Glaslinsen?«

»Unsere Mikroskope können bis zu zweieinhalbtausendfach vergrößern. Das reicht aus, um ...«

»Das hält kaum einem Vergleich mit computer-gestützten Vergrößerungstechniken stand, oder, Doktor Spellman? Mit dem abtastenden Elektronenmikroskop beispielsweise. Ist es nicht so, daß dieses nicht nur dreidimensional projizieren, sondern auch bis zu fünfzigtausendfach vergrößern kann? Zwischen zweitausendfünfhundert und fünfzigtausend gibt es doch eine beträchtliche Differenz. Haben Sie ein SEM?«

»Zur Zeit noch nicht. Das ist ein sehr spezielles ...«

»Viel zu speziell für den allgemeinen Gebrauch. Wir verstehen, Dr. Spellman. Histopathologie, Serologie, Odontologie. Sogar Anthropologie. Damit ist es nicht nur möglich, allein aufgrund des Skeletts Rasse, Geschlecht und Alter zu bestimmen, sondern man kann sogar die Gesichtszüge eines Schädels rekonstruieren.«

»Einspruch«, zischte Frost. »Die Fragen sind irrelevant.«

»Sie sind irrelevant«, flüsterte Leslie Donna zu. »Ich weiß nicht, wovon sie redet.«

»Sie redet über nichts Bestimmtes.« Donna hatte Harriet oft genug in Aktion gesehen, um ihren Gedankengang verfolgen zu können. »Sie versucht, seine Glaubwürdigkeit zu zerstören.«

»Stattgegeben«, entschied Nystrom. »Bitte halten Sie sich an die Fakten, Frau Rechtsanwältin. Dies ist ein Gerichtssaal, kein Hörsaal.«

»Kommen wir auf die Totenstarre zurück. In welchem Zeitraum setzt sie ein?«

Spellman entspannte sich. Endlich wieder auf sicherem Boden. »Sie ist progressiv. Das erste Stadium beginnt innerhalb der ersten drei bis sechs Stunden. In dieser Jahreszeit ist die volle Totenstarre nach zwölf Stunden erreicht. Nach achtzehn bis zwanzig Stunden beginnt sie, sich zu lösen. Danach kehrt die Beweglichkeit zurück.«

»Und während dieses Prozesses gerinnt — um Ihre Worte zu gebrauchen — das Muskelprotein?«

»So ist es.«

»Ist es richtig, daß die Größe der Muskeln und der Fettanteil die Gerinnungszeit beeinflussen?«

»Ich glaube, das ist möglich, aber ...«

»Sie benutzten auch die Wendung *zu dieser Jahreszeit*. Heißt das, die äußeren Bedingungen müssen ebenfalls in Betracht gezogen werden?«

»Es gibt eine ganze Reihe von Variablen, die berücksichtigt werden müssen, Mrs. Croft. Hier spielen Erfahrung und Ausbildung eine Rolle.« Sein Lächeln war reine Herablassung.

»Ist es nicht außerdem so, daß der Verdauungsprozeß der zuverlässigste Indikator für den Todeszeitpunkt ist? Er hört doch abrupt im Augenblick des Todes auf ? Sie haben die inneren Organe entfernt. Haben sie eine Bestimmung des Todeszeitpunktes aufgrund des Mageninhaltes vorgenommen?«

»Ohne zu wissen, wann und was Mrs. Denton zuletzt gegessen hatte, war das nicht möglich ...«

»Ist Ihnen bekannt, daß die Totenstarre, die ja von Temperatur, Luftfeuchtigkeit ecetera abhängig ist, schon bis zu achtundvierzig Stunden angehalten hat?«

»Im Juli ist das höchst unwahrscheinlich, Mrs. Croft.«

»Ah, ja. Im Juli also unwahrscheinlich. Vielleicht im Frühling oder im Spätherbst. Und natürlich, Doktor, lösen sich all diese Theorien in Wohlgefallen auf, wenn eine Leiche zufällig gefroren ist.«

»Diese Leiche war nicht gefroren, Mrs. Croft.«

»Einspruch.«

»Stattgegeben.«

»Ich habe nur versucht zu demonstrieren, wie viele Faktoren hier eine Rolle spielen, Euer Ehren.« Harriet strahlte Nystrom an. Sie wandte sich an Spellman: »Vielen Dank, Doktor. Sie sind sehr hilfreich gewesen.«

Entlassen. Spellman verließ den Zeugenstand mit einem kurzen Nicken zu Frost und unter hochmütiger Mißachtung Harriets.

Der erste Tag der Zeugenaussagen war vorbei. Es war ein schlechter Tag für Leslie gewesen; schlimmer noch, als Harriet befürchtet hatte. Die Wirkung der Photographien, der grauenvolle Autopsiebericht — wenn sie allein in ihrer Zelle war, würden die Sätze und Bilder wieder auftauchen. »Möchten Sie ein paar hiervon mitnehmen? Damit Sie schlafen können?« Sie hielt ihr das Fläschchen mit dem Phenobarbital hin.

»Ich würde sie höchstens bis zur Dusche bekommen.« Sie versuchte, humorvoll zu sein: »Wie ich sehe, haben Sie nie eine Leibesvisitation über sich ergehen lassen müssen. Mrs. Klyk ist eine Expertin.« Harriet errötete. Als Leslie merkte, wie die harmlose Bemerkung für Harriet geklungen haben mußte, errötete sie ebenfalls. Um das Thema zu wechseln, sagte sie: »Er hat uns geschadet, nicht? Als er gesagt hat, es ... es sei um drei Uhr ... passiert?«

»Das hat er nicht gesagt, Leslie.«

»Harriet, erinnern Sie sich nicht? Er hat gesagt, die Todeszeit war etwa drei Uhr. Donna, Sie haben ihn doch auch gehört.«

Die grünen Augen waren so kühl und klar wie ein Bergsee. »Sie und Donna mögen denken, daß er das gesagt hat. Er mag denken, daß er das gesagt hat. Aber ich habe ihn das nicht sagen hören.« Und dann erschien Mrs. Klyk, Leslie wurde abgeführt, die Tür schloß sich, und Harriet blieb zurück und starrte auf den Platz, auf dem sie gesessen hatte und dachte an die Stunden, die Leslie auf dieser Liege, in diesem Zellenblock, in diesem finsteren Gebäude bevorstanden.

Joe war vorgefahren und wartete, um sie zurückzufahren. »Das Geld, was Sie das kostet! Dafür könnten Sie sich 'n Auto kaufen.«

»Sie hat ein Auto«, sagte Donna. »Sie fährt neunzig in Schulgebieten. Mit Ihnen sind wir sicherer dran.«

»Ich habe noch nie einen Strafzettel bekommen«, warf Harriet ein.

»Weil die sich nicht trauen, Ihnen einen zu geben.« In Donnas Stimme klang eine Mischung aus Zuneigung und Bewunderung. »Zu schade, daß Sie heute nicht dabei waren, Joe. Sie hat eine Nummer mit dem medizinischen Experten abgezogen, daß ihm die Haare zu Berge standen.«

»Mit Spellman? Das hätte ich gern erlebt. Das ist 'ne harte Nuß. Wird von keinem hier gern gesehen.« Er lenkte das Taxi in Leslies Einfahrt und sprang heraus, um die Tür aufzuhalten. »Sieht aus, als hätten Sie Gesellschaft gekriegt.«

Die Haustür stand offen, und Duchess war an der Veranda angebunden. »Gott sei Dank, ich dachte schon, er wäre verschütt gegangen.« Sie meinte Clarence, der erheblich länger fortgewesen war als erwartet.

Es war in der Tat Clarence. Und Emily Taylor. Und Adam. Die Küche roch nach frischem Brot und Roastbeef und warmem Apfelkuchen. Der Tisch im Eßzimmer war für fünf Personen gedeckt. Clarence arrangierte Blumen in einer Kristallvase; Adam Taylor führte die Oberaufsicht. »Wir dachten, Sie könnten ein wenig Aufmunterung gebrauchen.« Emily versuchte zu lächeln, aber ihre Augen waren fragend und ängstlich.

»Sie hätten sich keine Umstände machen sollen.« Die Taylors hatten genug eigene Sorgen, ohne sich auch noch um die Anwältin ihrer Tochter zu kümmern.

»Das habe ich auch gesagt.« Clarence pfropfte die restlichen Blumen in die Vase. »Sie sehen aus, als hätte man Sie durch die Mangel gedreht.«

»Sie sieht wundervoll aus.« Emily nahm Harriet ihre Handtasche und den Aktenkoffer ab. »Sie sieht immer wundervoll aus.«

»Das ist nur der äußere Schein.« Clarence zwinkerte Harriet zu und goß ihr einen Drink ein. »Hier. Ich erzähle Ihnen alles, während Sie sich umziehen.«

Adam und Emily sahen befremdet aus. »Ist schon in Ordnung«, meinte Donna. »Das machen sie immer so.« Die Taylors blickten alarmiert. »Er sitzt in der Ecke, mit dem Gesicht zur Wand, schließt die Augen und hält sie sich mit beiden Händen zu«, sagte Harriet.

»Ich bin wirklich ein Schaf im Wolfspelz«, gestand Clarence. »Ich glaube, meine Hormone haben mich im Stich gelassen.«

Unsicher blickten die Taylors Harriet, Donna und Clarence an, sahen dann einander an, und plötzlich begann Emily zu lachen und die anderen fielen ein. »Wahrscheinlich kommen wir Ihnen schrecklich altmodisch vor.« Für Adam war das eine erstaunliche Bemerkung.

Im Schlafzimmer, bei geschlossener Tür, fragte Harriet: »Wieso um alles in der Welt mußten Sie diesen Witz über Hormone machen? Das haben Sie absichtlich getan.«

»Ja, klar. Ich denke, ein bißchen behutsame Indoktrination hie und da wird verhindern, daß sie später die Schotten dicht machen. Ich glaube immer noch, es ist ein Fehler, diese Lesbensache reinzubringen.«

»Setzen Sie sich in die Ecke, drehen Sie Ihr Gesicht zur Wand, schließen Sie die Augen, ziehen Sie sich Ihren Pulli über den Kopf«, trällerte Harriet. »Ist Ihnen klar, daß sie vermutlich denken, wir hätten das Haus ihrer Tochter in einen Sündenpfuhl verwandelt?«

Das Glück müßte ich haben, dachte Clarence. Er schloß seine Augen und hörte dem Stoffrascheln zu. »Tut mir leid, daß es so lange gedauert hat.«

»Macht nichts. Haben Sie es bekommen?«

Er merkte, wie sich die Matratze unter Harriets Gewicht senkte, als sie sich neben ihn setzte. Er öffnete die Augen und gab ihr einen Umschlag. »Wo haben Sie bloß diese Hose her? Sie sieht aus, als käme sie aus einem Lumpensack.«

»Es ist Leslies«, erwiderte sie geistesabwesend und riß mit dem Daumennagel den Umschlag auf. »Duchess mag es, wenn ich sie anhabe.«

Guter Gott, wie hieß das noch gleich? Vor die Hunde gehen? Klug, brillant, schön, weltgewandt. Und immer verrückter. »Übrigens, was ich schon lange sagen ...«

Harriet hörte nicht zu. Sie las. Plötzlich, ohne Vorwarnung, warf sie ihre Arme um ihn, schrie hurra so laut sie konnte, kugelte mit ihm über das Ende des Bettes, und die beiden landeten in einem Knäuel auf dem Boden. Die Tür flog auf. Duchess sprang herein. Hinter ihr erschien Donna. Hinter Donna stand Emily im Türrahmen, mit offenem Mund. Hinter Emily stand Adam, vor Ungläubigkeit wie erstarrt.

Clarence, noch immer in Harriets Armen und von ihrem Gewicht am Boden gehalten, war von diesem absolut ungewöhnlichen Verhalten so perplex, daß er nur kläglich sagte: »Wir diskutieren gerade den Fall.«

»Aha«, sagte Adam.

»Vielleicht möchten Sie lieber eine Weile allein sein«, meinte Emily, wich zurück und stieß mit ihrem Mann zusammen.

»Nein, gehen Sie nicht.« Harriet wälzte sich von Clarence, setzte sich neben ihm auf und umarmte Duchess, die voller Bereitschaft zu spielen herangetollt war. »Wir werden feiern.« Sie zog Clarence auf die Füße und bürstete ihn ab. »Hol jemand diesem Mann hier eine Cola. Er hat uns allen heute einen außerordentlichen Dienst erwiesen.«

Es war, wie sie später sagen würden, ein denkwürdiger Abend. Einer jener Abende, die einfach passieren, die man nicht planen kann. Aber alle würden ihn unterschiedlich in Erinnerung haben. In Adams Erinnerung war es der Abend vor dem Tag, an dem er sich das erste Mal in den Gerichtssaal wagte, in dem das Leben seiner Tochter verhandelt wurde. Für Emily war der Abend eine Oase inmitten einer trostlos und beängstigend gewordenen Landschaft. Donna würde ihn als den Abend erinnern, an dem Harriet aus sich herausgegangen war und nach dem sie nie mehr dieselbe war. Clarence würde erneut den Druck von Harriets Körper spüren, sie in Leslies Lesesessel sitzen sehen, den Kopf lachend zurückgeworfen, ihren Brandy nach dem Essen in der Hand, Duchess zu ihren Füßen. Und für Harriet war es der Abend, an dem das Puzzle bis auf ein letztes fehlendes Teil vollständig war.

Die Taylors waren früh gekommen. Sie saßen hinter dem Tisch der Verteidigung, den Bergstroms direkt gegenüber. Harriet sah sie sofort. Charles sah sie erst, als Clarence flüsterte: »Charlie Baby ist hier. Und führt nichts Gutes im Schilde.«

Drüben an der Wand stand Charles, mit dem Rücken zum Gerichtssaal, in ein Gespräch mit Moore und Yarrow vertieft. Er hatte ihre Ankunft nicht mitbekommen. Er bemerkte sie erst, als Yarrow ihm die Hand auf den Arm legte und in ihre Richtung grüßte. Dann kam er herüber, steif und mit durchgedrückten Schultern. »Sie sehen gut aus, Harriet.« Er schaffte es, das Kompliment wie eine Todesdrohung klingen zu lassen.

»Sie ebenfalls, Charles.« Auf andere Art elegant als Moore, war Charles dennoch eine imposante Figur. Tadellos geschnittener Anzug, frisch gestärktes Hemd, unauffällige, aber teure Krawatte — ja, er würde für ein Werbephoto des Mannes an der Spitze durchaus in Frage kommen.

»Ich muß Ihnen wohl nicht sagen, wie enttäuscht ich bin, Sie hier zu sehen?« Die Linien um seinen Mund vertieften sich, und er verkniff ungehalten die Nase.

»Es tut mir leid, daß Sie es so sehen. Sie bauen Häuser. Ich verteidige unschuldige Menschen. So einfach ist das.«

»Unschuldige Menschen!« Seine Stimme zischte drohend. Eine unheilvolle Energie schien von ihm auszugehen. »Das werden Sie bereuen, Harriet. Wenn sie klug sind, lassen Sie die Finger von diesem Fall. Mr. Poulis war schlau genug, das zu erkennen. Ich bin überrascht, daß Sie es nicht sind.«

Als Clarence sich gerade schützend vor Harriet werfen wollte, rief der Gerichtsdiener dazu auf, sich zu erheben. Ein rundgesichtiger junger Mann mit Hornbrille und langen Koteletten war als erster an der Reihe. Sein Name war Buddy Jim. Er war einer der Leute von der Spurensicherung, die das Zimmer im Dalton untersucht hatten. Er versicherte dem Gericht, das Zimmer sei nicht in Unordnung gebracht worden. Es hätte keine nennenswerten Beweisspuren gegeben. Sehr wenig Blut, und das wenige sei vom Opfer selbst gewesen. Keine aussagekräftigen Fasern. Keine Fingerabdrücke. Keine Haare.

»Aber in Wirklichkeit«, sagte Harriet, als sie ihr Kreuzverhör begann, »gab es doch eine ganze Menge Haare, oder?«

Das sei richtig, gab er zu, aber auch die hätten dem Opfer gehört. Er hätte sie vom Körper, vom Bett, vom Boden rings um das Bett aufgesaugt. Dann seien sie eingetütet und beschriftet worden. Nein, natürlich hätte er nicht jedes einzelne Haar untersucht. Man hätte mit einem Blick sehen können, daß es alles das gleiche war. Es war so hell, so fein, eine fremde Strähne wäre mit dem bloßen Auge zu erkennen gewesen.

Fingerabdrücke? Natürlich hätte er nicht gemeint, es seien überhaupt keine Fingerabdrücke im Zimmer gewesen. Es gab keine, die nicht weggewischt worden wären. Keine, die mit dem Verbrechen zu tun hatten. Welche Methode er angewandt hätte? Die Standardmethode. Mit Puder. Fingerabdrücke seien fettig. Feines, trockenes Puder bleibe kleben. Voilà, ein identifizierbarer Fingerabdruck.

In rascher Folge feuerte Harriet eine Frage nach der anderen ab. Hatte er die Leiche auf Fingerabdrücke untersucht? Die Vorhänge? Das Bettzeug? Stimmte es nicht, daß die Pudermethode nur auf festen Oberflächen funktionierte? Würden nicht nur zehn Prozent der Fingerabdrücke natürlich fluoreszieren, was bedeute, daß die restlichen für das Auge unsichtbar blieben? Woraus folgte, daß er leicht die eine Stelle übersehen haben konnte, die er mit Puder hätte bestreuen sollen? Hatte er nicht mit Gas gearbeitet, um diese ihm bis dahin entgangenen Spuren festzustellen? War ihm nicht bekannt, daß es Methoden gab, bei denen Fingerabdrücke durch Laserbestrahlung sichtbar gemacht werden konnten; die Fingerabdrücke von weichen Oberflächen abhoben — von Haut und Stoff, sogar von Gemüse und den Innenseiten von Gummihandschuhen?

»Einspruch. Die Verteidigung setzt dem Zeugen in unzulässiger Weise zu.«

»Stattgegeben.«

»Sie haben den Boden nach Beweismaterial abgesaugt. Wie gründlich waren Sie, Buddy Jim?«

»Sehr gründlich.«

»Haben Sie das Bett beiseite gerückt? Darunter gesaugt?«

»Nun, ... ich ...«

»Einspruch.« Frost war aufgesprungen. Yarrow hatte sich halb erhoben. Nystrom sah unentschlossen aus.

»Haben Sie, Buddy Jim?«

»Einspruch. Euer Ehren, der Zeuge hat ausgesagt, er habe den Raum gründlich untersucht.«

»Stattgegeben.«

Harriet ging zurück zum Tisch der Verteidigung, lächelte Leslie an und nahm einen festen braunen Umschlag von Clarence entgegen. »Euer Ehren, ich habe hier Photos von Abdrücken, die ich unter dem Bett gefunden habe, und die, so behaupte ich, von der Person hinterlassen wurden, die für dieses Verbrechen verantwortlich ist ...«

»Einspruch.«

»Photos von diesen Abdrücken mit einem Exemplar der Spruce Falls News datiert von Montag, den zweiundzwanzigsten Juli, dem Tag, an dem mein Mitarbeiter, Clarence Crossley, in dieses Zimmer zog.«

»Einspruch. Eine Woche später. Das ist nicht relevant.«

»Ich beantrage, diese Photos als Beweismaterial aufzunehmen.«

Frost wurde cholerisch. »Die Verteidigung ergeht sich in Spekulationen. Sie will uns einnebeln. Das ist unerhört. Dutzende von Leuten hatten Zeit, diesen Raum zu betreten. Euer Ehren, ich erhebe Einspruch.«

Nystroms Hammer stand in der Luft und war im Begriff, zu Frosts Gunsten niederzudonnern. Schnell — sie wußte, sie hatte nur den Bruchteil einer Sekunde, bevor sie zurechtgewiesen werden würde — hielt Harriet das lange, silbrige Haar hoch, das einmal auf Marcies Kopf gewachsen war. Glänzend drehte es sich im Licht, ließ die Zuschauer nach Luft schnappen und Buddy Jim nervös herumzappeln. Harriet hielt Beweisstück A der Anklage in der einen und die einzelne Haarsträhne in der anderen Hand zur Begutachtung hoch. Wie Buddy Jim gesagt hatte, mußte man kein Experte sein, um zu erkennen, daß die Haarsträhne und das Haar in der durchsichtigen Plastiktüte von derselben Person stammten. »Sie wurde auf dem Teppich neben den Zehenabdrücken gefunden«, sagte Harriet ruhig. »Beides ist eindeutig bei der damaligen Spurensicherung übersehen worden.«

Der Hammer donnerte auf den Tisch. »Einspruch abgelehnt.« Die Photos und die Haarsträhne wurden als Beweisstücke akzeptiert. Die Verhandlung wurde unterbrochen und sollte anschließend mit Inspektor Yarrow als nächstem Zeugen fortgesetzt werden.

Die Taylors nutzten die Gelegenheit, um zu Leslie zu gehen. Das erste Mal seit Leslies Verhaftung waren sie sich nahe genug, um sich berühren zu können. Emily umarmte sie, und Adam, sichtlich verlegen, fragte, wie es ihr ginge und meinte, sie sähe schön aus, und sie freuten sich auf ihre Heimkehr.

Die Tatsache, daß er hier war und den Mut gefunden hatte, nach vorne zu kommen, vor aller Augen, war schon ein Fortschritt, dachte Harriet. Sie freute sich über diese Geste; über den Eindruck, den sie auf die Zuschauer machte. Sie freute sich noch mehr, als er sich hinüberbeugte und Leslie auf die Wange küßte, bevor die Eltern zu ihren Plätzen zurückkehrten.

»Er haßt mich«, sagte Leslie.

»Ihr Vater? Das ist ja lächerlich. Er liebt Sie.«

»Nicht Dad. Inspektor Yarrow. Sehen Sie ihn sich an, Harriet. Er kann es kaum erwarten, mich fertigzumachen.«

»Sehr gut. Ich kann es kaum erwarten, ihn fertigzumachen.«

Yarrow ging mit der langsamen kraftstrotzenden Bewegung eines Bulldozers zum Zeugenstand hinüber. Nachdem er sich gesetzt hatte, starrte er mit kaltem, unversöhnlichem Haß zur Verteidigung hinüber. Harriet bemerkte Leslies Zittern und flüsterte: »Stellen Sie ihn sich ausgezogen vor. Nackt.« Die Vorstellung eines nackten Yarrow funktionierte. Leslies Zittern ließ nach und ihre geballten Fäuste entspannten sich.

Frost geleitete seinen Starzeugen durch eine Beschreibung des Raumes, wie er ihn vorgefunden hatte; der Leiche, wie er sie vorgefunden hatte; der Sorgfalt und fachlichen Kompetenz seiner Untergebenen; der Fälle, die er erfolgreich gelöst; des Rufes, den er sich damit erworben hatte.

Harriet lächelte über diesen improvisierten Versuch, den Schaden einzudämmen. Ihre Behandlung von Spellman und Buddy Jim mußte besser gesessen haben, als sie vermutet hatte. Yarrow kam nun zu Leslies Verhaftung. Ihrem Verhalten. Ihrer Forderung, einen Anwalt zu sprechen. Ohne beschuldigt oder angeklagt gewesen zu sein. Dennoch hatte sie einen Anwalt verlangt. Ihr ganzes Verhalten ließ auf ihre Schuld schließen. Keine Rede von dem Brief. Aber der war ja in Toronto gefunden worden, erinnerte sich Harriet, nicht in Spruce Falls, er würde also später kommen.

Frost trat beiseite, und Harriet erhob sich geruhsam, ging gemächlich zu Yarrow hinüber, stellte sich ihn nackt auf dem Stuhl klebend vor, die Brust voller Haare, seine Muskeln, der vorgewölbte Bauch. »Sie haben einmal mit Miss Taylor gearbeitet.«

Yarrow war einen Moment lang verwirrt. Statt der kalten Feindseligkeit, die er erwartet hatte, sah er ein amüsiertes Lächeln. Diese Frau schien sich doch tatsächlich über ihn lustig zu machen. Na gut, er würde schon dafür sorgen, daß ihr das Lachen verging, und zwar verdammt schnell. »Nicht *mit* ihr, nein. Ich habe sie lediglich mit Informationen versorgt.«

»Für eine Reportage über mißhandelte Ehefrauen. Sie haben diesen Film nicht gebilligt, oder?«

»Ich billige es nicht, wenn man aus einer Mücke einen Elefanten macht.«

»Mißhandelte Frauen billigen Sie auch nicht. Ich meine nicht das Mißhandeln von Frauen, Inspektor. Ich meine die Frauen, die mißhandelt werden.«

Yarrow wandte sich hilfesuchend an Nystrom. Der Richter kam der Aufforderung nach. »Die Verteidigung verwirrt den Zeugen. Wollen Sie bitte Ihre Frage umformulieren.«

»Entschuldigen Sie, Euer Ehren. Es war nicht eigentlich eine Frage. Sie mögen Frauen überhaupt nicht besonders, stimmt's, Inspektor?«

»Ich mag keine Frauen, die andere Frauen umbringen, nein.«

Harriet erwog, die Bemerkung aus dem Protokoll streichen zu lassen, ließ es dann aber und sagte statt dessen: »Im Anschluß an Miss Taylors Verhaftung betonten sie ihr gegenüber, sie sprächen *als Gleiche* miteinander.«

»Ich glaube, ich sagte, *unter gleichen Bedingungen*.«

»Was meinten Sie damit?«

»Es ist eine Redewendung.«

»Die Sie, glaube ich, den Gesetzen entnommen haben, die von den britischen Richtern im Jahre 1918 entworfen wurden. Was beinhalten diese Gesetze, Inspektor?«

Wieder wandte er sich an Nystrom. »Ich bin kein Anwalt, Euer Ehren.« Ein schwaches Lächeln für die Geschworenen. »Nur ein Polizeibeamter, der seine Pflicht tut, wie er es für nötig hält.«

»Diese Gesetze wurden für Polizeibeamte geschaffen, Inspektor. Nicht für Anwälte. Oder für Richter. Sie wurden für Männer wie Sie geschaffen. Um die korrekte Behandlung von Gefangenen zu gewährleisten. Unter anderem verlangen sie, daß jemand, der verhaftet wird, vor dem Verhör gewarnt wird, daß alles, was er oder in diesem Fall sie sagt, gegen sie verwendet werden kann. Wenn sie meiner Mandantin also nach stundenlangem Verhör erzählen, Sie hätten unter gleichen Bedingungen miteinander geredet, so war das Ihr Weg, diese Regeln zu umgehen, nicht wahr? Obwohl sie seit dem frühen Morgen in Ihrem Gewahrsam war, versuchten Sie, die Fiktion aufrecht zu erhalten, sie hätte Ihnen lediglich einen freundschaftlichen Besuch abgestattet. Sie haben sich bedeckt gehalten, nicht wahr?«

Yarrow beugte sich vor. Diese drohende Pose provozierte ein weiteres amüsiertes Lächeln, statt diese unausstehliche Frau wie beabsichtigt einzuschüchtern. Er sah auf seinen Schlips hinunter, um zu sehen, ob er zufällig doch den mit dem Flecken trug. »Diese Gesetze sind revidiert worden, Mrs. Croft.«

»Ah, ja. Die Neuen Gesetze. Eine Gefangene ist keine Gefangene, bevor Sie entscheiden, daß sie es ist. Eine Person gilt nicht als verhaftet, bevor sie nicht angeklagt wird. Leider haben wir kein Miranda-Gesetz, um Leute wie meine Mandantin zu schützen. Wir haben nicht das Recht, gewarnt zu werden. Aber wir haben das Recht auf einen Anwalt. Oder ist das inzwischen auch überholt?«

»Sie hat einen Anwalt angerufen.«

»Und Sie fanden, das sei ein Hinweis auf ihre Schuld?«

»Ja. Finde ich nach wie vor. Jemand, der nichts zu verbergen hat, ruft nicht nach einem Anwalt. Das passiert einfach nicht.«

Genau das war im Fall jener Krankenschwester in Toronto passiert, die beschuldigt wurde, Babies getötet zu haben. Sie hatte sich geweigert zu reden, bevor sie einen Anwalt gesprochen hatte. Diese Weigerung war als Schuldbekenntnis ausgelegt worden, sie wurde angeklagt, die Untersuchung galt als abgeschlossen, die Anklage wurde wegen Mangel an Beweisen fallengelassen, der wirkliche Mörder — wenn es je einen gegeben hatte — wurde nie gefunden.

»Sie haben Miss Taylor verhaftet, kurz nachdem die Leiche gefunden worden war. Sicherlich eine der kürzesten Untersuchungen, die es je gegeben hat?«

»Wir halten nichts von Zeitverschwendung.« Er hatte gehofft, sie würde erwähnen, wie schnell sie die Verdächtige dingfest gemacht hatten. Eine prompte Lösung ließ sein Dezernat in einem guten Licht erscheinen.

»Und Zeit ist entscheidend, nicht wahr? Jeder Tag, der vergeht, macht es schwieriger, eine Spur zu verfolgen? Macht es leichter für den Schuldigen, seine Spuren zu verwischen?«

»Das stimmt.«

»Als Sie Miss Taylor erst mal inhaftiert hatten, haben Sie sich natürlich nicht darum bemüht, weiterzusuchen?«

»Natürlich nicht.«

Harriet warf ihm einen letzten amüsierten Blick zu, wandte sich ab und sagte dann abrupt: »Keine weiteren Fragen.«

Yarrow stieg herunter. Er war mit sich zufrieden. Sogar einigermaßen zufrieden mit der Verteidigerin. Die erwartete, scharfe Attacke war nicht gekommen. Die Frau war eigentlich ziemlich angenehm gewesen. Zumindest war sie klug genug, ihr Schicksal nicht herauszufordern. Zurückzuweichen, wenn sie ihren Meister gefunden hatte.

Beim Mittagessen beschuldigte Clarence Harriet, sie hätte 'den Dreckskerl zu leicht davonkommen lassen'. Ungerührt beendete sie ihr kleines Steak und bestellte Kürbiskuchen zum Nachtisch. »Sie hören nicht zu«, beschwerte er sich. »Was ist los mit Ihnen? Sie haben früher doch nicht so gegessen.«

»Ich bin hungrig. Es muß an der vielen frischen Luft liegen.«

»Frische Luft? Das ist Schwefel, keine frische Luft. Die Luftverschmutzung ist hier höher als in der Stadt.«

»Vielleicht ist Schwefel gut für uns. Pech und Schwefel.«

»Da wir gerade bei Schwefel sind — Sie hatten Yarrow auf dem Rost. Sie hätten ihn braten können.«

»Der Mann mit dem einspurigen Gehirn. Er hat gesagt, was

ich hören wollte. Vergessen Sie Yarrow. Denken Sie an Moore. Er ist der nächste auf der Liste.«

»Wenn man vom Teufel spricht. Er ist gerade reingekommen. Moore und Yarrow, Frost und Charles. Können wir gehen?«

»Donna hat ihren Kaffee noch nicht ausgetrunken.« Donna leerte ihre Tasse mit einem Riesenschluck. »Sie haben noch Cola.« Clarence leerte die Dose und zerdrückte sie. »Ich glaube, ich nehme noch ein Stück Kuchen.«

Clarence nahm sein Tablett und sagte: »Wie Sie wollen. Donna und ich gehen jetzt.«

»So kriegt man Sie zum Zahlen, Clare.« Harriet folgte ihnen nach draußen in den sonnigen, frischen Herbsttag. Sie hätte ihn nicht aufziehen sollen. Er machte sich Sorgen wegen Charles, Sorgen um sie. So nervös hatte sie ihn wirklich noch nie erlebt. »Clare«, sagte sie spontan, »ich bin froh, Sie wieder hier zu haben. Wir haben Sie vermißt. Und machen Sie sich keine Sorgen wegen Charles. Vor all diesen Reportern und bei dieser öffentlichen Aufmerksamkeit wird er den perfekten Gentleman spielen.«

»Und wenn es vorbei ist? Wenn die Verhandlung vorbei ist und die Reporter weg sind, was passiert dann?«

»Darüber zerbrechen wir uns den Kopf, wenn es soweit ist.«

Donna mußte einige Einkäufe erledigen. Clarence beschloß, sie zu begleiten. Harriet wollte ihre Notizen zu Doug Moore noch einmal durchgehen und ging zum Gericht zurück. Sie blätterte durch den Bericht, den Clarence vorbereitet hatte, und versuchte, sich zu konzentrieren. Statt dessen hatte sie jedoch ständig Leslies Gesicht vor Augen. Die hohen Wangenknochen. Die zarte Haut. Die dunklen Augen, oft düster, manchmal warm und lachend.

Der härteste Teil war vorbei — die Bilder und die detaillierte Darstellung dessen, was Marcie zugefügt worden war. Ja, der härteste Teil war vorbei, aber der schlimmste würde noch kommen. Marcie war auf Spellmans Autopsietisch physisch zerlegt worden. Leslie würde emotional, seelisch, mit ähnlicher

Präzision von Frosts Psychologen zerlegt werden. Und sie, Harriet, war diejenige gewesen, die auf diesen öffentlichen Augenblick der Wahrheit gedrängt hatte. Wenn sie sich geirrt hatte, wenn sie Leslies innere Stärke falsch eingeschätzt hatte, mochte der Fall zwar gewonnen werden, doch ihre Mandantin würde bei diesem Prozeß zerstört werden.

»Ich habe mir eine Bluse gekauft.«

Donnas Stimme ließ sie hochschrecken. Harriet wurde klar, daß sie mehr als eine halbe Stunde ins Leere gestarrt hatte. Es war Zeit, daß Leslie wieder hereingeführt wurde. Zeit für Nystrom, seine Rolle wieder einzunehmen. Klyk trat ein. Hinter ihr folgte Leslie in dem erikafarbenen Tweedkostüm und der Kreppbluse mit dem Rüschenjabot. Schlicht. Elegant. Ein schöner Hintergrund für den gestylten Moore.

Die Maschinerie geriet in Bewegung. Moore war im Zeugenstand, betont maskulin in lässigen Hosen und Tweedjackett. Keine Spur von dem soften Dandy mit dem Armkettchen und den protzigen Ringen. Keine Spur von der manierierten Feinfühligkeit. Mit tiefer und klangvoller Stimme faßte er vieles noch einmal zusammen, was Yarrow gesagt hatte, und ging dann zu der Zeit über, die er allein mit der Angeklagten verbracht hatte. Er sprach von ihrem seelischen Zustand, ihrer Niedergeschlagenheit — reines Selbstmitleid, das keinen Hinweis auf Reue enthielt.

»Der Zeuge gehört Ihnen«, sagte Frost. Harriet warf einen Blick auf Leslie, ging zu Moore hinüber und betete im Stillen um Vergebung für das, was sie jetzt tun würde. Die Eröffnungsrede der Anklage hatte nur einen flüchtigen Hinweis auf eine unnatürliche Beziehung enthalten. Fast überhörbar. Aber da war der Brief. Und was sollte sonst der Psychologe? Mit etwas Glück könnte sie ihn aus dem Spiel halten. Mit etwas Glück könnte sie Leslie vielleicht helfen, ihre Maskerade aufrecht zu erhalten. Mit etwas Glück ...

Sie sah Moore in die Augen — zuversichtliche, wissende Augen — und sagte: »In jener Nacht in der Zelle, als Sie beide allein waren, Sergeant Moore, wußten Sie da, daß Miss Taylor lesbisch ist?«

Fassungsloses Schweigen. Dann ging ein Raunen durch die Zuschauermenge. Die Reporter drängten sich nach vorne. Fassungslosigkeit auf dem Richterstuhl, schockierte Aufmerksamkeit bei den Geschworenen. Die spöttische Zuversicht verschwand aus Moores Augen. Sie waren jetzt hart. Hart und rund wie glattgespülte Kieselsteine. »Beantworten Sie die Frage, Sergeant. Sie wußten, daß Miss Taylor lesbisch ist?«

»Ja.« Die Gehässigkeit eines ganzen Lebens lag in diesem einen Wort.

»Woher wußten Sie das? Hat sie es ihnen gesagt?«

»Das war nicht nötig.« Die Bosheit griff auf seine Gesichtszüge über und verzerrte den hübschen Mund.

»War es etwas in ihrem Auftreten? Ihrer Kleidung? Ihrem Gesprächsverhalten?«

»Es war ihre allgemeine Haltung.«

»Ah ja. Sie erklären diesem Gericht also, Sie könnten eine homosexuelle oder lesbische Person mit Hilfe dieses sechsten Sinnes identifizieren, den Sie zufällig besitzen.«

Nervöse Unruhe auf der Geschworenenbank. Gemurmel bei den Zuschauern. Die Bitte um Ruhe von Nystrom. Harriet erlaubte sich einen kurzen Blick auf die Taylors. Unbeweglich starrte das Paar nach vorne. Leslie hatte sich ebenfalls unter Kontrolle, ihr Gesicht spiegelte eher Interesse als Furcht. So weit, so gut. »Sergeant, würden Sie sagen, ich bin lesbisch?«

Die Frage löste eine weitere Welle der Erschütterung aus.

Moore erkannte die Falle. Sagte er nein, war sie imstande zu sagen, sie wär's. Sagte er ja, könnte sie ihn wegen Verleumdung drankriegen. Sagte er nichts, verlöre er seine Glaubwürdigkeit. Wo war Frost? Warum erhob er keinen Einspruch?

»Beantworten Sie die Frage, Mr. Moore. Bin ich lesbisch? Ja oder nein?«

»Ich bin sicher, Frau Verteidigerin, Sie sind viel besser in der

Lage, das zu beantworten, als ich.« So. Zufrieden, Mrs. Croft? Im Zweifelsfall dreh' den Spieß um.

»Na, schön. Was ist mit ihm? Würden Sie sagen, er ist schwul?« Ihr Finger zeigte auf Yarrow. »Oder er?« Eine rasche Drehung zu Frost. »Oder Mr. Crossley, mein Mitarbeiter?«

»Einspruch, Euer Ehren. Das ist doch grotesk.«

»Ich ziehe die Frage zurück. Sergeant, Sie wissen, daß Homosexualität vergleichsweise häufig vorkommt?«

»Ja.«

»Mindestens jeder Zehnte ist homosexuell. Und wenn man Kinseys Skala berücksichtigt, ist die Zahl noch viel höher. Sind Sie mit dieser Skala vertraut?«

»Ja.« Die Antwort war kurz und mürrisch.

»Danach haben wir alle homosexuelle Tendenzen. In stärkerem oder schwächerem Ausmaß. Solche Gefühle sind nicht anormal, sondern völlig normal.«

»Das ist umstritten.«

Harriet spürte eine schwache Welle von Sympathie von der Geschworenenbank. Mindestens einer der zwölf Geschworenen war auf ihrer Seite. Der zugeknöpfte Konservative neben der untersetzten Frau in dem blumenbedruckten Kleid. »Aufgrund der Sachkenntnis, die Sie auf diesem Gebiet haben, Sergeant, möchte ich Sie bitten, die dreißig Personen in diesem Raum zu identifizieren, die ausschließlich homosexuell sind.«

Die Köpfe der Zuschauer wandten sich nach rechts und nach links. Mißtrauische Blicke und ein Abrücken von unbekannten Platznachbarn. Stürmischer Protest von Frost. Eine wütende Warnung von Nystrom, er würde sie wegen Mißachtung des Gerichts zurechtweisen, wenn sie diese Art von Befragung fortsetzte.

Harriet hatte ihren Punkt gemacht und wußte, er würde allen Anwesenden im Kopf bleiben. Sie kehrte zu Moores Glaubwürdigkeit zurück. »Bevor Sie nach Spruce Falls gekommen sind, waren Sie beim Sittendezernat in Toronto?«

Moore zeigte die ersten Anzeichen von Nervosität. Ja, das stimme.

Er hatte sich in Badehäuser eingeschleust, an Razzien mit Äxten und Brecheisen teilgenommen, Räumlichkeiten verwüstet, den Ruf unbescholtener Bürger ruiniert, nur um zu erleben, wie der überwiegende Teil der Anklagen abgewiesen wurde, wenn sie schließlich vor Gericht kamen? Hatte er nicht außerdem einen Großteil seiner Zeit bei der Sitte damit verbracht, Männer durch ein Guckloch auszuspionieren, die die Toiletten eines großen Warenhauses benutzten? Hatte es ihm Spaß gemacht, diese Männer auf dem Klo zu beobachten? War er nicht auch daran beteiligt gewesen, Männer in verfängliche Situationen zu bringen? Hatte es nicht Zwischenfälle wegen Fummeleien in einem Theater, wegen öffentlicher Masturbation in einer Hoteltoilette gegeben? Waren nicht viele seiner Opfer respektable Familienväter gewesen, die, abgesehen von diesen wenigen intimen Momenten, ein völlig konventionelles Leben geführt hatten? Hatte er nicht diese Männer zerstört? Und nicht nur sie, sondern ganze Familien? »Und stimmt es nicht auch, Sergeant Moore, daß Sie für diesen zweifelhaften Dienst an der Gesellschaft ganz ansehnlich bezahlt wurden? In einem Jahr allein über vierzigtausend Dollar für Ihre Zeit, die Sie als Zeuge vor Gericht verbracht haben? Ich hoffe«, sagte Harriet mit einer Stimme, die sich über die lautstarken Einsprüche, Nystroms Hämmern und den Aufruhr aus dem Zuschauerraum erhob, »ich hoffe nur, die Steuerzahler von Spruce Falls können sich einen solchen Mann leisten, Sergeant Moore.«

Das war, wie Clare abends sagte, »eine Croftsche Spitzenleistung. Der eine Typ auf der Geschworenenbank konnte seine Augen gar nicht von Ihnen losreißen.«

»Niemand konnte die Augen von ihr losreißen«, meinte Donna. »Ich wußte das gar nicht, ich meine, daß jeder von uns mehr oder weniger so ist. Selbst ich habe mich gefragt ...«

»Ich habe so das Gefühl, Mr. Moore wird nicht mehr allzulange in dieser Gegend sein.« Harriet strahlte vor Zufriedenheit. »Sein Bild wird in allen Zeitungen sein. Das nächste Mal, wenn er mit seinem Händchen wedelt, wird er eins in die Fresse kriegen.«

Clarence stimmte ihr zu, daß Moores Tage als Schwulenköder gezählt seien, aber bei dieser Verhandlung ginge es doch nicht darum, die Unsittlichkeit polizeilicher Maßnahmen aufzudecken. »Sie haben ihn wirklich in ein schlechtes Licht gerückt mit dieser Geldsache, Harriet. Aber Sie haben auch eine Menge Leute vor den Kopf gestoßen.«

»Nur neun von zehn«, meinte Harriet leichthin. »Ich war so mit ihm beschäftigt, daß ich keine Zeit hatte, auf die Reaktion der anderen zu achten.«

»Falls Sie wissen wollen, wie Leslie es verkraftet hat: sie war o.k. Ihr ging's wesentlich besser als Charles. Oder Yarrow. Die waren kurz davor, in die Erdumlaufbahn abzuheben.«

Harriet merkte plötzlich, daß sie völlig erschöpft war und verkündete, sie würde ins Bett gehen. Nachdem sie das Licht im Schlafzimmer angemacht hatte, fiel ihr Blick auf den kleinen durchsichtigen Block, in den ihr Monarch mit ausgebreiteten Flügeln eingegossen war. In einem kleinen Ort am Rande Torontos hatte Clarence den Mann gefunden, der eine so zerbrechliche Schönheit eingießen konnte, ohne sie zu beschädigen – die lebhafte Erinnerung an die zarte Kraft, die das Spiel des Windes beherrschte.

Auch Leslie war erschöpft. Zu erschöpft, um einschlafen zu können. Sie schloß die Augen und sah Doug Moore im Zeugenstand. Sie mußte verrückt gewesen sein, als sie überlegt hatte, die Hand nach ihm auszustrecken.

Harriet Fordham Croft. Als sie an sie dachte, spürte Leslie, wie ihre Anspannung nachließ. Wo Marcie weich und sanft und nachgiebig gewesen war, war Harriet Feuer und Eis. Der strahlende Glanz eines perfekt geschliffenen Diamanten. Sie war bereit, für das zu kämpfen, woran sie glaubte. Und eines der Dinge, an die sie glaubt, bin ich, dachte Leslie.

Die schmale Liege, die Zelle, die Gitterstäbe – alles wich zurück. Sie wußte, was immer auch vor ihr liegen mochte, sie würde überleben.

10

Amanda Peak bezeugte, Leslie zur Tatzeit am Tatort gesehen zu haben. Ihre Identifizierung war ebenso definitiv wie ihre Zeitangabe. Die *Toronto Blue Jays* spielten gegen die *New York Giants*. Das Spiel hatte gerade angefangen. Harriet hatte keine Fragen.

Der Graphologe identifizierte die Unterschrift auf dem Brief, der dem Gericht noch immer nicht vorgelesen worden war, eindeutig als die der Angeklagten. Harriet hatte keine Fragen.

Mrs. Bergstrom erzählte von Marcie, wie sie gewesen war, bevor 'diese Frau' aufgetaucht war; von der Veränderung, die mit ihrer Tochter vorgegangen war; von der Erleichterung, die sie und ihr Mann empfunden hatten, als Marcie sich von 'diesem Leben' abgewandt hatte und endlich eine normale Beziehung mit Mr. Denton eingegangen war. Ihre emotionsgeladene Aussage wurde abwechselnd von Tränen und Wutausbrüchen unterbrochen. Harriet wußte, der Schmerz war echt. Sie wünschte nur, Mrs. Bergstrom hätte Marcies Schmerz ernst genug genommen, um sie aufzunehmen, als sie darum bat, anstatt sie abzuweisen. Es gab Fragen, die sie Marcies Mutter hatte stellen wollen; Fragen, die sie eigentlich hätte stellen sollen. Aber die Frau war so erschüttert, so vom Schmerz überwältigt, daß sie wiederum sagte: »Keine Fragen.«

Die Vernehmung dieser drei Zeugen hatte den ganzen Tag gedauert. Ein Tag, an dem Harriet nur dabeigesessen und nichts getan hatte. Es gibt Zeiten zum Reden und Zeiten zum Zuhören, sagte sie sich, aber sie wußte, daß dieser Tag schwieriger für Leslie gewesen war und sie härter getroffen hatte, als der heftige Schlagabtausch am Tag zuvor.

Und morgen? Zwei Namen standen noch auf Frosts Liste — Charles und Dr. Dunstan, der Psychologe. Mrs. Bergstrom hatte die Wirkung eines Vorschlaghammers gehabt, Dunstan und Charles würden schneidend scharf wie ein Skalpell sein.

Sie sollte ein bißchen Zeit mit Leslie verbringen. Sie sollte bei den Taylors vorbeischauen. Sie sollte sich noch mal, ein letztes Mal, das Material von der Schwulen- und Lesbeninitiative ansehen. All das sollte sie tun, aber sie wußte, sie würde nichts davon tun. »Hier.« Sie gab Clarence ihre Kreditkarte. »Ich möchte, daß Sie und Donna sich einen schönen Abend in der Stadt machen.« Sie wandte sich an Leslie und sagte: »Ich werde heimgehen und zusehen, daß ich etwas Schlaf bekomme. Sie sollten auch früh zu Bett gehen.« Als Mrs. Klyk auf sie zusteuerte, beugte sie sich zu Leslie hinüber und flüsterte: »Tragen Sie morgen das Seidenkleid.« Der zarte Karamelton würde ihre Blässe nicht vertiefen, falls sie unter Charles' bösartigem Blick oder unter Dunstans klinischer Sektion ihrer Psyche erbleichen sollte.

Joe fuhr Harriet nach Hause. Sie fütterte Duchess, machte sich ein Sandwich, duschte und ging zu Bett. Als Donna und Clarence kamen, war das Haus ruhig und Harriets Tür geschlossen. Donna öffnete sie einen Spalt und spähte hinein. Harriet lag auf der Seite, in tiefem Schlaf, Duchess lang ausgestreckt neben sich.

»Sie hat den Hund total verwöhnt. Wenn Leslie zurückkommt, kriegt sie Zustände.«

»Wenn sie zurückkommt.« Clarence zog die Tür zu. »So hält sie's immer, wenn sie sich Sorgen macht. Sie zieht sich zurück und schläft.«

»Woher wollen Sie wissen, was sie tut, wenn sie allein ist?«

»Ich weiß, wie sie denkt. Daher.« Clarence war gereizt. Mürrisch. »Morgen hat sie Charles, den Hunnen, vor sich, und sie macht sich Sorgen.« Es war überflüssig, hinzuzufügen, daß er ihre Besorgnis teilte. Er hatte sich von Anfang an Sorgen gemacht, ja, schon bevor alles anfing. Seit jenem Morgen, an dem er sie vor dem Gericht in Toronto abgefangen und gewarnt hatte, sich in diesen Fall hineinziehen zu lassen. Er hatte damals schon ein ungutes Gefühl wegen Charlie Denton gehabt, aber das war nichts, verglichen mit dem, was er jetzt fühlte.

Als Zeuge war Charles Denton genau das, was sich ein Staatsanwalt erhoffen konnte, wenn nicht sogar mehr. Leidtragender Ehemann. Liebevoller Vater. Opfer einer sinnlosen Tragödie. Ahnungslose Schachfigur, gefangen in einem unheilvollen Netz. Einem Netz, von einer Kreatur gewebt, die sich an Hilflosen gütlich tat, »einer Kreatur, die zerstörte, was sie nicht haben konnte.«

»Einspruch.« Harriets Stimme klang sanft, beinahe gleichgültig. Wozu Energie verschwenden? Jeder Einspruch, den sie erhob, wurde prompt abgewiesen. Nicht, daß sie viele erhoben hätte. Sie war gefesselt von einer wahrhaft unglaublichen Vorstellung: fasziniert von der Bandbreite der Emotionen, die von einem Mann vorgeführt wurde, dem sie nie mehr als die allernötigsten Gefühle zugetraut hatte. Hätte sie nicht den anderen, unmaskierten Charles kennengelernt, wäre sie, genau wie die Geschworenen, zu Mitleid gerührt gewesen. Mitleid mit ihm. Voller Wut auf die Frau, die einen schier unerträglichen Schmerz über ihn gebracht hatte.

»Nein«, erwiderte er auf eine direkte Frage von Frost. »Ich wußte nicht, daß meine Frau eine sexuelle Beziehung mit der Angeklagten hatte.«

»Das ist eine Lüge.« Leslies empörte Stimme war kaum lauter als ein Flüstern. Harriet tat, als hätte sie nichts gehört.

»Ich hörte zum ersten Mal davon an dem Morgen ...« Seine Stimme brach. Nystrom fragte besorgt, ob er Zeit bräuchte, um sich wieder zu fassen. Charles holte tief Luft, gewann seine Beherrschung zurück und sagte, er sei bereit, fortzufahren. »Ich wußte es nicht«, sagte er, »bis wir den ... den Brief fanden.«

Frost hatte ihn parat. »Ist dies der Brief, von dem Sie reden, Mr. Denton? Der Brief, den Sie an jenem Morgen in der Seitentasche des Koffers Ihrer Frau gefunden haben, an dem Sie von ihrer Ermordung unterrichtet wurden?« Bei dem Wort *Ermordung* wirbelte er herum und starrte Leslie an.

Charles nahm ihn mit spitzen Fingern entgegen und hielt ihn, als würde er ihm die Haut versengen. Das haben sie eingeübt, dachte Harriet. Er und Frost haben das so lange vor dem Spiegel geprobt, bis sie es richtig raushatten. Sie empfand widerwillige Bewunderung. Der Abscheu auf Charles' Gesicht, die lange Pause, die Frost einlegte, damit sich Erwartung, Neugier aufbaute — eine saubere Inszenierung.

Sie fühlte, wie sich drei brennende Augenpaare auf sie richteten und sie drängten, aufzustehen und ein Wunder zu vollbringen: Leslies, flehend; Donnas, verwundert; Clares, eindringlich und fordernd. Sie war gefesselt von dem Drama, das sich im Zeugenstand abspielte und sie wußte, was als nächstes kommen würde. Sie starrte auf Charles wie das Kaninchen auf die Schlange, die jeden Moment zubeißen wird.

»Würden Sie ihn bitte vorlesen?«

»Entschuldigen Sie, ich ... ich möchte es lieber nicht.« Ein flehentlicher Blick zu Nystrom, zu den Geschworenen, gefolgt von einem langen, durchdringenden Blick zu Leslie. Er wartete, zwang alle Augen im Gerichtssaal, seinem Blick zu folgen.

»Kopf hoch«, flüsterte Harriet. »Sehen Sie ihn an.« Langsam, als würde Harriets Willen sie stärken, hob Leslie ihren Kopf und ihre dunklen Augen trafen auf Charles'.

Sie wußte, was in dem Brief stand. Bis jetzt wäre sie lieber gestorben, als ihn in der Öffentlichkeit vorlesen zu lassen. Aber der Brief selbst kümmerte sie nicht mehr. Sein Inhalt war unwesentlich. Der Gebrauch, der von dem Brief gemacht wurde, war ihr unerträglich. Die Liebeserklärung so zu verdrehen, daß sie einen Grund zum Verstümmeln und zum Töten abgab — war es das, was diese Leute unter Liebe verstanden? Charles und Frost und Yarrow?

»Mr. Frost, vielleicht würden Sie ihn vorlesen.« Nystrom war hilfsbereit.

Charles räusperte sich und sagte: »Entschuldigen Sie, Euer Ehren. Ich kann weitermachen.« Harriet wußte, daß ihn keine zehn Pferde davon abhalten konnten. »Marcie, Liebling.« Seine Stimme war selbst in der letzten Reihe zu hören. Wahrscheinlich sogar noch draußen auf dem Gang. »Marcie,

Liebling«, wiederholte er mit einem raschen Blick auf die Reporter, die wie wild mitschrieben. »Ich habe Dich schrecklich vermißt. Es ist schon so lange her. Letzte Nacht ging ich ins Bett und stellte mir vor, Du lägest neben mir. Dein Haar, auf dem Kissen ausgebreitet, vermischte sich mit meinem. Dein Körper, dieser wundervolle, warme, magische Körper streckte sich mir verlangend entgegen.« Charles hielt inne. Legte die Hand über die Augen. Erschauderte. Die Reporter hörten auf, mitzuschreiben und blickten erwartungsvoll hoch. »Ja, ich habe den Ring bekommen. Er ist wunderschön, und ich werde ihn für immer tragen.« Seine Stimme brach. Die Reporter schrieben eifrig. Hielten inne. »Ich bin schrecklich vergeßlich, was Geburtstage angeht. Und Du denkst immer daran. Vergißt sie nie. Ich muß jetzt gehen. Ich habe noch einen Haufen Dinge zu erledigen, bevor Du kommst. Ich bin so froh — so schrecklich froh —, daß Du Dich entschieden hast, zurückzukommen.« Ein ersticktes Schluchzen. Die Bitte um ein Glas Wasser. »Diesmal, Liebste, wird es für immer sein. Du weißt, daß ich Dich liebe. Ich frage mich, ob Du weißt, wie sehr. Deine Leslie.«

Die Presseleute lehnten sich zurück. Entzückt. Selbst diejenigen, die kein Steno konnten, hatten es geschafft, den Brief wortwörtlich mitzuschreiben.

»Und nachdem Sie den Brief entdeckt hatten, fanden Sie im Schmuckkasten Ihrer Frau die Quittung für den Ring?«

Charles nickte. Während seiner restlichen Aussage hatte er seine Gefühle voll unter Kontrolle. Er konnte über jede Minute des verhängnisvollen Samstags Rechenschaft ablegen: eine Stunde Frühstück; ein Spaziergang mit den Kindern durch den Park, wo sie eine Frau mit einem kleinen Jungen getroffen und sogar mit ihr gesprochen hatten; ein unerwartetes dringendes Geschäftstreffen am Nachmittag; die Freunde, mit denen er zu Abend gegessen hatte; das Theaterstück, das sie gesehen hatten; den Theaterclub, in dem sie anschließend gewesen waren.

Der minutiöse Bericht endete. Frost trat zurück und sagte:

»Ihr Zeuge.« Harriet erwiderte: »Zur Zeit keine Fragen, Euer Ehren. Ich behalte mir vor, den Zeugen später noch einmal aufzurufen.« Und wieder war ein Tag vor Gericht vorbei.

Abgesehen von einer kurzen Unterbrechung am Vormittag und der verkürzten Mittagspause war Charles den ganzen Tag im Zeugenstand gewesen. Er hatte über sechs Stunden gesprochen — und zwar gut und effektvoll.

»Sie haben ihm geglaubt«, sagte Leslie. »Sie haben jedes Wort geglaubt. Sie hätten ihnen sagen sollen, daß er lügt.«

Das erste Mal, seit sie ihr Vertrauen gewonnen hatte, sah Harriet Zweifel in Leslies Augen. »Unser Tag wird noch kommen«, erwiderte sie und hoffte, Leslie zu beruhigen. Aber sie wußte, Leslie glaubte ihr nicht. Sie war nicht einmal mehr sicher, ob sie sich selbst glaubte.

Er war der letzte von Frosts Zeugen, und Harriet hoffte, gewappnet zu sein. Dr. Clement Dunstan — ehemals Professor für Psychiatrie und klinischer Psychologe, zur Zeit privat praktizierend — war der Öffentlichkeit durch seine zahlreichen Auftritte vor Gericht bekannt. Man hatte ihn eigens aus Toronto geholt, um ein psychologisches Profil der Angeklagten zu erstellen, die er zwar nicht persönlich gesprochen, aber bei insgesamt drei Gelegenheiten 'beobachtet' hatte. Dr. Dunstan, ein Siebzigjähriger, der höchstens wie gut fünfzig aussah, war ein Fitnessfanatiker: er aß kein Fleisch, trank keinen Kaffee, predigte Monogamie und joggte täglich zehn Meilen, unabhängig vom Wetter oder von seinem jeweiligen Aufenthaltsort.

Die Angeklagte, begann er, ist das Opfer einer ernsten Persönlichkeitsstörung mit gewissen Schwachstellen, die es — um es allgemeinverständlich auszudrücken — schwierig für sie machen, in Zeiten emotionalen Stresses klar zu denken. Enttäuscht von der ausbleibenden Reaktion (gewöhnlich gab es in Fällen wie diesem an dieser Stelle ein gutmütiges Kichern), neige sie dazu, erklärte er, auf ein verzerrtes Vorstellungssystem zu reagieren statt auf die reale Welt.

Menschen wie Leslie Taylor, fuhr er fort, existieren in einer Welt, leben aber emotional in einer anderen. Dieses delikate Gleichgewicht aufrechtzuerhalten, führe unweigerlich zu Paranoia und Psychosen. Die Tatsache, daß sie vorher keine Anzeichen von Gewalttätigkeit gezeigt hätte, widerspräche dem nicht. Diese umschlagende Veränderung des Verhaltens sei typisch für die passiv-aggressive Persönlichkeit, eine Persönlichkeit, die von antisozialem Verhalten — wie die Feindseligkeit, die sie Männern gegenüber empfände — beeinträchtigt sei. Er lächelte Yarrow an. Wäre da nicht die Privatvorführung des Films über geschlagene Frauen gewesen, die der Inspektor arrangiert hatte, er hätte nichts gehabt, worauf er diese Meinung hätte gründen können.

Leslie, die Männer eher als Leute denn als Geschlecht betrachtete und dementsprechend ihre Ansichten bildete, fragte sich, wie er solch einen Unsinn faseln konnte. Sie fragte sich, ob irgend einer der Zuhörenden ihn überhaupt ernst nehmen konnte und wußte doch die ganze Zeit, daß sie es taten. Er war ein Experte, hatte einen bedeutenden Ruf und sprach mit Autorität. Noch vor nicht allzu langer Zeit hätte sie sein Geschwätz vielleicht ebenfalls für bare Münze genommen.

Es gibt Menschen, fuhr er fort, die bei extremer Frustration Zuflucht zur Gewalt nehmen. Bei einigen von ihnen nehme es die Form verbaler Gewalt an. Bei anderen — eine dramatische Pause, in der er die Angeklagte mit hartem Blick musterte — breche die Gewalt in Form von Verstümmelung und Mord aus. In diesem Fall, sagte er, bei einer derartigen Kombination von Faktoren — soziopathische Psychose, Feindseligkeit, Widerstand gegen die Autoritäten und die homosexuellen Aktivitäten, die die Unfähigkeit demonstrierten, sich in die Gesellschaft einzufügen —, sei ein Ausbruch unvermeidlich gewesen. Aufgrund ihrer unterentwickelten emotionalen Konstitution sei die Angeklagte unfähig, Phantasie und Realität voneinander zu trennen. Kurz, die soziopathische Persönlichkeit begreife die Welt nicht so wie andere Menschen.

Auf Frosts Stichwort hin erklärte er, daß homosexuelle

Morde sich sehr oft von normalen Morden unterschieden. Sie enthielten gewöhnlich ein extremes Moment. Verstümmelung. Sehr oft genitale Verstümmelung. Und Strangulierung. Sicher, in dem vorliegenden Fall gäbe es keinen Hinweis auf Strangulierung. Das sei insofern nicht ungewöhnlich, als Frauen nicht dazu neigten — im Gegensatz zu Männern —, ihre Opfer zu erwürgen. Auch gäbe es keinen Hinweis auf Schläge. Aber die Verletzungen im anorektalen Bereich wären beträchtlich, auch wenn sie erst nach dem Tode zugefügt worden waren. Und das Abrasieren des Haares spräche natürlich für sich.

Frosts Augen funkelten triumphierend, als er Harriet den Zeugen überließ. Die ihren funkelten zurück. Sie lächelte und sagte mit wohlbemessenem Respekt: »Sie werden Geduld mit mir haben müssen. Ich bin auf diesem Gebiet nicht so bewandert wie Sie. Sie sind klinischer Psychologe?«

Ja, er habe als klinischer Psychologe gearbeitet. Zur Zeit praktiziere er privat. Nein, er habe die Angeklagte nicht persönlich gesprochen. Für jemanden mit seiner Erfahrung sei das nicht nötig. Er habe die Protokolle gelesen, die Aufnahmen angehört, das Beweismaterial gesehen. Zudem habe er Miss Taylor beobachtet, sowohl im Gefängnis als auch hier vor Gericht. Sie sei ein klassisches Beispiel der soziopathischen Persönlichkeit.

»Sie haben diese Bezeichnung einige Male verwendet, Doktor. Wie würden Sie die soziopathische Persönlichkeit definieren?«

Er überlegte einen Moment. »Um es einfach auszudrücken, ein Mensch mit einem angeborenen biologischen Defekt, mit einem Mangel. Für eine solche Person ist es meistens unmöglich, tiefe Loyalität oder echte Liebe zu empfinden. Der Soziopath erkennt unsere Normen, unsere Ziele und Werte nicht an und reagiert demzufolge auch nicht auf sie. Der Mangel an Befriedigung, wie sie andere Menschen erfahren, fehlgeleitete Ziele, die Freiheit von Skrupeln und Reue — all diese Faktoren erlauben einer solchen Person, ohne Hemmungen zu handeln, jeder Laune nachzugeben und ihre Rebellion ohne Angst vor den Konsequenzen auszuleben.«

»Aber Sie würden mir beipflichten, daß ein Soziopath nicht zwangsläufig homosexuell ist?«

»Ja. Aber umgekehrt sind alle Homosexuellen Soziopathen.«

»Sie wissen, daß Homosexualität von der Vereinigung Amerikanischer Psychiater neu definiert worden ist? Statt *Paraphilie*, so nannte man es, glaube ich, versteht man jetzt eine *Störung der sexuellen Orientierung* darunter. Wie würden Sie Paraphilie definieren?«

»Als eine perverse Vorliebe, die zu perversem Verhalten führt.«

»Also, wenn Ihre eigene Vereinigung Homosexualität nicht länger für pervers hält, sondern sie jetzt als *Störung* klassifiziert, können wir doch annehmen, daß es nur dann ein psychiatrisches Problem ist, wenn es die betreffende Person stört?« Das milde Lächeln stand in scharfem Kontrast zu den kühlen grünen Augen. »Könnte man sagen, Doktor, daß Ihre Erfahrung mit Homosexuellen sich auf solche Menschen beschränkt, die gestört sind? Die als Patienten zu Ihnen gekommen sind?«

Ganz recht, gab er zu. Aber er habe zudem ausführlich über dieses Thema gelesen und gearbeitet. Angefangen mit den frühen Arbeiten von Henrick Kaan, die Mitte des 19. Jahrhunderts veröffentlicht worden waren, hätten Forscher fast ausnahmslos Begriffe verwendet wie *kongenitale Inversion*, *moralisches Irresein*, *Irrtum der Natur*, *erblich bedingte Degeneration*, *sexuelle Unreife*, eine *spezielle Form der Neurose*, eine *krankhafte Veranlagung*. Alles Begriffe, die weit über den beschönigenden Terminus *Störung* hinausgingen.

Harriet blickte Leslie ostentativ an. Sie machte nicht im geringsten den Eindruck, unreif, moralisch unzurechnungsfähig oder ein Irrtum der Natur zu sein; sie schien ruhiger und weniger befangen zu sein als der bis zum Zerreißen angespannte Psychologe. »Eine Glaubenslehre, die noch dazu auf falschen Voraussetzungen basiert, kann kaum als Tatsache akzeptiert werden, Dr. Dunstan. Zu sagen, die Welt sei eine Scheibe, macht sie noch lange nicht dazu. Sind Sie mit den Arbeiten von Magnus Hirschfeld vertraut?« Hirschfeld war der deutsche Sexualwissenschaftler, der um die Jahrhundertwende eine psychologische Untersuchung anhand einer Befragung von zehntausend Frauen und Männern durchgeführt hatte — ein enormes Unterfangen, das noch immer einen Meilenstein in der Erforschung der menschlichen Sexualität darstellte.

Auf diese Frage hin erstarrte Dunstan und kniff die Lippen zusammen. Er war es gewohnt, Ansichten vorzutragen, nicht sie zu verteidigen. Und das ausgerechnet in einem Gerichtssaal in der tiefsten Provinz. Der Teufel sollte diese Frau holen. Natürlich kannte er diese Untersuchung. Er mußte zugeben, daß ein Quantum von zehntausend Menschen mehr als beachtlich sei, insbesondere zu einer Zeit, in der die Massenkommunikation noch völlig unbekannt gewesen sei, und, ja, die Ergebnisse dieser Forschung hätten darauf hingedeutet, daß Homosexualität angeboren, daß sie unabhängig von individuellen Wünschen oder vom individuellen Willen sei.

Havelock Ellis? Ja, Ellis betrachtete die Bevorzugung des eigenen Geschlechts als eine angeborene Variante des Sexualtriebs. Selbst in Extremfällen, und nur in dem Sinne pathologisch, wie Farbenblindheit oder Albinismus pathologisch seien? Erneut kam ein widerstrebendes Ja.

Und was sei mit Freud, drängte Harriet. Traf es nicht zu, daß Freud meinte, alle Menschen seien mit einer homosexuellen Komponente geboren? Daß bisexuelle Gefühle normal seien? Daß die eigentliche Abnormität in der Abwesenheit bisexueller Gefühle bestehe?

Fasziniert von Harriets Kompetenz auf einem Gebiet, auf dem sie keine eigenen Erfahrungen hatte, wartete Leslie auf die Antwort und erinnerte sich zu spät daran, daß Harriet sie gewarnt hatte, nicht zu lächeln.

Es sei ebenso normal, fuhr Dunstan Harriet an, daß diese

Gefühle nach der Adoleszenz verschwänden. Man müßte auch Adler berücksichtigen. Insbesondere, wenn es um weibliche Homosexualität ginge.

Harriet empfand das Hochgefühl eines Schachspielers, der beobachtet, wie sich der Gegner schachmatt setzt. Er hatte ihr die Mühe erspart, Adler ins Spiel zu bringen.

Dunstan mißinterpretierte ihr Schweigen und begann, sich über Adlers Theorie des 'männlichen Protests' auszulassen. Frauen wenden sich anderen Frauen zu, um ihre mangelnde Macht zu kompensieren. Lesbianismus sei auf ein antimännliches Vorurteil gegründet, eine Geisteshaltung, die alle Männer als Feinde betrachte.

Harriet trat lächelnd zurück. »Wenn das stimmt, was sie sagen, Doktor, dann treibt die gesamte Frauenbewegung auf dem Meer des Lesbianismus.«

Aus dem Konzept gebracht schnappte er: »Das habe ich nicht gesagt.« Eine seiner Töchter war aktive Feministin. Ihre Tochter, seine Enkelin, hatte darauf bestanden, ihren eigenen Namen zu behalten, als sie heiratete.

Harriets Lächeln vertiefte sich zu einem Grinsen. Sie sagte: »Ich bin fertig mit dem Zeugen, Euer Ehren.«

»Fertig mit ihm?« protestierte Clarence, als sie sich auf ihren Platz neben ihm setzte. »Sie haben ja noch nicht mal mit ihm angefangen. Ich habe Ihnen viel mehr Informationen beschafft, als Sie genutzt haben.«

»Manchmal ist weniger mehr.«

Es war Zeit für das Gericht, sich zum Mittagessen zurückzuziehen. Sie würden mit der Eröffnung der Verteidigung fortfahren, mit einleitenden Worten von Harriet und ihrem ersten Zeugen, Dr. Max Kado.

Leslie war zu Recht nervös. Frost hatte seine Sicht des Falles mit wenigen Unterbrechungen und praktisch ohne Einsprüche von Harriet dargelegt. Sicher, sie hatte es fertiggebracht, Zweifel an der Arbeitsweise von Yarrows Untersuchungsteam zu wecken, aber ihre Spitzfindigkeiten hatten sich auf technische

Einzelheiten konzentriert, nicht auf die Frage von Leslies Schuld oder Unschuld. Ihre wenigen Einsprüche waren abgewiesen worden; ihre Fragen im Kreuzverhör schienen die Anklage eher zu untermauern als zu widerlegen.

Sie saß neben einer schweigsamen Harriet, deren Augen sich auf den Kugelschreiber konzentrierten, der zwischen ihren schlanken Fingern einen wirbelnden Tanz aufführte. Sie kämpfte mit aufsteigender Panik. Vertrauen Sie mir, hatte Harriet gesagt. Und vertraut hatte sie ihr, aus Gründen, die sie noch immer nicht erklären konnte. Harriet Croft hatte etwas an sich, das sie bis ins Innerste berührt hatte. Instinkt, Intuition, was auch immer — sie hatte reagiert, indem sie sich einem Paar Händen auslieferte, die so zerbrechlich wie Eierschalen waren.

Im Bewußtsein der Anwesenheit ihrer Eltern im Publikum — und ein Publikum war es —, der Bergstroms, Josies — die als Zeichen ihrer Solidarität jeden Tag erschien —, von Charles und Moore und Yarrow und Frost — die kein Geheimnis daraus machten, daß sie Frauen, die mit anderen Frauen schliefen, verachteten — fühlte sie sich nackt und verletzlich und ängstlich. Das Selbstwertgefühl, das sie im Verlauf der Verhandlung entwickelt hatte, war noch so neu, so zerbrechlich, daß sie nicht wußte, ob es der sezierenden Analyse von Harriet und der Attacke von Frost standhalten würde. War sie erst einmal im Zeugenstand, würde sie sich nirgendwo mehr verstecken können. Hatte sie nicht nur ihre eigene wachsende Selbstsicherheit falsch eingeschätzt, sondern auch Harriets Kompetenz? Ohne diese magnetische, unwiderstehliche Frau neben ihr säße sie nicht hier. Würde nicht so abgestempelt werden. Wäre nicht gezwungen, Tag für Tag hier zu sitzen und sich von Fremden studieren, analysieren, auseinandernehmen zu lassen.

Sie wandte sich an Harriet, fing das warnende Kopfschütteln von Clarence auf, schluckte ihre Frage hinunter und schwieg. Stören Sie sie nicht, wenn sie nachdenkt. Er brauchte es nicht auszusprechen. Er hatte es in der letzten Zeit oft genug gesagt. »Lassen Sie sie. Sie weiß, was sie tut.« Und dennoch hatte auch in seinen Augen oft genug Zweifel gelegen. Sie vermutete, auch er wußte nicht länger, was auf sie zukam; wußte nicht, welche Richtung Harriet einschlagen würde.

Nystrom rauschte auf seinen Platz, und sie fühlte sich wie damals als Kind, als sie zum ersten Mal in eine Achterbahn geklettert war und schon beim allerersten Looping festgestellt hatte, daß sie nicht da drin sein wollte, aber daß es zu spät war, um anzuhalten, um auszusteigen — sie konnte sich nur noch festklammern, bis sie anhalten würden. Und dann war Harriet aufgestanden. Man hätte eine Stecknadel fallen hören können. Sie stand vor den Geschworenen, ihre Porzellanhände umfaßten das Geländer wie ein Schraubstock und ihre Stimme, diese wundervolle, faszinierende Stimme klang durch den Gerichtssaal.

»Das Schwurgericht basiert auf der grundlegenden Annahme, daß Geschworene, sobald sie eingeschworen sind, allein aufgrund der vorliegenden Beweise über Schuld oder Unschuld eines Angeklagten entscheiden werden. Es dürfen keine externen Erwägungen hinzukommen. Sie müssen von allen Vorurteilen für oder gegen den Angeklagten frei sein. Es ist nicht erforderlich, daß der Angeklagte seine Unschuld beweist, sondern der Staatsanwalt hat die Schuld des Angeklagten zu beweisen. Dieses muß entweder durch direkte Beweise oder durch Indizien erfolgen. Direkte Beweise verknüpfen den Angeklagten direkt mit dem Verbrechen. Indizienbeweise basieren auf Mutmaßungen.«

Clarence stieß Leslie an und schob ihr eine hingekritzelte Nachricht zu. Sie überflog sie rasch, denn sie wollte nicht verpassen, was Harriet sagte. *Sie übernimmt jetzt den Vorsitz,* stand da. *Fegt Nystrom einfach beiseite und übernimmt die Aufgabe des Richters.* Er strahlte mit der ganzen Zufriedenheit seiner wiederhergestellten Zuversicht. Es war tatsächlich so, dachte Leslie. Harriet hatte die Hauptrolle übernommen und führte das Kommando. Aber war das gut oder schlecht?

»Indizienbeweise basieren auf Mutmaßungen.« Um der Betonung willen ließ sie den Satz noch einmal durch den Raum klingen. »Und der vorliegende Fall, meine Damen und Herren, basiert ausschließlich auf Indizien. Oh, es gibt direkte Beweise. Beweise, die Ihnen von der Anklage nicht vorgelegt worden sind. Beweise, die direkt auf den Mörder von Marcie Denton hinweisen. Ich beabsichtige, Ihnen zu zeigen, wer Mrs. Denton getötet hat, und warum, und Ihr Urteil wird auf dieser Enthüllung basieren.«

Sie ignorierte das aufgeregte Flüstern der Journalisten, das wütende Getuschel am Tisch der Verteidigung und fuhr ruhig fort: »Sie werden im Laufe der nächsten Tage erfahren, daß Marcie Dentons Ehe nicht glücklich war. Daß sie, wie die Frauen in der Reportage meiner Mandantin, von ihrem Ehemann mißhandelt wurde. Daß ihre Eltern ihr zu verstehen gaben, ihr Platz sei an der Seite ihres Ehemannes, als sie sich um Schutz und Hilfe an sie wandte. Sie werden weiterhin erfahren, daß Leslie Taylor nicht die erste Geliebte von Mrs. Denton war. Daß sie, Marcie, und nicht die Angeklagte, diejenige war, die die Beziehung mit Miss Taylor initiierte. Und Sie werden erfahren, daß die Person, die in Zimmer Drei gewesen ist, die Person, die für Marcie Dentons Tod verantwortlich ist, unmöglich die Person gewesen sein kann, die hier angeklagt ist. Wir werden beweisen, daß der Brief, auf den die Anklage ihren Fall gründet, völlig irrelevant ist und in dieser Verhandlung nichts zu suchen hat. Ich rufe jetzt den Zeugen Dr. Max Kado, Familienpsychologe und Spezialist für Eheberatung, Elternhilfe und Gruppentherapien.«

Dr. Kado wirkte ziemlich jung, gelehrt und sehr erfahren. Er sagte aus, daß er die von Dr. Dunstan vertretenen Ansichten nicht teile. Die meisten seiner Altersgenossen übrigens auch nicht. Ein Problem der älteren Kollegen seines Faches, sagte er in bestimmtem Ton, sei ihr mangelnder Kontakt mit Homosexuellen, die glücklich und zufrieden seien. Bis vor kurzem hätten sich die Homosexuellen noch versteckt. Im Zuge der Lesben- und Schwulenbewegung seien sie in größerer

Zahl denn je hervorgekommen, und in dem Maße, wie sich mehr und mehr dieser ehemals heimlichen Homosexuellen zu erkennen gegeben hätten, sei offensichtlich geworden, daß Homosexuelle in vielerlei Hinsicht genau wie Heterosexuelle wären: glücklich, unglücklich; psychisch stabil oder labil; promiskuitiv, nicht promiskuitiv; ehrgeizig, träge.

Er behandele sowohl Homosexuelle als auch Heterosexuelle und habe feststellen können, daß ihre Probleme praktisch identisch seien. Größtenteils allgemein menschliche Probleme. Schwierigkeiten am Arbeitsplatz. Das Ende einer Beziehung. Finanzielle Sorgen. Die Probleme, die sich aus der Homosexualität ergäben, entstünden vorwiegend durch die Haltung der Gesellschaft, nicht durch die Tatsache der Homosexualität an sich.

Eine der größten Ängste, erklärte er, sei die Furcht, von den Eltern verstoßen zu werden. (Er sprach zum Gericht, aber Leslie kam es vor, als wende er sich direkt an sie. Von ihren Eltern zurückgewiesen zu werden, war immer ihre größte Angst gewesen. Aber jetzt wußten sie es und liebten sie noch immer, und eine der größten Hürden ihres Lebens lag hinter ihr.) Diese Angst, so Kado, sei oft einer strengen, hoch religiösen Familienstruktur zuzuschreiben. Und zwar ungeachtet der Tatsache, daß Jesus keinerlei Aussagen zur Homosexualität gemacht habe. Ja, wie er von Freunden erfahren habe, die die Bibel in der Originalsprache Aramäisch gelesen hätten, werde Homosexualität nirgendwo direkt erwähnt. Und abgesehen davon — eine Pause und ein Lächeln für die Geschworenen — enthielte die Bibel viele Gebote, die tagtäglich gebrochen würden. Das Vermischen von Garnen und Stoffen in einem einzigen Kleidungsstück, das Schneiden des Bartes, das Besäen eines Feldes mit mehr als einer Getreideart. Er habe es immer merkwürdig gefunden, bemerkte er, daß man diese ausdrücklichen Verbote ignoriere, während man andererseits phantastischen Interpretationen anhinge.

Harriet kam zur Sache zurück, indem sie Kados Aufmerksamkeit auf Leslie lenkte. »Sie hatten genau wie Dr. Dunstan

Gelegenheit, Miss Taylor zu beobachten. Halten Sie sie für verhaltensgestört? Für soziopathisch?«

Die leuchtenden Augen konzentrierten sich auf die schlanke Figur neben Clarence. »Ich sehe keine, absolut keine Anzeichen einer Psychose. Miss Taylor kommt mir so ausgeglichen vor, wie man von jemandem in ihrer Situation erwarten kann. Aufgrund Ihrer Gespräche mit der Angeklagten, von denen Sie mir berichtet haben, aufgrund meiner Informationen über diesen Fall sowie aufgrund dessen, was ich hier in diesem Gerichtssaal gesehen und gehört habe, würde ich sagen, sie ist eine völlig normale, nicht im geringsten verhaltensgestörte junge Frau. Und«, fügte er hinzu, »eine sehr attraktive junge Frau dazu.«

Dieses freigiebige Kompliment machte auf Leslie keinen Eindruck, aber Harriet war es willkommen. Sie freute sich. Sie nickte zustimmend, ging zum Tisch der Verteidigung hinüber und nahm ein gedrucktes Flugblatt auf. »Würden Sie bitte die markierten Passagen vorlesen, Dr. Kado?«

Kado nahm das Blatt und las:

»*Schwule leisten nichts, sie verführen nur.*« Mit erstaunt hochgezogenen Augenbrauen fuhr er fort: »*Schwule verführen unsere Kinder und machen sie pervers. Schwule sind sexuell frustrierte Vampire. Viele linke Liberale sind schwul. Die Menschenrechtskommission, die es für eine Verletzung der Rechte der Schwulen hält, wenn sie unsere Kinder nicht verführen dürfen ... Alles Kommunisten, Aussteiger, Gesindel. Es wird Zeit, sie wieder in ihre Löcher zu jagen, und sie zu verrammeln. Wollen Sie, daß ihre Kinder das Blut für diese sexuell perversen Vampire sind?*«

»Das reicht, Dr. Kado. Ich glaube, das Gericht kann sich vorstellen, wie der Rest dieses Pamphlets lautet. Wie würden Sie diese Art von Text beschreiben?«

»Das ist eindeutig eine Hetzschrift. In höchstem Maße aufrührerisch.«

»Eine Hetzschrift — so etwas ist gegen das Gesetz.« Harriet nahm ihm das Blatt ab und hielt es für die Geschworenen hoch. »Und wie würden sie die Geisteshaltung dahinter bezeichnen?«

»Als psychotisch. Mit Symptomen extremer Paranoia. *Alle, die nicht meiner Meinung sind, sind schwul. Schwule fressen Kinder.* Ich würde sagen, die Person, die hierfür verantwortlich ist, empfindet einen unbändigen und blinden Haß — nicht nur auf Homosexuelle, sondern auf die Gesellschaft insgesamt. Ich würde ihn zudem für extrem gefährlich halten. Eine Zeitbombe.«

»Würde es Sie überraschen zu erfahren, Dr. Kado, daß diese Hetzpropaganda von der Polizei in Spruce Falls verteilt wurde? Daß sie vom Leiter der Mordkommission, von Inspektor Floyd Yarrow, verfaßt wurde?«

Frost schrie Einspruch. Yarrow wurde kreidebleich. Kado wunderte sich im Stillen, wie jemand, noch dazu eine so zarte junge Frau, ihr Coming Out an einem Ort wagen konnte, der solch unverhohlenen Menschenhaß bei denjenigen tolerierte, die geschworen hatten, für das Recht einzutreten.

Harriet legte das Flugblatt zu den übrigen Beweisstücken und entließ den Zeugen.

»Was können Sie zur Ätiologie der Homosexualität sagen, Doktor?« Frost stürzte sich mit verbissener Kampfeslust auf ihn.

»Tut mir leid, dazu kann ich nichts sagen. Ebensowenig kann ich Ihnen etwas zur Ätiologie von Heterosexualität sagen.«

»Wenn man Sie reden hört, Doktor, ist es eindeutig, daß Sie Homosexualität befürworten.« Die Stimme des Anklägers triefte vor Sarkasmus.

»Ich befürworte sie nicht und ich verdamme sie nicht, Herr Staatsanwalt. Sie ist Teil der menschlichen Natur.«

Frost wandte sich mit einer verächtlichen Geste ab und ging mit steifen Schritten zurück zu seinem Platz. Yarrow würdigte er keines Blickes, keines Wortes.

Harriets letzter Zeuge an diesem Tag war ein medizinischer Gutachter aus Vancouver. Er war jetzt im Ruhestand und lebte in einer kleinen Gemeinde am Rande Torontos. Er hatte Dr. Spellmans Berichte gelesen und war der Ansicht, es sei äußerst fragwürdig, den Todeszeitpunkt allein von der Leichenstarre abzuleiten.

»Noch fragwürdiger«, hakte Harriet nach, »wenn in einem abgeschlossenen Raum eine starke Klimaanlage läuft, die direkt auf die Leiche gerichtet ist?«

Frost brüllte Einspruch und fügte hinzu: »Eine Klimaanlage wurde bisher überhaupt nicht erwähnt. Das ist eine reine Mutmaßung seitens der Verteidigung.«

»Dieser ganze Fall basiert auf Mutmaßungen, Euer Ehren.« Harriet ließ das Thema Klimaanlage fallen und fragte: »Ist es möglich, aufgrund des Zustandes der Leiche eine präzise Angabe zum Todeszeitpunkt zu machen?«

»Da ich die Leiche nicht gesehen habe, ist das schwer zu sagen. Aber von der flüchtigen Weise, in der man die Autopsie durchgeführt zu haben scheint, denke ich, nein.«

»Was würden Sie einen angemessenen Zeitrahmen für den Beginn der Leichenstarre nennen?«

»Wiederum schwer zu sagen. Sie kann innerhalb der ersten drei bis sechs Stunden beginnen oder erst bis zu zwölf Stunden nach dem Tod einsetzen. Die Lösung kann nach zwanzig Stunden beginnen. Ich habe Fälle gekannt, in denen sie erst achtundvierzig Stunden später begonnen hat. Es gibt eine ganze Anzahl von Faktoren, die berücksichtigt werden müssen. Ohne die nötigen Überprüfungen kann man die exakte Todeszeit unmöglich bestimmen.«

Mehr als zufrieden sagte Harriet leichthin: »Noch eine Frage, Doktor. Sind Sie zufällig auch auf dem Gebiet des Uhrmachens bewandert?«

»Nein, ich trage eine. Aber das ist leider alles.«

Im anschließenden scharfen Kreuzverhör blieb der pensionierte medizinische Gutachter bei seiner Überzeugung, daß der Grad der Leichenstarre allein ein schwacher Indikator sei. Nein, er wisse nicht, ob die Klimaanlage zur betreffenden Zeit angewesen sei. Er wisse jedoch, daß es sich entscheidend auf die Lösung der Leichenstarre ausgewirkt hätte, falls sie angestellt gewesen wäre. Als er schließlich den Zeugenstand verließ, war sein Selbstvertrauen ungebrochen, und der Todeszeitpunkt stand in Zweifel.

An diesem Nachmittag, nachdem Harriet die Weichen für ihre Verteidigungsstrategie gestellt hatte, entschied sie, es sei an der Zeit, mit ihrer Mandantin zu sprechen. Sie war Leslie absichtlich aus dem Weg gegangen. Nachdem sie freie Hand bekommen hatte, zu tun, was sie für richtig hielt, hatte sie ihre Gedanken nicht mit Rechtfertigungen vergangener oder zukünftiger Taten durcheinander bringen wollen. Es war wichtig, einen klaren Kopf zu behalten; den Kurs, den sie eingeschlagen hatte, weiterzuverfolgen, ohne Angst oder Zweifel zuzulassen. Das waren die Gründe, die sie sich selbst aufgezählt hatte; Gründe, die, wie sie tief in ihrem Inneren wußte, kaum mehr als Entschuldigungen waren. In Wahrheit fiel es ihr zunehmend schwerer, mit Leslie zusammenzusein; Tag für Tag neben ihr im Gericht zu sitzen und objektiv zu bleiben. Harriet wußte, wie entscheidend es war, eine korrekte Beziehung zwischen Mandantin und Anwältin aufrechtzuerhalten. Sie würde nichts tun, um sie zu gefährden.

»Ich habe Ihnen ein Brathähnchen mitgebracht.«

Der Raum hinter dem Büro der Aufseherin im alten Gefängnis ließ sie wieder an ihr erstes Treffen denken, an die Zeit, in der Leslie verschlossen, stur und schweigsam gewesen war. Jetzt hatte sie trotz des schäbigen Baumwollkleides keine Ähnlichkeit mehr mit der früheren Leslie.

»Ich weiß nicht mal, ob Sie Hähnchen mögen.« Sie war schockiert, als sie merkte, wie wenig sie über diese junge Frau wußte, deren Leben in ihren Händen lag. Die wichtigsten Dinge, ja. Dinge, die sie unmittelbar gespürt hatte — Stärke, Integrität, Charakter. Die verborgenen inneren Abläufe waren ihr so klar, als seien es ihre eigenen. Aber was aß sie gern? Was für Bücher las sie? Schlief sie auf dem Rücken oder auf der Seite oder rollte sie sich zusammen? Im Schlafanzug oder nackt? Diese intimen Überlegungen ließen sie erröten und machten sie ungewohnt verlegen. »Hier.« Sie hielt ihr die Tüte abrupt hin.

»Ich liebe Hähnchen.« Leslie riß die Tüte auf und bot Harriet ein Stück an. »Wo sind Sie gewesen? Ich dachte schon, ich würde Sie nie wiedersehen.«

»Wir sehen uns jeden Tag.« Eine unbeholfene Bestätigung des Offensichtlichen.

»Das zählt nicht.« Sie biß in eine Hähnchenkeule und meinte: »Sagenhaft gut. Hoffentlich haben Sie genug Servietten mitgebracht. Sind Sie zufrieden damit, wie die Sache läuft? Ich werde allmählich nervös. Dieser Dunstan-Heini hat ein paar ziemlich gemeine Sachen gesagt. Glauben Sie, ich bin soziopathisch? Krankhaft veranlagt? Sind Sie deshalb nicht vorbeigekommen? Aus Angst, ich würde einen Anfall kriegen?« In ihren schwarzen Augen tanzte ein vergnügtes Funkeln.

Gott sei Dank, dachte Harriet. Wenn sie ihm all diesen psychiatrischen Blödsinn abgekauft hätte, wären wir erledigt. Sie riß eines der Päckchen mit den Feuchtigkeitstüchern auf. Die Hähnchenkeule, die Leslie gerade verschlang, hatte einen Fettfleck auf ihrem Kinn hinterlassen. Sie beugte sich vor, um ihn abzuwischen, wich verlegen zurück und reichte Leslie das Tuch über den Tisch. »Hier. Hätte ich gewußt, daß Sie sich so bekleckern würden, hätte ich ein Lätzchen mitgebracht.« Dann: »Haben Sie mit Ihren Eltern gesprochen?«

»Gestern abend. Sie waren ziemlich durcheinander. Ich hätte nie gedacht, daß sie sich das alles anhören könnten. Welch ein Glück, daß sie vorher Bescheid gewußt haben, Harriet. Zumindest waren sie jetzt doch sozusagen vorbereitet. Ihr Dr. Kado hat auch dabei geholfen.«

»Ich habe dafür gesorgt, daß sie sich eine Weile zusammensetzen. Er ist jetzt gerade bei ihnen. Ob Sie's glauben oder nicht, Ihre Mutter hat ihn zum Abendessen eingeladen. Am Ende werden Ihre Eltern wahrscheinlich mehr über Homosexualität wissen als Sie. Zumindest wird er mit all diesen Mythen aufräumen.« *Lesben sind unglücklich. Schwule verderben Kinder. Sie sind allesamt Verlierer. Sie könnten sich entscheiden, 'normal' zu sein. Sie sind lesbisch oder schwul, weil ihre Eltern etwas falsch gemacht haben.*

»Lesben wollen Männer sein«, neckte Leslie sie grinsend. »Hört sich an, als hätten Sie auch eine Menge gelernt.«

»Ich lerne schnell.« Eine Menge, dachte Harriet, ist leicht untertrieben. Und nicht nur ich — die braven Leute in Spruce Falls ebenfalls.

»Warum haben Sie nichts von all dem gebracht, als Sie beim Kreuzverhör waren?«

»Weil es besser klingt, wenn es von einem Experten kommt. Man kann genau dieselben Dinge sagen, aber es macht einen höllischen Unterschied, ob man die richtigen Titel vor seinem Namen hat. Und außerdem dürfen wir die Hauptsache nicht aus dem Blick verlieren. Nicht die Homosexualität ist angeklagt. Sondern *Sie*. Ich wollte bloß die Gelegenheit nicht ungenutzt lassen, ein bißchen Licht in dieses Thema zu bringen. Die Zeitungen werden es aufgreifen. Kado ist von Reportern umschwärmt. Man brauchte sich die beiden doch bloß anzusehen: Dunstan und Kado, finsterstes Mittelalter und die Aufklärung. Das kam rüber. Und dieses Flugblatt von Yarrow: Haben Sie mitbekommen, wie die Geschworenen ihn angesehen haben?«

»Ich habe gesehen, wie Poulis *Sie* angesehen hat. Ich hasse es, daß er jeden Tag dasitzt, Harriet. Hat er nichts anderes zu tun?«

»Nichts Wichtiges, vermutlich. Ich glaube, er wartete darauf, daß ich die Sache mit der moralischen Unzurechnungsfähigkeit aufgreifen würde. 'Da. Seht her. Sie ist nicht schuldig, weil ...' «

»Weil sie moralisch nicht ganz dicht ist.« Lachend ließ Leslie den letzten Hühnerknochen in die Tüte fallen. »Josie hat mich besucht. Sie hat einen Job. Nachts. Sobald die Verhandlung vorbei ist, will sie versuchen, als Schichtarbeiterin in einer der Minen anzufangen. Dann wird sie genug Geld verdienen, um die Kinder bei sich zu haben.«

»Das freut mich. Sie mögen Sie sehr, nicht wahr?«

»Sie war gut zu mir. Ich weiß nicht, wie ich die ersten Tage überstanden hätte, wenn sie nicht gewesen wäre. Sie ist Ihretwegen völlig aus dem Häuschen, Harriet. Sie meinte, sie würde Ihnen ein ganz besonderes Geschenk besorgen, um ihre Dankbarkeit zu beweisen.«

»Oh nein. Nicht ...«

»Vermutlich«, sagte Leslie mit unbewegter Miene. Als sie aber sah, daß Harriet ernsthaft besorgt war, fügte sie hinzu: »Machen Sie sich keine Sorgen. Sie hat versprochen, was immer sie besorgt, sie würde es kaufen und bezahlen. Mit ihrer Prahlerei ist es vorbei. Abgesehen davon, daß sie mit Ihnen vor allen Leuten prahlt, die ihr zuhören.« Ihre Augen wurden ernst und nachdenklich. »Sagen Sie mir die Wahrheit, Harriet. Gewinnen wir oder verlieren wir?«

»Wissen Sie das denn nicht?« Es kostete Anstrengung, unbesorgt zu klingen. Wer konnte voraussagen, wie ein Geschworenengericht entscheiden würde? Wer konnte sagen, ob eine Strategie richtig oder falsch gewesen war, bevor die Stimmen abgegeben waren? Sie wollte den Fall nicht diskutieren. Wollte Leslie nicht wissen lassen, daß sie plante, ein Kaninchen aus dem Hut zu ziehen: den Hut hatte sie, bei dem Kaninchen war sie sich nicht so sicher. »Ich gehe jetzt besser.« Ihr Benehmen war schroff. Geschäftsmäßig. »Ich wollte bloß das Hähnchen vorbeibringen.« Sie klopfte nach Mrs. Klyk und sagte dann ruhig, aber mit unanfechtbarer Autorität: »Sie wissen, daß ich vorhabe, Sie in den Zeugenstand zu rufen. Ich werde am Abend vorher kommen, um mit Ihnen abzusprechen, was Sie sagen werden.«

Mrs. Klyk tauchte auf und ließ keine Zeit für Protest. Keine Zeit für irgend etwas, außer einem raschen Blick in Leslies Gesicht — starr vor Schock —, als sie abgeführt wurde. Es war keineswegs obligatorisch, daß ein Angeklagter in den Zeugenstand trat, und Leslie hatte nicht damit gerechnet, aufgerufen zu werden. Theoretisch konnte eine Aussageverweigerung weder als Schuldindiz, noch als Indiz der Unschuld ausgelegt werden, aber Harriet wußte, daß die Weigerung, unter Eid auszusagen, fast immer als ein Zeichen von Schuld betrachtet wurde.

Sie wußte, es war gefährlich, Leslie Jeremy Frost auszuliefern. Aber sie wußte auch, daß es weitaus gefährlicher war, es nicht zu tun.

Leslie war völlig aufgewühlt, als sie von Mrs. Klyk zurück in ihre Zelle geführt wurde. Sie wollte nicht in den Zeugenstand. Eine winzige Kleinigkeit, eine gedankenlose Geste, ein unachtsamer Moment — und sie würde alles, was Harriet erreicht hatte, zerstören.

Sie wollte nicht für Jahre ins Gefängnis. Sie hatte schon zu viele Jahre ihres Lebens in ihrem selbstgebastelten Gefängnis verbracht. Aber noch weniger wollte sie erleben, wie Harriet Croft von jemandem wie Jeremy Frost auf die Knie gezwungen wurde. Leslie wollte, daß Harriet gewann, um Harriets willen ebenso sehr wie um ihretwillen.

11

Verhandlungen waren immer gleich. Es gab Höhepunkte, Augenblicke dramatischer Spannung, und dazwischen langweilige, sich zäh dahinziehende Zeugenaussagen. Oft waren es letztere, die über den Ausgang entschieden. Im groben Sand der Trivialitäten und Wiederholungen konnten sich nahezu vergrabene Goldklumpen verbergen. Eine solche Woche lag gerade hinter ihnen. Vorsichtig, als ob sie ein Kartenhaus baute, hatte Harriet Bröckchen von Informationen ausgeteilt, die für sich genommen belanglos waren, aber alle Teile eines größeren Mosaiks bildeten.

Als sie mit Duchess am Bach entlang spazierenging — es war Samstag, Clarence und Donna waren in Toronto, und sie war allein —, ließ sie die vergangene Woche noch einmal Revue passieren. Tage voller scheinbar unbedeutender Details, belebt durch Frosts Zetern und Wettern, durch Nystroms

Schelte sowie — unmittelbar nach Harriets Demonstration mit dem Handtuchhalter — durch eine höhnische Anspielung der Anklage auf Effekthascherei à la Perry Mason, die von der Presse gebührend aufgegriffen und ausgemalt wurde.

Der Handtuchhalter. Das erste Mal in ihrer Karriere hatte Harriet etwas getan, was sie sich nie zu tun geschworen hatte: sie war auf das Niveau billiger Theatralik abgestiegen. Aber es hatte funktioniert. Du lieber Himmel, und wie! Amanda Peaks Ehemann, zu Kooperation bezaubert — eine Entscheidung, die vom Stolz eines Handwerkers auf seine gute Arbeit begünstigt wurde —, hatte den letzten seiner zwölf Handtuchhalter auf eine schwere Planke montiert. Nicht ganz so fest, wie die in die Wand eingelassenen Halter, warnte er, aber annähernd. Harriet hatte vorgehabt, eine der Frauen in der Jury zu bitten, den Handtuchhalter herauszureißen. Das war jedoch zu viel für Nystrom gewesen. So war sie selbst eingesprungen und hatte versucht, den Halter loszureißen. Vergeblich. Als man sie beschuldigte, nicht ihre ganze Kraft aufzuwenden, hatte sie eine der Zuschauerinnen herbeigerufen und schließlich, zur makaberen Freude aller Anwesenden mit Ausnahme der Staatsanwaltschaft und der Mordkommission, hatte sie Leslie gebeten, es zu versuchen. Nicht eine von ihnen hatte es geschafft, den Halter auch nur um Haaresbreite zu bewegen.

Wie wirkungsvoll war eine solche Schau in der spannungsgeladenen Atmosphäre eines Gerichtssaals? Harriet wußte es nicht. Es hatte sie auch nicht interessiert. Ihr Ziel war es gewesen, die Planke mit dem Handtuchhalter als Beweisstück aufnehmen zu lassen, so daß sie in den Raum der Geschworenen gelangte. War sie erst einmal dort, würden sämtliche Geschworenen die Konstruktion einem Härtetest unterziehen.

Dann war die Putzfrau des Dalton an der Reihe gewesen, die Marcies Leiche entdeckt und sich kurz darauf einen neuen Job besorgt hatte. Das erste, was sie bemerkt hätte, als sie die Tür öffnete, noch bevor sie auch nur einen Fuß in den Raum gesetzt hatte, wäre die Kälte gewesen, die wie eine eisige Barriere auf der Schwelle gelegen hätte. »Es war wie'n Kühlschrank. Ich wußte gleich, da stimmt was nicht.« Wohl eher im nachhinein, als im vorhinein, dachte Harriet, aber was soll's. Die Frau hatte keinen Zweifel daran gelassen, daß der Raum kalt gewesen war. Eisig. Die Klimaanlage war nicht nur angestellt gewesen: sie war auf höchster Stufe gelaufen.

Auch die vier Leute, die nach dem Mord in Zimmer Drei gewohnt hatten, brachten der Verteidigung Punkte. Ein schlanker Buchhalter mit winzigen Füßen, der sich selbst als echten Krimi-Fan bezeichnete; eine beleibte Witwe mittleren Alters mit vernünftigen Halbschuhen; eine jüngere Frau in hochhackigen Riemchensandalen; ein junger Mann in Jeans, Pulli und Turnschuhen. Alle waren auf Harriets Bitte hin in derselben Kleidung im Zeugenstand erschienen, die sie während ihres Aufenthaltes im Dalton getragen hatten. Keiner von ihnen kam auch nur im entferntesten in Frage, die Abdrücke rings um das Bett hinterlassen zu haben.

Und dann waren die Bekannten, die Freundinnen und Freunde der Verstorbenen gekommen. Während sie beobachtete, wie Duchess in dem seichten Wasser nach Steinen tauchte, sagte Harriet: »Ich habe sie verletzt. Hätte ich ihr ein Messer in den Leib gerannt, hätte ich sie nicht schlimmer verletzen können.« Die Hündin ignorierte sie. »Ich rede von Leslie«, sagte sie scharf. »Interessiert dich das gar nicht?«

Beim Klang des vertrauten und geliebten Namens hob Duchess ihren Kopf — aufmerksam und vor Wasser triefend. Sie spürte Harriets Stimmung, kam aus dem Bach und schmiegte sich an sie. Ihr warmer Körper drückte sich eng an Harriets. Harriet umarmte sie und seufzte und dachte an die jungen Frauen, die mit Marcie zur Schule gegangen und zu einer Aussage bereit gewesen waren. Sie hatte immer von anderen Mädchen geschwärmt, hatten sie gesagt. Einmal hätte es sogar einen Zwischenfall auf der Toilette gegeben. Sie wäre auf frischer Tat ertappt worden: sie hatte ein anderes Mädchen umarmt und geküßt. Es wäre harmlos genug gewesen, aber der Tratsch hatte sich wie ein Lauffeuer verbreitet. Noch Tage nachdem Leslie in der Schule ihren Vortrag gehalten hatte, hätte Marcie von nichts anderem geredet. Marcie Bergstrom hatte sehr hartnäckig sein können. Sie wären nicht überrascht gewesen, als sie es geschafft hatte, die Reporterin kennenzulernen.

Ihre Aussagen hatten verheerend auf die Bergstroms und auf Leslie gewirkt. Frost, dessen Fall entscheidend darauf baute, daß *Leslie* das Opfer verfolgt und letztendlich verführt hätte, hatte darum gekämpft, die Zeuginnen auszuschließen. Harriet hatte gekontert, indem sie das Gericht daran erinnerte, die Anklage selbst hätte den Weg für diese Art der Befragung bereitet. Nystrom, über dem das Schwert einer Anfechtung wegen Verfahrensmängeln hing, hatte widerstrebend zugestimmt.

Nach den Schulfreundinnen, inzwischen verheiratete junge Frauen mit eigenen Familien, war Elsie Mak an der Reihe gewesen. »Gott sei Dank, daß wir uns nicht auf einen anderen Verhandlungsort eingelassen haben«, flüsterte Harriet der Hündin ins Ohr. »Wenn es ein Heimspiel für sie gewesen wäre, auf ihrem ureigenen Terrain, wäre sie auf und davon gewesen.« Aber Elsie war nicht verschwunden. Sie war bereitwillig und pünktlich erschienen.

Zuerst zögernd – dies war immerhin das erste Mal, daß sie vor einem Saal voll fremder Leute wie unter einem Mikroskop begutachtet wurde –, hatte sie im Laufe des Morgens an Selbstsicherheit gewonnen. Der Cameo Club sei ein Ort, an dem sich lesbische Frauen treffen und ihren Spaß haben könnten. Sie hätte Marcie dort mit Leslie gesehen. Sie hätte Marcie auch allein dort gesehen. Erst nachdem Marcie schon mit ihm, sie deutete auf Charles, verheiratet gewesen sei, hätte Elsie sie kennengelernt. Marcie hätte ihr von ihrer Ehe erzählt und von ihrer Angst vor ihrem Ehemann. Sie hätte erzählt, wie sie die Kinder mit nach Hause zu ihrer Familie genommen hatte, und wie man sie gedrängt hatte, zu Charles zurückzukehren. Sie hätte gesagt, eines Tages würde es ihr schon gelingen, wegzugehen. Unmittelbar bevor sie ihn das letzte Mal verließ, hätte Marcie ihr gesagt, diesmal wäre es endgültig. Nichts würde sie zurückbringen.

Durch Elsies Aussage hatten sich die ersten Risse in Charles' Fassade gebildet; Risse, die sich mit jeder Enthüllung verbreiterten, bis Frost — alarmiert von der aufkommenden Wut, die den trauernden Ehemann von Dr. Jekyll in Mr. Hyde zu verwandeln drohte — brüllte, daß nicht die Verstorbene und ihre Familie vor Gericht stünden und die Verteidigung gut daran täte, zur Sache zu kommen, statt noch länger wie die Katze um den heißen Brei zu schleichen.

Gutgelaunt hatte Harriet ihm den Gefallen getan, indem sie gelassen von der Ehe der Daltons zum Thema des Ringes überging. Stimmte es, daß sie ein Schmuckstück von Marcie bekommen hatte? Ja, hatte Elsie gesagt und Harriet den Ring gegeben, die ihn dann der Jury gezeigt hatte. Sie war langsam die Geschworenenbank entlanggegangen und hatte den Ring jedem einzelnen zur Ansicht hingehalten. Ohne den Brief zu erwähnen, hatte sie ihn anschließend zurückgegeben und den Eindruck hinterlassen, dieser Ring sei von entscheidender Bedeutung und Bestandteil eines umfassenderen Entwurfs, der ihnen später enthüllt werden würde.

Nach Elsie kam ein junger Mann von so lässiger Eleganz, daß beide, Doug Moore und Charles Denton, dagegen wie Relikte einer vergangenen Mode aussahen. Sein Name war Clifford Whyte Smythe. Er war der Geschäftsführer des Stone Shirt House. Sie betreuten eine exklusive Kundschaft, eine internationale Kundschaft, dürfe er hinzufügen. Es sei nicht im mindesten ungewöhnlich, eine Bestellung für eine Jahreslieferung von Hemden zu erhalten, die dann nach den Maßen der Kunden — die sie in einer Kartei führten — geschneidert würden. Ja, Mr. Charles Denton sei einer seiner Stammkunden.

Charles, der nicht wußte, warum Mr. Whyte Smythe vorgeladen worden war, aber wegen dieses Einbruchs in sein Privatleben außer sich geriet, hatte an dieser Stelle von Yarrow und Moore gewaltsam zurückgehalten werden müssen. Harriet hatte gewartet, bis sich das Handgemenge gelegt hatte, bevor sie fortgefahren war: »Ihre Kunden sind sehr penibel?«

»Sehr.«

»Sie verwenden eine Menge Zeit auf Details, die vielen von uns belanglos erscheinen würden?«

»Für einen Mann, der Wert auf seine Erscheinung legt, Mrs. Croft, ist nichts ohne Belang.«

»Einschließlich der verwendeten Knöpfe.«

»Insbesondere die Knöpfe. Wir haben die größte Auswahl an Knöpfen auf dem Kontinent. Elfenbein. Perlmutt. Nichts Synthetisches, natürlich.«

Als ihm der Knopf gezeigt wurde, den Harriet hinter den Vorhängen im Dalton gefunden hatte, sagte Mr. Smythe, er sei denen ähnlich, die Mr. Denton bevorzuge, aber er könne nicht sagen, ob er von einem von Mr. Dentons Hemden sei. Im Gerichtssaal brach ein höllisches Chaos aus. Nystrom sah sich außerstande, die Ordnung wieder herzustellen, und so ließ er weise die Verhandlung für den Rest des Tages unterbrechen. Charles, einem Tobsuchtsanfall nahe, wurde fortgeführt. War es Wut? Oder mehr? Während sich der Saal leerte, hatte Frost Harriet des Rufmordes beschuldigt und ihr den Entzug ihrer Lizenz angedroht.

Der nächste Tag war gleichermaßen hektisch gewesen. Nystrom hatte die Gangart bestimmt, indem er sich weigerte, den Knopf als Beweisstück zu akzeptieren, und anordnete, alle Aussagen dazu aus dem Protokoll zu streichen. Harriet hatte diese Entscheidung ausgesprochen gutgelaunt akzeptiert. Sie wußte recht gut, daß man Aussagen aus dem Protokoll, nicht aber aus den Köpfen derjenigen streichen konnte, die sie gehört hatten.

Und dann — war es erst gestern gewesen? — hatten sie den Juwelier gehört. Diesmal war Frost nicht in der Lage gewesen, den Zeugen zum Schweigen zu bringen, obwohl er nichts unversucht gelassen hatte. Harriet hatte seinen Einspruch gekontert: »Mein werter Herr Kollege bemerkte in seinem Eröffnungsplädoyer, der Brief, geschrieben von Miss Taylor an die Verstorbene, sei das — um seine Worte aufzugreifen — 'zentrale Beweisstück der Anklage'. Er hat den Anfang gemacht, Euer Ehren, und wer A sagt, muß auch B sagen.«

Der Juwelier erhielt die Erlaubnis, fortzufahren. Er hatte die Quittung betrachtet, das Datum gelesen und dann, nachdem er Leslies Ring untersucht hatte, gesagt, nein, den hätte er nie zuvor gesehen. Es sei mit Sicherheit nicht der, den er verkauft und für den er diese Quittung ausgestellt habe.

Triumphierend hielt Harriet den Ring hoch und sagte: »Dies ist der Ring, den Marcie der Angeklagten vor Jahren gegeben hat. Nicht als Leslie Taylor in Spruce Falls und Marcie *Denton* in Toronto lebte, sondern Jahre zuvor, als Marcie *Bergstrom* wieder bei ihren Eltern in Spruce Falls war und plante, nach Toronto zurückzugehen, um ihr Leben mit Miss Taylor wieder aufzunehmen. Wenn Sie sich in den Geschworenenraum zurückziehen, werden Sie diesen Brief untersuchen und sie werden eindeutig feststellen, daß es eine Kopie ist und Sie werden sich fragen, warum er nicht datiert ist. Und Sie werden sich weiter fragen, ob das Datum auf dem Original nicht mit flüssigem Tipp-Ex entfernt worden ist und das Original danach zerstört und durch diese manipulierte Kopie ersetzt wurde.« Und weil sie mit dem aufkommenden Sturm des Protests von Frost gerechnet hatte, mit dem Versuch, ihre Worte untergehen zu lassen, hatte sie ihre Lautstärke entsprechend angepaßt, das entstandene Chaos übertönt und ihren Punkt gemacht.

Aber der Brief und der Ring waren nicht alles, was sie vorgebracht hatte. Da war auch noch die Uhr gewesen. Die Uhr, die, laut Spellman, dazu beigetragen hatte, den Todeszeitpunkt zu bestimmen, weil sie noch immer die genaue Zeit angab, als die Leiche entdeckt wurde. Sie hatte ihre eigene Uhr abgenommen und dem Zeugen gegeben. Eines ihrer wertvollsten Stücke, eine achtzehnkarätige Cartier Uhr mit siebzehn Juwelen und einem in die Cartier-Krone eingelassenen rundgeschliffenen Saphir. Die Uhr hatte ihrer Mutter gehört. Ein Familienandenken, das Harriet nur bei besonderen

Anlässen trug. Als sie sie dem Mann im Zeugenstand reichte, hatte sie gefragt, wie lange eine solche Uhr nach dem Aufziehen laufen würde.

Er hatte die Uhr mit unendlicher Sorgfalt gehalten und mit einem Ausdruck von Ehrfurcht gesagt: »Das ist eine sehr wertvolle Uhr, Mrs. Croft. Eine der allerersten Armbanduhren. Eine Antiquität. Es ist die berühmte Panzeruhr, die von Cartier direkt nach dem ersten Weltkrieg angefertigt und nach ihrer eckigen, panzerähnlichen Form benannt wurde. Ich würde Ihnen raten, sie in ihrem Safe aufzubewahren.«

Wie lange würde sie laufen, hatte sie erneut gefragt, und er hatte erwidert, einen Tag, vielleicht ein paar Stunden darüber hinaus. Sicherlich nicht viel länger. Eine Remontoir-Uhr, jede Uhr mit einer Standardaufwindung, erfordere regelmäßiges Aufziehen.

Und diese, hatte sie ihn gefragt, und ihm Marcies Rolex Oyster gereicht. Das sei auch eine teure Uhr. Ein Geschenk von Charles zu Beginn ihrer Ehe. Wie lange würde sie die Zeit korrekt angeben?

»Sie müssen bedenken«, hatte er bedächtig gesagt, »wir haben es hier mit zwei verschiedenen Mechanismen zu tun. Dieses Modell zieht sich selbst auf. Reagiert auf Bewegung. Je nachdem, wer sie trägt, je nachdem wieviel sich derjenige bewegt, könnte sie bis zu achtundvierzig Stunden laufen. Ganz aufgezogen und von jemandem getragen, der sich sehr viel bewegt, können solche Uhren bis zu vier Tagen laufen.«

Mit diesen Worten, mit einem weiteren winzigen Baustein an seinem Platz, waren sie am Ende dieses Tages und dieser Woche angelangt.

»Montag«, sagte sie, die Wange auf Duchess' Kopf gelegt, »Montag ist Leslie dran. Was sie sagt, und wie sie es sagt, wird die eine Hälfte sein, auf die es ankommt.«

Und die andere Hälfte? Das Kaninchen, das sie aus dem Hut zu zaubern hoffte? Das würde Glück und die richtige Zeitplanung erfordern, das Drücken des einzig richtigen Knopfes zum einzig richtigen Zeitpunkt.

12

Sie wußten, dies war der Tag, an dem Leslie Taylor in den Zeugenstand treten würde. Harriet hatte die Reporter am Freitag davon unterrichtet, als sie sie beim Verlassen des Gerichtsgebäudes umringten. Ja, Miss Taylor werde in eigener Sache aussagen. Nein, Miss Taylor habe nichts zu verbergen. Ja, es sei Miss Taylors Entscheidung, gegründet auf ihrem Wunsch, klare Verhältnisse zu schaffen.

Jetzt, als das Taxi am Ende der Straße um die Ecke bog, verlangsamte Joe zu Schrittgeschwindigkeit, und Clarence stieß einen warnenden Pfiff aus. »Die ganze Stadt ist hier. Durch diese Menge kommen wir nie durch.« Clare beugte sich vor und tippte Joe auf die Schulter. »Vielleicht sollten Sie um den Block rumfahren und uns an der Rückseite rauslassen.«

»Wir werden schon durchkommen.« Harriet war nicht in der Stimmung, sich durch den Hintereingang zu stehlen. Sie jedenfalls hatte auf ein großes Publikum gehofft und war froh, daß es erschienen war. Sollten sie doch Leslies Team sehen: entspannt, zuversichtlich und siegessicher. Das Image war alles. Man konnte nur hoffen, daß sie das Bild nicht durchschauten und die dahinter verborgenen Zweifel entdeckten.

Clarence und Donna versuchten, sie abzuschirmen, als sie aus dem Taxi stieg und von den Reportern bestürmt wurde. Die Frau mit dem tragbaren Aufnahmegerät drängelte sich vor: »Wird Ihre Mandantin wirklich in den Zeugenstand treten? Haben Sie den Knopf dort reingeschmuggelt? Glauben Sie, Sie haben Gründe, um Berufung einzulegen?«

Die Geschworenen hatten sich noch nicht einmal zur Beratung zurückgezogen, und sie fragte nach einer Berufung? Die Frau litt entweder am Kater des letzten Kneipenbummels, der ihr den Verstand geraubt haben mußte, oder sie hoffte, einen Ausbruch zu provozieren, der sich abträglich auswirken würde. Harriet unterdrückte ihren Ärger und sagte freundlich: »Es ist ein bißchen zu früh, sich wegen einer Berufung

Gedanken zu machen. Was die Gründe anbetrifft: es gibt keinen Grund für eine Verurteilung. Deshalb erwarten wir selbstverständlich einen Freispruch.« Lügnerin, dachte sie. Wenn ich das wirklich glaubte, würde ich auf der Straße tanzen.

»Was hält Ihre Mandantin vom bisherigen Verlauf der Verhandlung?«

»Da müssen Sie sie selbst fragen. Sie wird Ihnen im Laufe der Woche zur Verfügung stehen.«

Clarence hatte genug gehört. Er packte ihren Arm, bahnte sich einen Weg durch das Gedränge und zog sie bis zur Treppe hinter sich her. Als sie sicher drinnen angelangt waren, meinte er: »Sie werden uns noch alle ins Grab bringen, Harriet. Sie sind mit Ihren Zeugen auf allen möglichen Nebengleisen rumgefahren. Wenn Sie nicht aufhören, die Sache so schleifen zu lassen, hau' ich hier ab.«

Clarence war schlau genug zu wissen, daß viele der Fragen, die sie gestellt hatte, bedeutungslos gewesen waren: Sie hatte auf Zeit gespielt. Er wußte auch, daß es nichts brachte, bei einem Kapitalverbrechen um Zeit zu spielen, wenn die Beweisaufnahme abgeschlossen war. Er wußte jedoch nicht, daß ihr Wahnsinn Methode hatte und sie ein Motiv für ihre scheinbare Unschlüssigkeit besaß.

Es war unnötig, sich wegen Clarence Sorgen zu machen. Sie war überzeugt, er würde bleiben, bis sie ihn nicht mehr brauchte. Sie machte sich jedoch um die Taylors und um Leslie Sorgen. Die Unterredung gestern abend war gut gelaufen, wenn auch nicht so gut, wie sie gehofft hatte. Leslies Zuversicht war von Momenten der Unentschlossenheit und großer Angst durchsetzt gewesen. Statt ihr noch länger zu erzählen, was sie mit ihren Händen tun, wie sie sich bewegen, wie sie sitzen, wie sie auf schwierige Fragen antworten solle — all die Kleinigkeiten, die eine vorbildliche Zeugin auszeichneten —, hatte Harriet ihr schließlich einfach gesagt, sie solle bei jeder Frage genau hinhören, sich Zeit zum Nachdenken nehmen und dann ehrlich antworten, ohne etwas zu verschweigen.

Jetzt, während sie den Gang hinauf zum Richterstuhl blickte, dachte sie an die anderen Dinge, die sie hätte sagen können, und bei dem Gedanken an den Tag, der vor ihnen lag, klopfte ihr Herz ebenso wie Leslies klopfen mußte.

Die Taylors saßen am Ende einer der vorderen Reihen. Sie blieb neben Emily stehen und sagte ruhig: »Versuchen Sie, sich nicht aufzuregen, egal, was Sie hören. Denken Sie daran, was immer auch passiert, nichts kann schlimmer sein als sie eingesperrt zu sehen.«

Emily nickte mit entschlossenem Gesicht. Adams zeigte ebenfalls eine erstaunliche Stärke. Beruhigt setzte Harriet ihren Weg fort. An Haberdash vorbei, der ihr einen Blick verschlagener Befriedigung zuwarf und auszudrücken schien, sie würde jetzt ihre Quittung kriegen, und hätte sie auf Unzurechnungsfähigkeit plädiert, wie er es vorgehabt hatte, würde sie jetzt nicht in diesem Schlamassel stecken. Sie kam an Charles vorbei, der sie mit eisiger Selbstbeherrschung und steinernem Blick anstarrte.

Dieser Tag würde allein Leslie gehören. Sie wußte, Frost würde sie so lange wie möglich im Zeugenstand behalten. Da sie es nicht auf einen zweiten derartigen Tag ankommen lassen wollte, verhindern wollte, daß Leslie mit der Aussicht auf ein weiteres Verhör in ihre Zelle zurückging, plante sie, ihre Befragung noch vor der Vormittagspause zu beenden.

Ein erwartungsvolles Raunen. Die Tür öffnete sich. Mrs. Klyk. Neben ihr, die Angeklagte. Clarence flüsterte: »Sie sieht o.k. aus.«

Nach außen hin, ja. Aber Harriet hatte den Eindruck, sie sei zu ruhig, zu in sich gekehrt. Beinahe wie eine Schlafwandlerin. Wenn sie es nicht besser wüßte, würde sie denken, sie stünde unter Drogen. Vom kosmetischen Standpunkt betrachtet, war sie gut zurechtgemacht: perfekt gekleidet, die Haare glänzend und gut frisiert. Auch ihre Augen glänzten, aber Harriet war von ihrem starren Glanz beunruhigt. Der angespannte Körper rutschte auf den Platz neben ihr. Harriet fragte, die Antwort fürchtend: »Alles in Ordnung?«

»Ich habe Angst.«

Harriet nahm Leslies Hand. Als sich ihre Finger umschlangen, fühlte sie den Strom von Wärme zwischen ihnen beiden — und die wissenden Blicke von Frost und Yarrow.

»Ich glaube, ich kann es nicht, Harriet.«

»Wenn Sie es nicht für sich tun können, dann tun Sie es für mich.« Die grünen Augen waren bezwingend, unwiderstehlich. Und dann war Nystrom auf dem Richterstuhl, und sie war aufgestanden, und Leslie war im Zeugenstand, und die erste und härteste Frage wurde gestellt: »Sie und Marcie Bergstrom waren ein Liebespaar?«

»Ja.« Klar und deutlich und unmißverständlich.

»Wie kam es dazu?«

Leslie umriß den Beginn ihrer Beziehung schnell und ohne Umschweife. Gab zu, allerdings erst auf Nachfrage, die Initiative sei von Marcie ausgegangen. Aber, fügte sie hinzu und nahm Marcie einen Teil der Verantwortung ab, es sei egal gewesen, wer was zuerst getan hätte. Sie habe immer gewußt, daß sie anders sei. Nicht wie ihre Freundinnen: die hatten immer über Jungen geredet, sie hatte an Mädchen gedacht.

»Sie wußten, vielleicht ohne sich explizit so zu bezeichnen, daß Sie lesbisch waren?«

Ja, das habe sie gewußt. Was den Ring angehe, Marcie habe ihn ihr im ersten Jahr ihres Zusammenseins geschenkt.

Sie habe Marcie gedrängt, zu ihren Eltern zurückzukehren. Später habe sie es bereut und zugestimmt, ihre Beziehung in Toronto wieder aufzunehmen. Den Brief, der als Beweisstück vorlag, habe sie damals geschrieben. Jahre bevor Marcie und Charles Denton sich kennengelernt hätten.

Marcie, erzählte sie, sei nach ihrer Heirat zweimal zu ihr gekommen. Das letzte Mal, nachdem sie schwer geschlagen worden sei. Leslie habe sie gedrängt, zu Charles zurückzukehren, sich aber von einem Scheidungsanwalt beraten zu lassen. »Sie kam zu mir. Sie ging zu ihren Eltern.« Sie hielt inne, starrte die Bergstroms an, gewann ihre Fassung zurück. »Sie bat uns um Hilfe, und wir haben sie weggeschickt.« Zorn flammte in den dunklen Augen auf; Zorn, der sich ebenso gegen sie selbst wie gegen Marcies Mutter und Vater richtete.

»Hat Charles Denton von Ihrer Beziehung gewußt?«

»Er wußte es von Anfang an. Ich glaube, es war einer der Gründe, warum er sie heiraten wollte.«

Da lag die Antwort. Eine Handgranate. Sollte Frost sie doch abziehen, wenn er es wagte. Mit ausdruckslosem Gesicht wandte sich Harriet an den Staatsanwalt: »Ihre Zeugin.«

Sie hatte ihren Zeitplan genau eingehalten. Nystrom würde die Sitzung unterbrechen. Frost würde sich mit Charles besprechen. Sie würden dort weitermachen müssen, wo sie aufgehört hatte. Da das männliche Ego auf dem Spiel stand, war es weit besser, wenn ein männlicher Ankläger um eine Erklärung bat als ein weiblicher Verteidiger.

Wie erwartet, biß Frost sich an diesem Thema fest, als die Verhandlung fortgesetzt wurde. Mit höhnischer Stimme nahm er den Faden auf, den Harriet hatte liegen lassen. »Sie erwarten von diesem Gericht zu glauben, ein Mann, *irgend* ein Mann, würde wissentlich eine ... eine eingestanden ... lesbische Frau bitten, ihn zu heiraten?«

»Einspruch! Miss Taylor hat nicht gesagt, was sie das Gericht zu glauben erwartet.« Frivole Pingeligkeit für Nystrom, für Harriet eine kurze Verzögerung, um die Spannung zu steigern.

»Abgewiesen. Beantworten Sie die Frage.«

»Viele Männer heiraten wissentlich lesbische Frauen, Mr. Frost. Sie tun es, weil ...«

»Beantworten Sie nur die Frage mit ja oder nein.«

»Miss Taylor versucht gerade, die Frage zu beantworten, Euer Ehren. Der Anklagevertreter schikaniert sie.«

»Abgewiesen. Ja oder nein, Miss Taylor?«

»Ja.«

Harriet nahm sich vor, es ihm bei ihrem Plädoyer heimzuzahlen. Wenn die Männer dafür ein paar mehr Federn lassen mußten — sei's drum.

»Halten Sie die Gefühle, die Sie für Mrs. Denton empfunden haben, für normal?«

»Für mich waren sie normal.«

Ja oder nein, drängte er sie. »Ja.«

Er fuhr fort, sie unter Beschuß zu nehmen: Sie waren verletzt, als sie Sie verließ. Verletzt, weil Sie wegen eines Mannes verlassen wurden. Eine andere Frau wäre für Sie leichter zu ertragen gewesen. Sie hatten nichts als die Aussage des Opfers, daß sie geschlagen wurde. Sie waren besessen vom Thema Gewalt gegen Frauen. Sie waren fasziniert von Marcies Haar. Sie wußten, sie hielt es für ihren attraktivsten Punkt. Sie schämten sich Ihrer Beziehung. Sie hielten sie vor Ihrer Familie geheim. Sie haben nie psychiatrische Hilfe gesucht. Nie versucht, diese Krankheit zu kurieren.

Und schließlich: Sie wußten, daß Marcie Denton in dem Motelzimmer war. Daß sie dort auf Sie wartete. Es war ihre letzte Chance, sie zurückzubekommen. Sie wußten, wenn sie Sie abermals zurückwies, würde sie diesen Raum nicht lebend verlassen.

Und dann war es vorbei, und Leslie, erschüttert, aber gefaßt, ergänzte unter Harriets Anleitung, was sie in Frosts Schnellschuß-Kreuzverhör nicht hatte sagen dürfen: Es gebe zahlreiche Fälle, in denen Männer — und auch Frauen —, wissentlich Homosexuelle heirateten; Homosexuelle würden von vielen Heterosexuellen als Herausforderung betrachtet; Lesbianismus traf die Männlichkeit mitten ins Herz.

Was die Schläge anginge, sie habe Marcies blaue Flecken gesehen. Und psychiatrische Hilfe? Sie habe keinen Grund dafür gesehen. Hätte sie wie Marcie geheiratet, dann hätte sie einen Psychiater gebraucht. So jedoch — mit einem strahlenden Lächeln zu Harriet —, fühle sie sich vollkommen wohl.

Ob sie absolut sicher sei, daß Charles vorher von ihnen beiden gewußt habe? Absolut. Als sie beide noch zusammen waren, habe Marcie es ihm gesagt, um ihn zu entmutigen. Danach sei er noch beharrlicher geworden — er habe draußen vor ihrem Wohnblock gewartet, mitten in der Nacht angerufen und darauf bestanden, mit Marcie zu sprechen. Einmal habe er sogar Leslie bei der Arbeit angerufen und ihr gedroht, mit ihrem Arbeitgeber zu sprechen und sie feuern zu lassen, wenn sie nicht aus Marcies Leben verschwinde. Es gebe nicht den leisesten Zweifel, er habe von Anfang an gewußt, daß sie und Marcie in einer lesbischen Beziehung lebten.

Charles saß steif und gefaßt da, als sie das Bild eines rasenden Liebhabers malte, der vor nichts zurückschreckte, um sein Ziel zu erreichen. Konnten die Geschworenen die beiden Bilder zusammenbringen? Konnten sie sich vorstellen, wie dieser rechtschaffene Bürger sich Anfällen abwegiger Verhaltensweisen überließ? Harriet bezweifelte es. Wäre da nicht dieser eine unkontrollierte Augenblick in ihrem Büro gewesen, hätte sie es selbst nicht geglaubt. Warum also sollten Fremde es tun?

Dennoch, Leslie hatte ihre Sache so gut gemacht, wie sie erwartet hatte. Besser noch. »Sie waren wunderbar«, sagte sie zu ihr in dem kurzen Augenblick zwischen dem Ende der Sitzung und dem Erscheinen von Mrs. Klyk. »Es ist vorbei. Sie werden das nicht nochmal durchmachen müssen.«

»Ich könnte es nicht.« Leslie war müde, ausgelaugt bis zur Erschöpfung. Die Fassade, die sie während dieser aufreibenden Stunden im Zeugenstand aufrecht erhalten hatte, war noch intakt, aber nur gerade eben. Harriet beobachtete, wie sie weggeführt wurde. Sie sah, wie sie ihre Schultern fallen ließ, und wünschte, sie könnte ihr hinter die geschlossene Tür folgen, bei ihr sein und sie in den vor ihr liegenden einsamen Stunden festhalten und trösten.

Als sie im Taxi saßen, meinte Clarence ohne Umschweife: »Ihr Wort steht gegen seins. Und jeder, der ihn nicht kennt, wird nicht die Hälfte von all dem Zeug glauben. Ich war sicher, er würde allmählich auseinanderbrechen, als seine schmutzige Wäsche in aller Öffentlichkeit gewaschen wurde. Statt dessen saß er da, als könne er kein Wässerchen trüben.«

»Sie war großartig, nicht?«

»Harriet, Sie haben nicht ein Wort von dem mitgekriegt, was ich gesagt habe.« Clarence räusperte sich. »Ich glaube, ich geh' nach Hause und vergifte mich.«

»Sie hat nicht geglaubt, daß sie es könnte. Ehrlich gesagt, ich auch nicht.«

»Blausäure. Wir nehmen alle Blausäure.«

»In Ordnung.« Harriet starrte noch immer ins Leere und sagte: »Sie und Donna gehen schon mal vor. Ich komme später nach. Joe, würden Sie mich bei den Taylors absetzen?«

Sie wußte, Emily würde sie erwarten. Außerdem lag ihr daran, den Schaden abzuschätzen; festzustellen, in welch einem Zustand die beiden waren. Leslies Aussage mußte für sie ebenso hart gewesen sein wie für ihre Tochter. Vielleicht noch härter, denn sie würden damit leben müssen, es in den Gesichtern ihrer Freunde und Nachbarn wiederzufinden.

Weil er nicht in die Auffahrt einbiegen konnte — sie war mit Autos verstopft, und weitere hielten am Straßenrand —, ließ Joe sie auf der Straße vor dem Haus heraus. Emily öffnete die Tür. Ihr Haar war zerzaust, ihr Gesicht drückte Verwirrung aus. »Harriet. Ich hatte gehofft, Sie würden vorbeikommen.«

»Ich dachte, Sie brauchten vielleicht jemanden zum Reden. Wie ich sehe, habe ich mich geirrt.«

Emily lachte. Sie lachte tatsächlich. »Eigentlich brauche ich eine Sekretärin. Das Telefon klingelt ununterbrochen, seit wir zurück sind. Adam führt gerade ein Ferngespräch.«

Harriet entdeckte Dr. Kado in einer Ecke des gedrängt vollen Wohnzimmers. »Es sieht aus, als hielten Sie eine Gemeindeversammlung ab. Was machen all diese Leute hier?«

»Bieten uns ihre moralische Unterstützung an. Es ist kaum zu glauben. Und wir haben von überall Anrufe bekommen. Von einer Gruppe namens Eltern von Lesben und Schwulen. Von ein paar Spinnern. Von einer Frau, die glaubt, ihre Tochter könnte eine sein — wie sie damit umgehen solle. Und, Sie werden es nicht glauben, Harriet, eine unserer Nachbarinnen meinte, sie mache sich Gedanken über ihren Sohn, und hat mich gefragt, ob ich mit ihm reden würde. Wir hatten sogar einen Anruf von einer Lesbenzeitung an der Küste, die uns um ein Interview gebeten hat. Ich hatte ja überhaupt keine Ahnung ...«

Harriet zog Emily in eine ruhige Ecke in der Küche und sagte: »Geben Sie keine offiziellen Erklärungen ab, bevor Sie es sich nicht gründlich überlegt haben. Sie werden lange damit leben müssen. Überlegen Sie sich, ob Sie wissen, worauf Sie sich da einlassen.« Harriet sah auf die Uhr. Es gab keinen Grund zu bleiben. Die Taylors hatten genug Gesellschaft. Spontan sagte sie: »Was würden sie von einer Willkommensparty halten?«

»Oh, Harriet. Ich mag nicht einmal daran denken. Was ist, falls ... angenommen, sie kommt nicht nach Hause?« Die leuchtenden Augen verdüsterten sich. Unter der Oberfläche lauerten die Schatten der Verzweiflung.

»Sie wird heimkommen.« Die Bemerkung entsprang eher ihrer Dickköpfigkeit als ihrer Überzeugung. »Sie hat ihren Teil getan. Der Rest liegt bei uns.«

Sie erwischte ein Taxi, aus dem gerade ein grimmig blickendes Ehepaar ausstieg, das ein blasses junges Mädchen in Jeans festhielt. (Die Taylors, fürchtete Harriet, waren augenblicklich zu Autoritäten im Umgang mit lesbischen Töchtern geworden.) Das Trio ging die Einfahrt hinauf. Das Taxi fuhr los, und sie stellte in Gedanken eine Liste der Leute zusammen, die sie zu der Siegesfeier einladen würde. Josie. Dr. Kado, falls er noch hier wäre. Haberdash Poulis? Warum nicht. Und spaßeshalber Yarrow und Moore und, ja, sogar Frost. Sie würden natürlich nicht kommen, aber es würde ihnen gut tun, Salz in die Wunden gerieben zu bekommen.

Sie würde die Feier selbst planen und niemandem im voraus etwas sagen, und, sollten alle Stricke reißen, hätte sie nichts dabei verloren. Nichts, erinnerte sie sich, und eine eisige Kälte kroch in ihr hoch, nichts außer Leslie. Und wenn das geschah, was bedeutete dann noch diese Feier? Was auf der Welt hätte überhaupt noch irgendeine Bedeutung, wenn Leslie Taylor zerstört wurde und sie, Harriet Croft, diese Zerstörung unabsichtlich herbeigeführt hätte?

»Die Verteidigung ruft Charles Denton.«

Mit diesen Worten waren die Würfel gefallen. Niemand hatte erwartet, daß sie ihn erneut aufrufen würde. Auch Charles hatte nicht damit gerechnet, noch einmal aussagen zu müssen. Normalerweise erschien der Angeklagte als letzter. Normalerweise, aber nicht unbedingt. Als er im Zeugenstand Platz genommen hatte, beobachtete Charles Denton, wie Harriet sich ihm mit dem anmutigen, weichen Schritt eines Panthers näherte, der sich an seine Beute heranpirschte.

Gleichzeitig starrte Leslie den Mann im Zeugenstand an. Für einen kurzen Moment trafen sich ihre Augen. Giftiger Haß lag in seinen, tiefe Feindseligkeit in ihren. Es erfüllte sie mit einer grenzenlosen, hilflosen Wut, daß Marcie tatsächlich zu ihm gegangen war, und sie es zugelassen hatte. Ihr Blick wanderte von Charles zu Harriet. Dies war der letzte Tag, der letzte Zeuge. Warum war er erneut aufgerufen worden? Was konnte er noch hinzufügen? Angespannt wartete sie auf Harriets Eröffnungsfrage.

»Mr. Denton, Sie haben vor diesem Gericht unter Eid ausgesagt, Sie hätten von der früheren Beziehung Ihrer Frau mit Miss Taylor nichts gewußt.«

»Das ist richtig.«

»Sie hätten keinen Verdacht geschöpft, bis Sie Miss Taylors Brief im Koffer Ihrer Frau gefunden haben?«

»Das ist wahr.«

»Haben Sie die Quittung für den Ring zur gleichen Zeit gefunden?«

»Ja, am selben Morgen.«

»Am selben Ort?«

»Nein. Die Quittung war in ihrem Schmuckkasten.«

»Und Sie nahmen an, der in dem Brief erwähnte Ring sei derselbe, für den die Quittung ausgestellt wurde. Ist Ihnen nicht aufgefallen, daß das Datum auf dem Brief nicht mit dem Datum auf dem Beleg übereinstimmte?«

»Auf dem Brief war kein Datum.«

»Ah, ja. Das Original wurde zerstört. Alles, was wir haben,

ist eine Kopie. Sie haben also ganz selbstverständlich angenommen, der Brief sei nicht schon vor Jahren, sondern nach dem Kauf dieses zweiten Ringes geschrieben worden. Des Ringes, den Elsie Mak geschenkt bekam.«

»Ich kann Ihnen nicht ganz folgen, Frau Verteidigerin.«

»Wußten Sie oder wußten Sie nicht, daß der Brief Jahre zuvor geschrieben worden war?«

»Ich wußte es nicht.«

Er wußte, daß sie wußte, daß er log. Beide wußten sie, daß es ihm nicht nachzuweisen war. »Würde es Ihnen etwas ausmachen, noch einmal zu wiederholen, wie Sie jenen Samstag, den 13. Juli, verbracht haben?«

»Einspruch. Das steht alles im Protokoll.«

»Dann können wir es vielleicht vorlesen lassen.«

Nystrom warf einen Blick auf den Gerichtsschreiber, zögerte und entschied dann: »Der Zeuge kann die Frage beantworten.«

Mit denselben Worten, mit derselben monotonen Stimme listete Charles die Ereignisse des betreffenden Samstages auf.

»Sie haben ein wunderbares Gedächtnis, Mr. Denton.« Harriet wartete einen Moment, um das Kompliment wirken zu lassen. Dann, unschuldig: »Was haben Sie letzten Samstag gemacht?«

»Ich bin nach Toronto zurückgekehrt. War eine Zeitlang im Büro. Habe mit Freunden zu Abend gegessen.«

»Aber, aber, Mr. Denton. Sicherlich können Sie etwas genauer sein. Was haben Sie zum Frühstück gegessen? Was haben Sie nach dem Frühstück gemacht? Wann sind Sie ins Büro gegangen? Wo waren Sie nachmittags um drei Uhr? Abends um acht?«

»Die Verteidigung schikaniert den Zeugen. Darf ich meine verehrte Kollegin daran erinnern, daß nicht Mr. Denton hier unter Anklage steht?«

»Richtig, Mr. Frost. Aber sein Gedächtnis. Und es ist ein sehr selektives Gedächtnis, nicht wahr, Mr. Denton? Sie können sich an jede Minute eines Tages erinnern, der Wochen zurückliegt; der zu jener Zeit ein völlig normaler Tag war, aber Sie können sich nicht genau erinnern, wie Sie das vergangene Wochenende verbracht haben.«

»Einspruch stattgegeben.«

»Sie haben eine Aussage gehört, der zufolge Ihre Frau durch die Hand eines gefährlichen Soziopathen getötet worden ist — einer psychopathischen Persönlichkeit, die wegen einer Zurückweisung in überwältigende Wut geriet. Würden Sie dem zustimmen?«

»Ich glaube, jeder normale Mensch würde dem zustimmen, Mrs. Croft.«

»Wir sind einer Meinung, Mr. Denton.« Harriets Freundlichkeit verbarg eine tödliche Absicht. »Ich hörte, Sie sind unter Ihren Kollegen als ein Mann mit einem unfehlbaren Geschmack bekannt. Hatten Sie Schwierigkeiten, einen passenden Knopf für Ihr Hemd zu finden?«

»Einspruch.«

Charles ignorierte die Unterbrechung und beantwortete die Frage. »Ich vermisse keinen Knopf, Mrs. Croft.« Er lächelte, aber seine Augen waren eisig. »Auch keine Murmeln, wenn ich das hinzufügen darf.« Die Bemerkung löste einen Teil der Spannung.

Er spielt mit ihr, dachte Clarence. Amüsiert sich doch tatsächlich. Er weiß, worauf immer Harriet auch hinauswill, es wird ihr nicht gelingen, dort hinzukommen. Frost wird Einspruch erheben, und Nystrom wird ihm stattgeben, und ... Der Hammer fiel, als ob der Gedanke der Vater der Tat gewesen wäre.

»Einspruch stattgegeben.« Nystrom war ein bißchen spät.

»Welche Schuhgröße haben Sie?« Die Frage schnellte wie ein Peitschenhieb durch die Luft.

»Irrelevant.«

»Nach Aussage Ihrer Sekretärin, ...«

»Irrelevant.«

»... die die meisten Ihrer persönlichen Einkäufe erledigt, ...«

»Irrelevant. Euer Ehren, ich bestehe darauf, ...«

»... tragen Sie Schuhgröße elf.« Sie griff sich die Durchzeichnung eines Zehenabdrucks und wedelte damit vor seiner Nase herum. »Würden Sie bitte herunterkommen, Mr. Denton, und diese Zeichnung mit Ihren Zehenabdrücken vergleichen?«

Es war alles so schnell gegangen, daß Nystrom noch immer bei der Sache mit dem Knopf war. Frost war außer sich und verlangte, vor den Richter treten zu dürfen. Harriet wurde zu Frost nach vorn gerufen. Auf seine Tirade hin konterte sie kühl: »Euer Ehren, ich habe die Absicht, nachzuweisen, daß jemand anders als meine Mandantin in dem Zimmer war. Es handelt sich hier um ein Kapitalverbrechen. Meine Mandantin hat ein Recht darauf, eine faire und umfassende Verhandlung zu bekommen.«

Nystrom geriet ins Schwimmen und blickte hilfesuchend zu Frost. Der Staatsanwalt reagierte: »Jeder Fall muß aufgrund von Beweismaterial verhandelt werden, Euer Ehren. Nicht aufgrund von Mutmaßungen und Verleumdungen.«

Wer im Glashaus sitzt, sollte nicht mit Steinen werfen. Harriet schwor sich, ihn in ihrem Schlußplädoyer zu zitieren, falls es soweit kommen würde. — Nystrom stieß einen Seufzer der Erleichterung aus. »Vollkommen richtig.« Er lächelte Frost zu und blickte Harriet finster an. »Seit Beginn dieser Verhandlung ergehen Sie sich in Abschweifungen, Mrs. Croft. Meine Geduld ist allmählich erschöpft.«

Um nicht einen weiteren Verweis zu riskieren, ließ Harriet die Themen Hemd, Knopf, Schuhe fallen und kehrte zurück zu den Ereignissen an jenem Wochenende, als Marcie ihren Mann verlassen hatte. »Wann haben Sie Ihre Frau zum letzten Mal gesehen?«

»Freitagmorgen, am 12. Juli. Wir haben zusammen gefrühstückt.«

»Wann wurde Ihnen klar, daß sie Sie verlassen hatte?«

»Sie hat mich nicht verlassen, Mrs. Croft.«

»Wann wurde Ihnen klar, daß sie fort war und nicht zurückkommen würde? Wann fingen Sie an, sich Sorgen zu machen?«

»Ich habe mir keine Sorgen gemacht. Sie war schon öfter ausgeblieben. Sie hatte die Freiheit, zu kommen und zu gehen, wann sie wollte.«

»Die Freiheit, zu ihrer Geliebten zurückzukehren?«

Die dünnen Lippen zuckten. Ein kleiner Muskelknoten erschien in seinen Wangen. »Davon war nie die Rede.« Die kühle Stimme klang ein wenig rauh: das erste wirkliche Anzeichen einer wackeligen Position.

»Es war mehr als nur die Rede davon, Mr. Denton. Als Sie den Brief fanden, haben Sie doch sicherlich ...«

»Ich habe den Brief am Sonntag gefunden, Mrs. Croft. Nach der Tat, nicht vorher.«

»Ah, ja. Aber Sie haben doch sicherlich etwas vermutet. Sie haben gehört, was Elsie Mak ausgesagt hat: Ihre Frau sei regelmäßig in den Cameo Club gegangen und habe eine ganze Reihe flüchtiger Abenteuer gehabt.«

»Das ist eine gemeine Lüge.«

»Wie haben Sie sich gefühlt, als Sie erfuhren, daß Ihre Frau lieber mit anderen Frauen schlief als mit Ihnen?«

Charles schäumte. Mrs. Bergstrom schrie. Frost brüllte. Nystrom hämmerte auf den Tisch. Harriets Stimme erhob sich über den Lärm. »Sie wußten, die einzige Person, die Ihre Frau je geliebt hat, war Leslie Taylor. Sie wußten es, und Sie haßten sie dafür. Sie haßten sie beide. Und Sie waren in dem Zimmer. Nicht am Samstag, sondern am Freitagabend. Sie wußten Bescheid und Sie haben in Spruce Falls auf sie gewartet und sind ihr zum Dalton gefolgt, und als Sie sie nicht überreden konnten, zurückzukommen, haben Sie sie getötet.«

Jetzt schrie Charles. Sein Wutgeheul gellte durch den Saal: »*Die* hätte ich umbringen sollen!« Wie von Sinnen sprang er aus dem Zeugenstand und stürmte auf Leslie zu – keuchend, seine Hände zu gierigen Krallen verzogen.

Clarence schwang sich über den Tisch und stellte sich wie ein Schutzschild vor Leslie. Harriet versuchte, Charles den Weg abzuschneiden. Wachleute eilten herbei. Charles wurde von einer Wand blaugekleideter Männer gestoppt. Selbst nachdem er festgenommen worden war, schlug er noch um sich und schrie Obszönitäten.

Es war vorbei. Harriet stützte sich auf ihren Tisch. Bis gerade noch eine Säule der Stärke, brauchte sie jetzt eine solide Stütze, um sich aufrechtzuhalten. Es hatte auf des Messers Schneide gestanden. Charles hatte so lange widerstanden. Ein paar Sekunden länger und Nystrom hätte den Saal räumen lassen, und der Moment wäre vertan gewesen.

Als das Zittern nachließ, nahm sie den Umschlag, den Clarence ihr hinhielt, und ging hinüber zu Frost. »Das werden Sie brauchen.« Sie gab ihm die beiden Benzinquittungen — die Quittungen, die Clarence von einer Tankstelle auf halbem Weg zwischen Spruce Falls und Toronto besorgt hatte. Eine datierte vom Freitag, den 12. Juli, die andere trug das Datum des Tages, an dem Clarence Charles bei seiner Rückkehr zur Verhandlung gefolgt war. Beide waren auf Charles Denton ausgestellt.

Frost schwieg schockiert und starrte sie nur hilflos an. »Sie haben mehr als genug, um ihn hinter Schloß und Riegel zu bringen«, sagte Harriet. Nachdem sie ihre Kontrolle wiedergewonnen hatte, klang ihre Stimme ruhig, aber sie fühlte sich, als ob ihr Körper schwerelos vom Boden abheben und in einer berauschenden Euphorie dahinschweben würde. »Was hat Ihr Psychologe noch gleich gesagt? Ein Soziopath. Opfer einer schweren Persönlichkeitsstörung. Eine Person mit gefährlichen Schwachstellen? Er war ziemlich nah dran. Aber an der falschen Adresse.« Sie wollte noch mehr sagen. Viel mehr. Aber es gab etwas Wichtigeres, um das sie sich kümmern mußte. Streng professionell fragte sie: »Wie schnell können Sie die Freilassung meiner Klientin arrangieren?«

Fassungslos von der Wende der Ereignisse, starrte Frost sie mit leerem Blick an. »Ich weiß nicht. Ich weiß nicht, wie lange es dauern wird. Wir müssen mit ihm sprechen. Ihre ... Ihre Behauptungen erhärten. Wir müssen vielleicht doch noch vor die Jury.«

»Ich will sie morgen raushaben, Jeremy. Spätestens morgen.

Ich könnte auf einer sofortigen Freilassung bestehen. Es handelt sich hier um eine widerrechtliche Inhaftierung aus purer Bigotterie. Ohne ihre sexuelle Orientierung hätte man Miss Taylor überhaupt nicht angeklagt. Wir haben genug Gründe, ein Verfahren gegen die Stadt anzustrengen. Und gegen Sie. Und gegen Ihre Mordkommission.«

Im Hintergrund hörte sie Nystrom vergeblich um Ruhe bitten, hörte schließlich, wie er in seiner Verzweiflung das Gericht entließ. Keineswegs zu früh. Nach Charles' Ausbruch hatte es sich praktisch selbst entlassen. Die Zuschauer strömten in die Gänge, die Reporter waren, bis auf die hartnäckigsten, davongestürmt, um ihre Stories durchzugeben. Diejenigen, die zurückgeblieben waren, einschließlich der Schultertaschenfrau, steuerten Leslie und eine brandheiße Exklusivstory an. Harriet erreichte sie als erste und sagte: »Sagen Sie ihnen, Sie seien froh, daß es vorbei ist. Sie würden morgen eine ausführliche Stellungnahme abgeben.«

Sie trat zurück, um den Nachrichtenjägern Platz zu machen und fand sich hinterrücks in einer bärenartigen Umarmung. Adam Taylor hob sie hoch, wirbelte sie herum und drückte ihr einen Kuß auf die Stirn. »Sie haben's geschafft«, brüllte er. »Sie haben's tatsächlich geschafft.« Und dann drängelte er sich durch die Reporter, schloß seine Tochter in die Arme, lachte und weinte und sagte ihr, wie glücklich er sei. Wie stolz auf sie.

Chaos, dachte Harriet. Ein wundervolles, herrliches Chaos. Die Taylors waren überglücklich. Donna weinte. Clarence sah aus, als würde er gleich Purzelbäume schlagen. Er fing ihren Blick auf, grinste und sagte dann: »Ich hätte nicht gedacht, daß er kleinzukriegen wäre.«

»Ehrlich gesagt, ich fing selbst an zu zweifeln«, gestand sie. »Wir hätten diese Quittungen nie reingekriegt, wenn er nicht explodiert wäre. Mit ihnen hätte es zwar letztendlich geklappt, aber das hätte Monate dauern können.« Sie wies mit dem Kopf auf Moore und den Inspektor. »Sehen Sie sich Yarrow an. Er ist eindeutig grün.«

»Wenn es nach mir gegangen wäre, dann wäre er jetzt grün und blau«, sagte Clarence und funkelte ihn an. »Ach, zum Teufel damit«, fügte er hinzu, »ich würde sagen, Sie können jetzt einen doppelten Brandy vertragen.«

»Da haben Sie ein wahres Wort gesprochen.« Sie würde lieber ein paar Augenblicke mit Leslie verbringen, aber das war unmöglich. Ihre Mandantin — Ex-Mandantin, korrigierte sie sich, und ein Gefühl des Verlusts durchzuckte sie —, ihre zukünftige Ex-Mandantin war in dem Gedränge von Eltern, Freunden, Reportern und glückwünschenden Neuankömmlingen kaum zu entdecken. Alle sahen froh aus, selbst Mrs. Klyk, die es einmal nicht eilig hatte, ihre Pflicht zu tun und ihre Gefangene abzuführen.

Harriet winkte Leslie über die Köpfe der Leute hinweg zu und rief: »Nur noch eine Nacht. Ich seh' Sie morgen.«

Noch bevor sie in das Taxi stiegen, wußte Joe, daß die Sache gut ausgegangen war. Er wußte nicht, wie gut, bis Harriet ihm sagte, er sei zu einer Party für Leslie eingeladen. Morgen abend. Sie hoffe, er könne kommen. Sie hoffe, er würde seine Frau mitbringen. Sie hoffe, er würde sich glänzend amüsieren, denn sie habe genau das vor.

Erst später, als sich die Euphorie ein wenig gelegt hatte, beschlich sie wieder dieses bohrende Gefühl der Leere und setzte sich in ihr fest. Leslies Willkommensparty würde ihre Abschiedsparty sein. Bald schon, in wenigen Tagen, würde Leslie Taylor nicht länger ein Teil ihres Lebens sein. Es würde andere Fälle vorzubereiten, andere Angeklagte zu verteidigen geben, und weitere lange, einsame Wochenenden warteten auf sie.

Joe setzte sie vor Leslies Haus ab. Feinfühlig wie immer, stellte Clarence auf dem Weg zur Tür fest: »Sie fallen gerade in eine Ihrer düsteren Stimmungen.«

»Das übliche Tief nach einem Prozeß.« Sie öffnete die Tür. Duchess erwartete sie und hieß sie willkommen. Schmerzhaft wurde ihr bewußt, daß sie dieses Haus zum letzten Mal als Bewohnerin betrat. Morgen abend würde Duchess sie als Gast begrüßen. Sie würde Leslies Gast sein. An den darauffolgenden Abenden würde sie überhaupt nicht mehr hier sein.

Plötzlich wollte sie den Brandy nicht mehr. Sie wollte überhaupt nichts mehr.

13

Merkwürdig. Das flache rote Gebäude sah nicht länger feindselig aus. Heute wirkte es beinahe angenehm. Harriet stellte den Motor ab, lehnte sich über den Beifahrersitz und öffnete die Tür. Duchess starrte auf die Person oben auf den Treppenstufen des Gefängnisses. Erinnerungen kamen auf. Sie spannte ihre Muskeln an. Die kraftvollen Schultern wölbten sich, als sie auf den Bürgersteig sprang.

Leslie sah sie kommen. Wußte, dies mußte Duchess sein, obwohl sie nicht mehr viel mit der verschüchterten, den Schwanz einklemmenden Hündin zu tun hatte, an die sie sich erinnerte. Sie kniete nieder, warf die Arme um die Hündin und vergrub ihr Gesicht in der dichten Halskrause.

Harriet, in Designer-Jeans und Norwegerpullover, das Haar vom Wind zerzaust, ging langsam auf die beiden zu. Duchess war wild vor Aufregung. Leslie hielt sie umschlungen, blickte hoch, sah Harriet, lächelte. Harriet verschlug es den Atem. Leslies Gesicht strahlte aus reiner Freude, am Leben und frei zu sein.

»Ihr Vater hat darauf bestanden, daß ich seinen Wagen nehme.« Was für eine dämliche Bemerkung, Harriet. Sie sieht schließlich, daß du das Auto ihres Vaters hast. Würde sie glauben, du hättest es ohne seine Erlaubnis genommen? »Sie wären auch gekommen, aber wir wußten nicht, wie lange der Papierkram dauern würde.« Unnötig zu erwähnen, daß sie auch nicht versucht hatte, sie zum Mitkommen zu überreden. Sie hatten sowieso was anderes zu tun. Adam hatte sich den Tag freigenommen. Er und Emily waren zu Hause und bereiteten den Galaabend vor, der besser bei ihnen stattfinden sollte, als in Leslies winzigem Bungalow. Das hatte Emily entschieden.

»Sie erwarten Sie später. Zum Abendessen.«

Die Party war eine Überraschung. Sie hatte die Anweisung bekommen, den Ehrengast vom Haus fernzuhalten, bis die Vorbereitungen abgeschlossen waren. Harriet hatte begeistert zugestimmt. Dieser Tag, diese wenigen Stunden, würden die einzige Zeit sein, die sie allein mit dieser jungen Frau verbringen konnte. Mit der Frau, die ihr Leben für so viele nervenaufreibende Wochen beherrscht hatte. »Wo möchten Sie gern hin? Irgendwas Besonderes, was Sie tun möchten?«

»Ich möchte nach Hause.« Die Finger in das Hundehalsband gehakt, begann Leslie, die Treppe hinabzugehen. »Sie haben sich toll um Duchess gekümmert. Es geht ihr viel besser als damals, als ich sie verlassen habe. Sie sollten öfter Jeans tragen. Sie stehen Ihnen. Ich vermute, Sie können es gar nicht abwarten, wieder nach Toronto zu kommen. Ich hätte gern einen Drink. Ist Gin im Haus? Halten Sie an der Ecke, dann hole ich Tomatensaft. Sie mögen vermutlich keine Bloody Mary? Trinken Sie Alkohol? Lassen Sie mich raten. Weißwein. Trockenen. Chablis.«

Ohne ihren Redefluß zu unterbrechen, ließ sie Duchess in die Mitte und zwängte sich neben sie auf den Beifahrersitz. »Stellen Sie sich vor — gestern, nachdem Sie gegangen waren, kam Poulis zu mir und sagte, er hätte die ganze Zeit gewußt, daß ich unschuldig bin, und er wäre froh, daß sich alles zum Guten gewendet hätte. Ich hätte ihm am liebsten einen Tritt gegeben. Und Mrs. Klyk. Sie hätte nicht netter sein können. Wohin sind Sie so schnell verschwunden? Warum haben Sie nicht gewartet?« Sie lachte verlegen und sagte dann: »Entschuldigen Sie, Harriet. Ich kann anscheinend nicht aufhören zu reden. Hier ist der Laden. Macht es Ihnen was aus, eine Minute zu warten?«

Duchess drückte die Nase ans Fenster und winselte, bis Leslie wiederkam. »Sie will Sie nicht aus den Augen verlieren«, sagte Harriet. Und ich auch nicht, dachte sie und fuhr schneller.

Mit quietschenden Reifen bog sie in die Einfahrt und knallte die Tür heftig zu, als sie ausgestiegen war.

»Habe ich etwas gesagt, was Sie verärgert hat?« Mit besorgtem Gesicht wartete Leslie, während Harriet aufschloß, die Tür öffnete und eintrat. »Ich weiß, wir haben noch nicht darüber gesprochen, was ich Ihnen schulde, Harriet. Ich werde Ihnen jetzt einen Scheck ausstellen. Ich muß vermutlich in Raten zahlen.«

»Um das Geld mache ich mir keine Gedanken.« Harriet schenkte sich einen Brandy ein. Einen einfachen. Einen doppelten. Einen dreifachen. Zwang sich, über den Rand des Glases hinweg zu lächeln. »Ihr Vater sagte, er würde das erledigen.«

»Ich zahle selbst für mich.« Leslie mixte sich einen Drink, und sie gingen ins Wohnzimmer hinüber. »Es tut gut, zu Hause zu sein. Man weiß gar nicht, wie sehr man Dinge vermissen kann, bis man glaubt, sie nie wiederzusehen.«

»So ist es«, sagte Harriet düster.

Leslie wanderte im Zimmer herum, strich über die Möbel, nahm Bücher aus den Regalen und stellte sie unaufgeschlagen zurück. Plötzlich drehte sie sich um und blickte Harriet an. »Ich hatte wahnsinnige Angst. So viel Angst hatte ich in meinem ganzen Leben noch nicht. Wenn Sie nicht gekommen wären ...«

»Hätten Sie jemand anders gefunden.« Dank des Brandy hatte Harriet sich wieder gefangen, und sie sagte ruhig: »Haben Sie schon darüber nachgedacht, was Sie jetzt tun werden?«

»Nein. Es hatte nicht viel Sinn, über die Zukunft nachzudenken. Bis gestern jedenfalls nicht. Woher wußten Sie, daß es Charles war?«

»Ich wußte es nicht. Ich wußte nur, Sie waren es nicht. Ich war überzeugt, daß Sie es nicht gewesen sind. Aber mir war nicht klar, wie Charles es getan haben könnte. Er hatte dieses verdammte Alibi. Es war wasserdicht. Dann kam uns der Gedanke, es sei etwas zu perfekt. Wer kann einem schon jede verdammte Kleinigkeit erzählen, die er an einem bestimmten Tag gemacht hat? Es war ziemlich offensichtlich, daß er sich ein Alibi zurechtgebastelt hatte. Wenn er es nicht am Samstag getan hatte, dann mußte es am Freitag gewesen sein. Sie können sich bei Clare bedanken. Er hat die Kleinarbeit gemacht. Wir wußten, Charles ist ein Gewohnheitstier. Weiterhin wußten wir dank seiner Sekretärin, daß er eine wichtige Besprechung abgesagt und sich den Freitagnachmittag freigenommen hatte. Das war die Besprechung, die er dann für den Samstagnachmittag ansetzte. Er fuhr nach Spruce Falls — wir nahmen an, er wäre gefahren, weil er zu diesem Zeitpunkt die Absicht hatte, Marcie zurückzuholen. Notfalls mit Gewalt.«

»Und Sie wußten, er würde irgendwo tanken müssen. Dad hat mir von den Benzinquittungen erzählt.«

»Wir wußten, er würde irgendwo halten müssen. Und so hat Clare das getan, was Charles bei Marcie getan hatte. Er ist ihm gefolgt, als er zur Verhandlung hierher fuhr. Und tatsächlich — er hielt an derselben Tankstelle. Der Tankwart erinnerte sich an ihn, die Zentrale grub die Quittung aus. Damit war der Fall erledigt. Wir haben ganz schön gefeiert an jenem Abend, obwohl Ihre Eltern nicht wußten, was gefeiert wurde.«

»Wie haben Sie diese Elsie Mak gefunden?«

»Clarence. Habe ich Ihnen erzählt, daß wir im Cameo Club mit ihr gesprochen haben?«

»Tatsächlich? Sie müssen die Sensation gewesen sein, Harriet.« Die dunklen Augen leuchteten mit einer Bewunderung, die an Verehrung grenzte.

Gegen die aufkommende Wärme, die durch ihre Adern strömte, setzte sie ihre kühle Stimme: »Das glaube ich kaum. Einige dieser Frauen waren atemberaubend.« Aber keine wie Leslie. Keine besaß diese grüblerische Schönheit, die von einem Augenblick zum anderen so strahlend aufleuchten konnte. »Allerdings hat mich jemand zum Tanzen aufgefordert.«

»Sie hatten Glück, daß nicht mehr passiert ist. Hat niemand einen Annäherungsversuch gemacht? Das wundert mich.«

Mit Duchess auf den Fersen verschwand Leslie in der Küche und kehrte mit einem neuen Drink zurück. »Ich verstehe immer noch nicht, woher Charles wußte, wo Marcie untergekommen war. Und wie Sie von dem Flugticket erfahren haben.«

»Das mit dem Flugzeug war einfach. Wir wußten, wann sie sich im Dalton eingetragen hatte. Wir haben die von Toronto kommenden Flüge überprüft, und da sie weder mit dem Bus, noch mit dem Zug gekommen war, mußte sie geflogen sein. Der Rest war reine Spekulation. Marcie hatte die Angewohnheit, Dinge in ihrem Schmuckkasten aufzubewahren, unter dem Ringfach. Wahrscheinlich dachte sie, es wäre der einzige Platz, an dem er nicht suchen würde. Wir vermuteten, daß er das Ticket gefunden hat, ihr vorausgefahren ist und am Flugplatz in seinem Auto wartete, bis sie ankam. Auf diesen kleinen Flughäfen kommen ja nur wenige Leute an, so daß man leicht beobachten kann, wer herauskommt. Und wer wie wohin geht.«

»Und sie fuhr direkt zum Dalton, weil sie dachte, es sei der letzte Ort, an dem sie irgend jemand suchen würde.«

»Richtig. Und jenem Dalton gegenüber steht zufällig eine ehemalige Imbißbude. Die perfekte Tarnung. Ich habe sie benutzt, als ich Yarrow beobachtete, nachdem wir ihm von den Fußabdrücken im Zimmer erzählt hatten. Wie ich Charles kenne, wäre es ihm äußerst peinlich gewesen, wenn jemand, und sei es auch nur ein Fremder, gesehen hätte, daß er einen Ort wie das Dalton betritt. Wie Sie schon sagten, deshalb hat Marcie es wahrscheinlich ausgesucht. Ich vermute, er ließ das Auto außer Sichtweite hinter der Imbißbude stehen und ging zu Fuß hinüber. Mrs. Peak ist ein Baseballfan und da es an dem Abend ein Spiel gab, hatte Charles keinerlei Schwierigkeiten, ungesehen hereinzukommen.«

»Warum haben Sie mir das nicht alles erzählt, statt zuzusehen, wie ich vor Angst fast durchdrehe? Warum sind Sie nicht zur Polizei gegangen?«

Jetzt war es an Harriet, ihr Glas aufzufüllen. »Sind wir ja.

Mit dem, was wir in dem Zimmer gefunden hatten. Wir hätten mit leeren Händen dagestanden, wenn wir die Spuren nicht durchgepaust und photographiert hätten. Yarrow hat in dieser Gegend einiges zu sagen, und er glaubte, Sie wären schuldig. Das zumindest nehme ich ihm ab. Er hat es ernsthaft geglaubt. Er war überzeugt, daß Sie es waren, weil Sie lesbisch sind und daß das etwas ist, was Lesben tun würden.«

»Den Teufel würden sie tun.«

»Sie wissen das, und ich weiß das. Aber er glaubt was anderes, und er war nicht bereit, sich durch irgend etwas in seinem Glauben beirren zu lassen. Das konnte er sich nicht erlauben, denn dann hätte er sein ganzes Wertesystem infrage stellen müssen.«

»Es war meine Zukunft, mit der Sie gespielt haben. War Ihnen das egal?«

»Natürlich nicht.« Wie konnte sie das fragen? »Wir hätten Sie möglicherweise durch die Schlüssigkeit unserer Argumentation freibekommen. Ich weiß es wirklich nicht. Aber mir hätte es nicht gereicht, wenn die Geschworenen aufgestanden wären und Sie für unschuldig erklärt hätten. Ich wollte, daß die ganze verdammte Sache vom Gericht fallengelassen wird. Nystrom war nicht bereit, sich die entscheidenden Tatsachen anzuhören. Denken Sie daran, was mit dem Knopf passiert ist. Wir hatten genügend Sicherheitsnetze eingebaut, um das Verfahren erneut aufzurollen. Verfahrensfehler. Ausschluß von Beweismaterial. Ich hätte Sie schließlich rausbekommen, aber es hätte Monate gedauert. Berufung. Neue Verhandlung. Und immer ein Rest von Zweifel. Ich wollte es beschlossen und besiegelt haben, also mußte ich Charles mürbe machen. Sein Ego bearbeiten. Ich wollte, daß er vor allen Leuten zusammenbricht. Gott sei dank kam es so.«

Das Telefon klingelte. Harriet griff automatisch danach. Dann erinnerte sie sich, daß dies Leslies Haus und sie selbst jetzt nur noch ein Gast war, und reichte es ihr.

Leslie hörte zu, grinste und sagte: »Ich denke darüber nach«, und legte auf. »Das war mein Chef. Er will wissen, wann ich wieder arbeiten kann.«

Harriet freute sich für Leslie. Sie versuchte, das Gefühl der Leere, das sich in ihr ausbreitete zu ignorieren, und fragte: »Wollen Sie weiterhin hier arbeiten? Glauben Sie, Sie werden hier bleiben?«

»Ja. Für eine Weile. Wäre es ein Fehler?«

»Nein. Es wäre klug zu bleiben. Lange genug, um sich selbst zu beweisen, daß Sie nicht fortgehen müssen.« Eine Pause. »Es wird nicht leicht für Sie sein. Es wird noch Klatsch und Tratsch geben. Aber wir haben den Mief ein wenig gelüftet. Spruce Falls wird nie wieder ganz so sein wie früher.«

Leslies Lachen war so glücklich und unbeschwert wie das eines Kindes. »Ich werde auch nie wieder dieselbe sein. Ohne Sie hätte ich es nicht geschafft, Harriet. Nicht in einer Million Jahren. Die richtige Leslie Taylor vor all diese Leute treten zu lassen? Jetzt kommt es mir so einfach vor. Aber als Sie das Thema zum ersten Mal anschnitten? Sie haben wahnsinnig viel verlangt.«

»Das ist einer meiner Fehler«, sagte Harriet trocken. Sie hatte es schon oft genug von Clarence gehört. Als sie an Clarence dachte, fiel ihr etwas ein. Harriet ging ins Schlafzimmer und holte den durchsichtigen Würfel mit dem feurigen orangen Kern hervor. »Ich habe ein Geschenk für Sie«, rief sie, drehte sich um, und Leslie stand direkt vor ihr, so nah, daß sie sich beinahe berührten. »Es ist ein Monarch. Von Ihrem Nistbaum.«

Leslie hielt ihn in ihrer Hand, balancierte ihn, so daß die Farbe im Sonnenlicht leuchtete, das zwischen sie fiel. »Er ist wunderschön.« Sie wurde ernst. »Lebendiges sollte man nicht in Schmuckstücke verwandeln.«

»Er lebte nicht mehr«, sagte Harriet sanft. »Ich habe ihn so gefunden. Im Gras. Wir dachten, es sei ein gutes Omen, nicht wahr, Duchess?«

Duchess drängte sich an sie und wedelte glücklich mit dem Schwanz. »Sie sind unglaublich. So wunderschön.« Harriet hörte sich plappern, aber sie konnte nicht aufhören. »So zerbrechlich. Und dennoch fliegen sie Tausende von Meilen.

Ziehen in einem Schwarm nach Süden. Durch Wirbelstürme. Tornados.«

Leslies Atem war auf ihrer Wange. »Milliarden davon. Einige sind sogar bis nach England geflogen.«

Leslies Brüste berührten die ihren. »Sie fliegen über das offene Meer. Segeln mit dem Wind.«

Leslies Augen, dunkel und unwiderstehlich, zogen sie in ihren Bann. »Sie erreichen Geschwindigkeiten von fast dreißig Stundenkilometern.«

Leslie legte den kristallklaren Würfel auf den Nachttisch. »Sie fliegen in so dichten Schwärmen nach Süden, daß sie die Sonne verdunkeln.«

Leslie nahm das Photo von Marcie und sich, betrachtete es mit einer traurigen, forschenden Intensität und legte es mit der Vorderseite nach unten neben den Monarchen. »Die weiblichen Monarchen kommen allein zurück. Sie fliegen tief. Ihre Flügel sind verblaßt, so daß sie niemand bemerkt.«

Leslie zog den Ring von ihrem Finger und legte ihn neben das Photo. »Sie kommen heim, und der Kreislauf beginnt von neuem, und man sieht, wie sie wirklich sind.«

Leslies Arme umschlangen sie, und ihre Lippen berührten Harriets so sanft und leicht und sinnlich als würde ein Schmetterlingsflügel sie streifen.

Harriet schloß die Augen. Einen Moment lang staunte sie, wie richtig dieser Augenblick war und wie viele Jahre es gedauert hatte, ihn zu erreichen. Sie wußte, ebenso wie Leslie war sie schließlich frei.